SOPHIE WINTER

LA PASSEUSE D'ÂMES & LE ROI

TOME 1 : RÉVÉLATIONS

Ce livre est une œuvre de fiction. Toute ressemblance avec des événements historiques, des comportements, des personnes ou des lieux réels serait purement fortuite. Les noms, personnages, lieux et événements sont issus de l'imagination de l'auteur.

Les erreurs qui subsisteraient sont la responsabilité exclusive de l'auteur.

Le piratage prive l'auteur et toutes les personnes ayant contribué à ce livre de leurs droits.

Crédits

La Passeuse d'âmes et le roi – Tome 1 – Révélations

Couverture et maquette : @Samantha Sos

Relecture et corrections du texte : Elsa Baudot

Independently Published

ISBN : 978-989-35691-1-5

Première édition : Novembre 2024

www.sophiewinter.fr

Les âmes, libellules de l'ombre…

Victor Hugo

Prologue

Tout avait pourtant bien commencé, ce jour-là. Siane avait enfilé sa plus belle robe sous le regard attendri de sa mère, simplement pour tenter d'égayer un peu leur quotidien morne. Du haut de ses neuf ans, la petite fille avait bien pressenti que ce geste était essentiel pour sa famille, alors elle avait fait l'effort de surmonter son aversion pour les rubans et autres froufrous qui, selon l'avis de toutes les grandes dames, devaient être de mise pour célébrer le couronnement du roi.

À regret, Siane avait consenti à laisser sa mère tresser ses longs cheveux bruns, subissant sans se plaindre son manque de délicatesse affirmé. Celle-ci s'était tant extasiée sur un joli ruban d'un bleu satiné qu'elle l'avait rajouté au dernier moment dans la chevelure déjà bien chargée de sa fille, souriant au reflet que le miroir lui renvoyait de son enfant. Seraphina avait toujours été ainsi : frivole, focalisée sur sa petite personne, aussi légère et écervelée qu'un papillon. Même le jour où des soldats étaient venus chercher le corps ensanglanté de son mari, six mois plus tôt, elle avait mis un temps infini à comprendre que sa vie ne serait plus jamais comme avant.

Siane, au contraire de sa mère, était une petite fille réfléchie et très mature pour son âge. Cela aurait pu la rendre un peu trop sérieuse, mais elle était en réalité aussi audacieuse que déterminée. Dire que rien ne lui faisait peur serait peut-être exagéré, mais elle ne craignait pas les obstacles qui lui barraient la route lorsqu'elle avait décidé d'avancer. Peut-être que le meilleur mot pour la définir serait courageuse. Et en effet, du courage, il lui en avait fallu pour porter sa mère et son frère depuis le décès de son père, qu'elle avait profondément détesté jusqu'au jour inespéré de sa mort. Ce moment avait été triste, certes, mais Siane avait ressenti un tel soulagement qu'elle avait eu la plus grande difficulté à cacher sa joie d'être enfin débarrassée d'un si odieux personnage.

Jamais, dans le cercle bourgeois qu'elle avait côtoyé jusque-là, Siane n'avait vu une famille aussi mal assortie que la sienne. Contrastant avec la légèreté de sa mère, son père passait son temps à boire, à jouer, à fréquenter des lieux malfamés de la ville de Silverdale et à déverser sa colère sur son entourage quand il avait perdu une grosse somme d'argent. Siane avait compris dès son plus jeune âge qui se cachait réellement derrière le visage gêné que Balric affichait lorsqu'il avait dessoûlé, au contraire de Seraphina qui avait pardonné sans réfléchir tous les écarts de son époux. La pauvre femme avait eu bien trop peur de perdre le train de vie que celui-ci lui offrait, empli de jolies robes, de réceptions et de tout un tas de serviteurs prêts à se soumettre au moindre de ses caprices.

Il était difficile de croire que de cet étrange couple était née Siane, mais également celui que la petite fille aurait tiré des griffes de l'enfer s'il l'avait fallu : son frère jumeau, Draven. Nez retroussés, yeux d'un brun profond, légères taches de rousseur quand leurs peaux étaient hâlées, les deux enfants se ressemblaient énormément. Cependant, la comparaison ne s'arrêtait qu'au physique qu'ils partageaient, tant leurs personnalités étaient diamétralement opposées. Si Siane pouvait être aventureuse jusqu'à l'imprudence, Draven avait peur de tout, ou presque. Très attaché à son père, il avait été broyé par le décès brutal de celui-ci, à tout juste quarante ans. Sa vie déjà un peu fragile n'était devenue qu'une succession de cauchemars, dans lesquels il revivait sans cesse ce moment effroyable où il l'avait retrouvé gisant sur le sol, trois poignards plantés dans le cœur. Depuis, Draven n'était plus que l'ombre de lui-même, se raccrochant à sa sœur jumelle comme à une bouée de sauvetage.

Siane s'était longuement demandé ce que son père avait bien pu commettre comme nouveau méfait pour être assassiné de la sorte, entraînant ainsi la perte de sa famille. Sans le revenu confortable que gagnait Balric en tant que proche du roi, ils avaient dû dire adieu au train de vie qu'ils menaient, voyant partir progressivement les serviteurs par manque d'argent, au grand désespoir de Seraphina, qui était incapable de s'occuper seule de sa maison.

— Tu viens, Siane ?! Le cortège approche !

La voix excitée de Draven tira la petite fille de ses

pensées. Il est vrai que le moment n'était pas à la réflexion, tant la fête battait son plein autour des deux enfants. Les cloches de la ville n'avaient cessé de carillonner depuis l'aube, accueillant la foule venue de loin pour assister au couronnement du nouveau roi. Au vu de l'agitation des habitants, on pouvait dire que chacun voyait en Roderick le renouveau qu'ils avaient tant attendu sous le règne de son père, le roi Merrick. Pendant les quarante longues années où il avait été sur le trône, celui-ci n'avait pas su s'adapter aux changements de sa ville, laissant s'enliser une situation où la misère grandissait de jour en jour. Tout le monde avait été soulagé lorsqu'il était brusquement décédé un mois plus tôt, bien que personne ne connaisse vraiment la cause de son trépas. Mort naturelle de maladie ? Assassinat comme dans le cas de Balric ? Tous les doutes étaient permis, mais le résultat restait le même : sans son père qui lui bloquait l'accès au trône, Roderick n'avait plus eu qu'à faire un pas pour s'emparer de la place qu'il convoitait depuis si longtemps.

— Tu crois qu'il va me remarquer ? demanda Draven avec des étoiles dans les yeux.

— Désolée, mais je pense qu'on est trop loin de l'estrade, répondit Siane avec un sourire espiègle.

— Je t'avais dit qu'il fallait partir plus tôt ! C'est au premier rang qu'on aurait dû être !

La fascination de Draven pour tout ce qui touchait à la royauté était étonnante à voir. Lui qui souffrait au quotidien de sa santé mentale fragile semblait renaître lorsqu'on se mettait à discuter de ceux qui gouvernaient le pays. Il défendait corps et âme le futur souverain, même s'il avait pleuré à chaudes larmes la mort de son prédécesseur. Cet attachement avait été accentué au moment du décès de Balric, comme si Draven avait cherché à tout prix à remplacer la figure paternelle qui venait de lui être arrachée. Cette dévotion était peut-être la différence majeure qui divisait Siane et son frère, et chacun évitait soigneusement d'aborder ce sujet épineux dans leurs discussions afin de ne pas créer de tensions.

Vêtue de la dernière jolie robe qu'elle avait pu sauver du désastre récent de sa vie, Seraphina s'approcha de ses enfants en jouant des coudes pour se dégager un chemin au milieu de la foule en liesse. Elle se pencha vers sa fille, mais dut malgré tout forcer sur sa voix pour se faire entendre, tant les acclamations gagnaient en ferveur à chaque instant.

— Ne vous éloignez pas, c'est compris ? leur ordonna-t-elle fermement. Avec tout ce monde, j'ai peur de finir par vous perdre !

— Ne t'inquiète pas, maman… Et puis, si jamais tu ne nous voyais plus, il suffirait de chercher où se trouve le roi. Draven ne devrait pas en être bien loin !

— Ce n'est pas drôle, ma chérie. Nous devons absolument rester groupés… Que deviendriez-vous si je n'étais plus à vos côtés ?

Siane sourit avec tendresse à sa mère, avant d'être ramenée à la réalité par le bruit strident d'une trompette qui s'éleva non loin de là. Comme si celle-ci avait enfin donné le signal de l'ouverture des festivités, un cri unanime provenant de la foule lui répondit d'une seule et même voix. Draven se mit à hurler le nom de Roderick comme un fou, les joues rouges d'excitation, les bras s'agitant en tous sens. Siane se fit la réflexion que cela faisait bien longtemps qu'elle n'avait pas vu son frère dans un tel état d'euphorie et elle en fut rassurée. Même Seraphina battait des mains à tout rompre, renvoyant leurs problèmes au loin pour quelques heures d'insouciance.

Sous les acclamations d'une foule compacte, le cortège du futur roi s'approcha progressivement de la place principale de Silverdale, où avait été dressée une estrade pour que chaque habitant de la ville puisse profiter de ce moment historique. Malgré les critiques de Draven, l'emplacement où ils se trouvaient était idéal, car ils avaient réussi à se hisser sur une sorte de banc en pierre, leur permettant d'avoir une vue imprenable sur le trône qui avait été spécialement déplacé pour cette occasion.

La seule ombre au tableau en ce jour de liesse était les nuages menaçants qui commençaient à s'amonceler au-delà des remparts de la ville, mais personne ne semblait se préoccuper de savoir si la fête allait devoir s'achever plus tôt que prévu en raison de l'orage. L'hystérie grimpa d'un cran quand le prince, escorté par ses gardes, monta les quelques marches pour se placer devant son trône, prêt à recevoir sa couronne des mains de la plus haute autorité religieuse du royaume.

Lorsque la cérémonie débuta, le silence se fit total dans l'assemblée, laissant alors entendre le tonnerre qui grondait de plus en plus fort à une distance indéfinissable. Le vent se leva, soufflant avec une force croissante, faisant tournoyer les robes et les manteaux de l'assistance. Certains regards se croisèrent, soucieux. Mais Roderick, qui vivait en cet instant l'apogée de sa vie, ne sourcilla pas une seule fois face à cette menace. Il inclina la tête avec majesté pour que sa couronne soit posée sur le sommet de son crâne, ignorant volontairement l'éclair qui zébra le ciel à ce moment-là. Lorsqu'il fut déclaré roi, la foule explosa en acclamations délirantes, car ainsi s'approchait le moment attendu de tous : la découverte du nouveau blason.

Siane, et sa mère avant elle, avait toujours connu comme insigne royal un poignard adouci par les pétales blancs d'un camélia. Si cette arme était affichée sur tous les blasons depuis la nuit des temps, la fleur avait été une nouveauté qui avait été vivement critiquée à l'époque. Comment Merrick pourrait-il affirmer son pouvoir alors que le symbole qui serait apposé sur le moindre détail de la ville était aussi peu convaincant ? Hélas, l'histoire avait donné raison aux doutes de la première heure, la cité se dégradant progressivement sous l'autorité inexistante du roi. Il était temps de changer d'emblème, de gouvernement et de lois, afin de redonner à Silverdale sa prestance d'antan.

Un grand drap noir avait été jeté sur une reproduction géante du futur blason, ménageant ainsi le suspense pour la foule, de nouveau indifférente au temps menaçant. Draven, qui avait longuement étudié l'évolution des insignes depuis le tout premier souverain de cette lignée, s'était perdu en suppositions sur les changements à venir autour du poignard habituel. La seule certitude qu'il avait, c'était que la fleur serait retirée afin d'apporter une transformation radicale. C'est donc le cœur battant que Draven, Siane, Seraphina et l'ensemble de la ville virent la main du roi s'élever vers le tissu, avant qu'il ne le tire d'un coup sec, dévoilant brusquement le nouveau blason.

Tandis que la foule explosait en délire au moment même où les premières grosses gouttes tombaient, Siane dut retenir un haut-le-cœur, horrifiée. Elle resta quelques secondes ainsi, ignorant la pluie de plus en plus drue, comme si celle-ci aurait pu laver l'image qui venait de s'imprimer sur sa rétine avec cruauté. Trois poignards entremêlés, plongeant dans un cœur sanglant. Là où chacun percevait l'affirmation de l'autorité royale, Siane ne voyait que l'effroyable réalité : Balric avait été tué de cette façon, laissant planer l'ombre du doute sur une possible implication du nouveau roi dans cet assassinat.

À ses côtés, Draven poussa un hurlement de terreur qui glaça la fillette. Le son qui sortit de sa gorge appartenait à un autre monde, un monde d'effroi, d'incompréhension, de haine, d'horreur et de vengeance. Le petit garçon venait de saisir, avec encore plus de brutalité que sa sœur, que le rêve qu'il avait nourri de tous ses espoirs était en train de se briser. Non loin de là, Seraphina tremblait de tout son corps, pétrifiée, les cheveux dégoulinants. Siane se souviendrait toujours de l'impulsion qu'elle avait eue de vouloir se jeter dans les bras de ses proches pour les réconforter, mais la vie ne lui en avait malheureusement pas laissé le temps.

Les hennissements des chevaux, la violence du tonnerre, la foule affolée… La petite fille se retrouva bien vite à terre, écrasée par les pas de tous ceux qui cherchaient à fuir ce désastre. Tout autour d'elle, des soldats aboyèrent des ordres pour mettre le nouveau roi à l'abri, tandis qu'un déluge sans précédent s'abattait sur la ville. Siane hurla le prénom de sa mère, mais seuls des cris inconnus lui répondirent. Comme pour accentuer l'horreur de la situation, Draven avait également disparu, emporté par une véritable marée humaine. Perdue, désespérée, la petite fille se mit à pleurer dans l'indifférence générale. Lorsqu'elle entendit enfin la voix de sa mère en train de l'appeler, elle poussa un immense soupir, sans se douter une seule seconde que ce moment tant attendu serait aussi celui qui mènerait sa famille à sa perte.

— Maman ! Maman, je suis ici ! hurla-t-elle en retenant ses sanglots.

Ignorant les éclairs qui tombaient à leurs côtés, Seraphina surgit, les yeux exorbités.

— Oh, ma chérie, tu es là !

Le soulagement qui se dessina sur son visage ne put malheureusement durer qu'un court instant. La seconde d'après, tandis qu'elle se penchait vers sa fille pour l'embrasser, un sabot s'abattit sur sa tempe, lui ôtant la vie et brisant celle de ses deux enfants.

Même des années plus tard, Siane savait qu'elle ne pourrait jamais oublier le craquement sinistre qui s'était fait entendre lors de cet accident. La fillette avait hurlé pendant de longues minutes pour rappeler Seraphina à la vie, en vain. La vue du sang la terrifiait tellement qu'elle avait focalisé toute son attention sur les boucles d'oreilles que portait sa mère ce jour-là, de tout petits anneaux auxquels pendaient de jolies pierres roses en forme de cœur. Elle s'était longuement accrochée à ce détail pour échapper à l'horreur de sa situation, comme si ces minuscules bijoux pouvaient à eux seuls contenir tout l'amour qu'elle avait perdu en un instant.

Lorsqu'elle avait compris que Seraphina ne s'en sortirait pas, Siane n'avait eu d'autre choix que d'attendre sous une pluie battante que quelqu'un lui vienne en aide, ses larmes se mêlant à l'eau ruisselant sur son visage. Rapidement, elle avait fini par perdre la notion du temps, assaillie par une seule question qui ne cessait de s'abattre sur elle : voir sa mère mourir sous ses propres yeux était-il la punition qu'elle méritait pour avoir tant souhaité la disparition de son père ?

Lorsque l'attente était devenue insupportable, Siane n'avait pu que faire un constat alarmant. Elle avait tout perdu, ce jour-là : sa mère, son innocence, sa confiance en la royauté et, pire que tout, son frère Draven. Tant bien que mal, elle s'était redressée pour partir à sa recherche, abandonnant le corps de Seraphina derrière elle, le cœur en miettes. Elle avait parcouru les ruelles alentour pendant des heures, soulevant les débris de la fête un à un, sans que personne ne s'intéresse à elle. Son chagrin était si profond qu'elle avait failli s'évanouir plusieurs fois, perdue et désespérée dans cette ville qu'elle connaissait très mal. Sa seule force venait du ruban bleu de sa mère qu'elle avait détaché de ses longs cheveux et qu'elle triturait entre ses mains pour se rassurer.

Siane avait longtemps refusé de se rendre à l'évidence, mais, lorsque la nuit était tombée, la laissant grelottante et affamée, elle avait fini par abandonner ses recherches pour retrouver Draven. Elle s'était endormie à même le sol, dans une petite ruelle qui ne menait nulle part, le cœur brisé. Dans ses cauchemars envahis par les cris de sa mère, à peine avait-elle senti qu'une main la sondait en lui touchant le front. Si elle avait ouvert les yeux à ce moment-là, la fillette aurait découvert une silhouette altière, vêtue de riches habits, penchée sur son corps fatigué. Le visage qui concentrait toute son attention sur elle était empreint d'une telle sévérité qu'il contrastait avec la noblesse de ses traits. Siane aurait peut-être été impressionnée si elle avait été consciente, mais elle n'avait de toute façon plus la capacité de comprendre ce qui lui arrivait.

Dès son réveil le lendemain matin, Siane avait repris ses recherches pour retrouver Draven, s'accordant seulement de courtes pauses pour récupérer des forces. C'est alors qu'elle était assise contre un mur sale, dans une rue inconnue où ses pas l'avaient menée, que son destin avait définitivement basculé. On aurait pu croire que le mal se cachait dans les plus vils comportements, mais c'est pourtant par une voix doucereuse que celui-ci s'était invité dans sa vie ce jour-là.

— Tu es perdue, ma mignonne ?

Siane avait relevé la tête, avant de se retrouver face à une femme imposante d'une cinquantaine d'années. Si elle avait été plus âgée, si elle n'avait pas été aussi désespérée, elle aurait pu déceler en cette inconnue les signes qui ne trompent pas. De la convoitise dans les yeux, des traits de rapace sur le visage, un relent de mensonge dans la voix, Siane venait de rencontrer Ravenna, dont elle serait le souffre-douleur les huit années suivantes.

PARTIE 1

CHAPITRE 1

— Dépêche-toi un peu, Siane ! Qu'est-ce que tu peux être lente ! Tu vois bien que les clients attendent pour être installés…

— Je fais aussi vite que je peux, figurez-vous… Je vous rappelle que je suis seule pour m'occuper d'une salle entière !

— Comment oses-tu te plaindre, ingrate ? Tu préfères retourner à la rue, sans argent pour manger ni un toit pour te loger ?

Ravenna jeta un torchon taché sur le bar, comme pour montrer à sa serveuse qu'elle aurait toujours le dernier mot. Siane s'en saisit avec dégoût, avant de partir débarrasser une table débordant des restes peu appétissants des clients précédents. Tandis qu'elle s'évertuait à enlever des éclaboussures collantes de bière avec son torchon lui-même imbibé de cette boisson, la jeune femme songea à la journée du lendemain. Plus que quelques heures et elle aurait enfin dix-huit ans… Tout était prêt pour sa fuite, qu'elle avait attendue pendant plus de huit longues années. Son cadeau d'anniversaire, elle l'avait soigneusement constitué au fil du temps : une liasse de billets cachée dans un sac sous son lit, patiemment économisés grâce aux pourboires des rares clients l'ayant prise en pitié. Pour eux, cela avait été un simple geste de sympathie envers la pauvre jeune femme qui courait partout dans la salle sombre de la taverne. Pour Siane, c'était le prix durement gagné de sa liberté.

Tandis qu'elle guidait le groupe vers la table à peu près propre, elle vit arriver une nouvelle personne, ce qui lui arracha un sourire de satisfaction. Aussitôt, elle se précipita pour l'accueillir avec effusion, avant de l'aider à enlever son manteau. Elle n'avait que faire de ce M. Albocar, qui était pourtant un client régulier chez Ravenna. Ce qu'elle visait, c'était la gazette qu'il tenait comme toujours dans la main, précieux sésame pour que Siane en apprenne un peu plus sur le monde extérieur. Comme d'habitude, elle ferait tout pour distraire cet homme de plus de quatre-vingts ans, qui oublierait ainsi à coup sûr de repartir avec son journal.

— Alors, M. Albocar, les nouvelles sont bonnes ? s'enquit-elle d'une voix innocente.

— Oh, rien de très exceptionnel, ma chère enfant. Une nouvelle loi a été annoncée aujourd'hui, mais cela devient une habitude, n'est-ce pas ?

— Une nouvelle loi ne devrait jamais passer inaperçue, il me semble…

— Sauf si celle-ci ne nous concerne pas, et c'est le cas une fois de plus. Qui voudrait avoir affaire à ces sorcières de Passeuses d'âmes ?

— Les Passeuses d'âmes ? Qu'est-ce que…

Mais déjà, M. Albocar avait plongé la tête dans sa gazette, peu enclin à aborder ce sujet qui ne l'intéressait absolument pas. Siane comprit le message, mais était néanmoins bien déterminée à revenir à la charge un peu plus tard. Avec sa fuite prévue le lendemain et son peu de connaissance de la ville, elle ne pouvait se permettre de ne pas être au courant de la dernière loi qui venait de passer. Chaque jour, elle remerciait sa mère de l'avoir forcée à apprendre à lire avec un précepteur, du temps où ils habitaient encore dans leur belle maison bourgeoise. Si ces heures de déchiffrage avaient été un calvaire pour la fillette, elle réalisait désormais que ce savoir était ce qu'elle détenait de plus précieux dans cette société d'illettrés. Sans plus attendre, Siane repartit vers le bar où s'impatientait Ravenna, à qui elle ne put se retenir d'envoyer une grimace.

Voilà plus de huit ans que Roderick était monté sur le trône sous un orage épouvantable. Débuter son règne par ce très mauvais présage aurait dû alarmer la population, mais Siane s'était rendu compte, à force d'échanger quelques mots avec les clients, que le peuple était malgré tout attaché à ce nouveau roi. Dès le lendemain de son couronnement, Roderick avait assis son autorité en promulguant une première loi. Celle-ci, appelée sans aucune imagination « Décret n°1 », avait tout d'abord surpris, avant d'être acclamée par la population lassée des trafics en tous genres. Elle tenait en une ligne : « Tout commerce d'alcool doit être déclaré, sous peine d'être définitivement fermé. »

Il s'en était fallu de peu pour que la taverne de Ravenna, où Siane venait tout juste d'atterrir et qui n'avait absolument rien de légal, soit condamnée. La fillette avait prié jour et nuit pour que cela arrive, bien consciente du guet-apens dans lequel elle était tombée, mais la tenancière était allée plaider sa cause, jurant à qui voulait bien l'entendre qu'elle ferait désormais tout pour respecter la loi. Sa pugnacité avait été récompensée, puisqu'un délai avait été accordé à son commerce, contrairement aux établissements alentour qui avaient mis la clef sous la porte les uns après les autres. Ce décret, le premier d'une longue série, n'avait pas réussi à sauver Siane.

Lorsque la jeune femme revint prendre la commande de M. Albocar, elle tenta de jeter un œil au journal, à présent grand ouvert sur la table. Elle entraperçut le titre, « Décret n°72 », mais ne put lire le reste, caché par le bras poilu du client. *72 lois, déjà…*, songea-t-elle, la mâchoire crispée. 72 lois, et autant de privations de liberté. Roderick avait su, par petites touches, reprendre le contrôle de sa ville au-delà de ce qui était acceptable. Chaque décret, distillé au moment où la population était le plus occupée, apportait son lot d'absurdité. Siane se souvenait parfaitement du jour où avait été publié le « Décret n°54 », pile à la sortie de l'hiver, quand la majorité des habitants de Silverdale devait travailler dans les champs. « Tous les individus soupçonnés d'être atteints d'une maladie contagieuse doivent être placés en quarantaine pendant le mois en cours, sous peine d'une forte pénalité. » Le peuple n'avait pas tout de suite mesuré l'ampleur de cette exigence. Les contrôles, au sein même des familles, avaient été menés tambour battant, et les amendes avaient plu sur les pauvres qui ne pouvaient se permettre de s'absenter aussi longtemps. Comme d'habitude, Roderick s'était enrichi sur le dos des gens, renforçant ainsi le nombre de ses soldats pour empêcher toute forme de rébellion.

— Je vais prendre le lapin à la crème, commanda M. Albocar, tirant Siane de ses réflexions.

— Très bon choix, vous allez vous régaler, mentit la jeune femme.

— Oh, j'en suis certain ! La cuisine de Ravenna est connue pour être la meilleure du quartier !

Siane se détourna au plus vite afin de ne pas éclater de rire en entendant cette réflexion. *La cuisine de Ravenna, la meilleure du quartier ? S'il savait…* Se moquant intérieurement de l'innocence du client, elle courut transmettre la commande à Alex, le cuisinier.

— Un lapin à la crème pour la table sept ! lui lança-t-elle, alors qu'il était fort occupé devant ses fourneaux.

— Encore ? C'est au moins le sixième aujourd'hui ! Qu'est-ce qu'ils ont tous contre ces pauvres bêtes ?

— Paraît-il que la cuisine de Ravenna est la meilleure du quartier…

À ces mots, Alex laissa échapper le pot en terre qu'il tenait entre ses doigts et, sans se préoccuper du sel qui venait de se répandre sur le comptoir, il se tourna vers Siane, les yeux écarquillés.

— Tu veux dire que Ravenna, qui élève des lapins malades dans des cages misérables, qui n'a jamais touché une casserole de sa vie et qui monte les prix en fonction de la tête du client est renommée pour sa cuisine ? Tsss… Ce qu'il ne faut pas entendre ! Écoute-moi bien, ma petite Siane : je finis ce service, et après c'est terminé, je rends mon tablier ! Qu'elle se débrouille donc toute seule, ce cordon bleu de Ravenna. On verra bien à qui devraient réellement revenir les honneurs ! Non mais…

Siane regarda Alex s'agiter avec une tendresse quasiment filiale. Qu'il allait lui manquer, ce cuisinier un peu bourru qui menaçait environ cinq fois par semaine de démissionner ! Il était arrivé à la taverne seulement quelques jours après elle et s'était montré gentil dès leur première rencontre, contrairement à Mlle Opalo et Mme Tunon, les autres employées de l'établissement. Toutes deux s'occupaient du ménage et de la préparation des huit chambres minuscules que Ravenna louait chaque nuit aux voyageurs de passage à des prix exorbitants. Ces deux mégères, qui se prenaient pour des intendantes de grandes maisons bourgeoises là où elles n'étaient que de simples employées de bas étage, avaient mené la vie dure à Siane en profitant de son jeune âge. En huit ans, elles ne lui avaient jamais adressé un sourire, encore moins une parole bienveillante. Elles l'appelaient « l'orpheline », et ce simple mot coupait court à toute discussion. Il était difficile de dire ce qu'elles faisaient de leurs journées une fois leur petite heure de travail terminée, mis à part tourner autour de Ravenna comme des abeilles attirées par du miel. Siane les détestait ouvertement et elles le lui rendaient sans aucun complexe.

Lorsque la jeune femme récupéra le fameux lapin des mains d'Alex, elle lui envoya un sourire complice, puis retourna dans la salle sans se presser. Elle amena le plat à M. Albocar, tenta de jeter de nouveau un coup d'œil sur le journal pour en apprendre plus sur les Passeuses d'âmes, avant de se rendre à l'évidence : elle allait devoir attendre le départ de ce client pour enfin élucider le mystère qui l'obnubilait. Ce n'est que bien plus tard, lorsque M. Albocar eut fini une discussion interminable avec son voisin de table et qu'il repartit les mains vides, que Siane glissa l'air de rien le journal sous le coussin d'une chaise, dans l'attente de pouvoir le récupérer.

Il faut croire que Ravenna avait dû pressentir que quelque chose de louche se tramait dans son dos. Non seulement ferma-t-elle la taverne à une heure indécente, mais en plus elle exigea de Siane qu'elle lave le sol à grande eau avant d'avoir l'autorisation d'aller se coucher. La jeune femme s'exécuta sans broncher, car elle savait qu'elle serait ainsi la dernière à monter les escaliers menant au premier étage. Rien de mieux pour récupérer le journal et découvrir le mystère qui entourait cette fameuse nouvelle loi…

Lorsque Siane franchit enfin la porte de sa chambre, les membres épuisés par sa journée de travail, elle se jeta sur son petit lit aussi dur qu'une planche de bois sans même prendre la peine de se déchausser. D'une main fébrile, elle ouvrit la gazette à la page centrale, là où se trouvaient inscrites en grand les règles du « Décret n°72 ».

À partir de ce jour, tout contact avec les Passeuses d'âmes est interdit.
Quiconque tentera d'utiliser leurs services devra payer une lourde amende.
Quiconque les aidera sera condamné à une peine de prison.

La suite de l'article n'était que détails sur les montants faramineux à payer pour tous ceux qui iraient à l'encontre de cette loi, ainsi que la durée du temps d'enfermement en fonction de la gravité de l'infraction. Aucune information ne transparaissait sur l'identité de ces personnes, à la grande déception de Siane. Elle avait l'impression qu'elle était la seule dans la ville à ne jamais avoir entendu parler des Passeuses d'âmes et des services que celles-ci pouvaient proposer. Il faut dire que, depuis le jour du couronnement, la jeune femme avait rarement eu l'occasion de sortir de la taverne, qu'elle appelait *sa prison.* Ravenna surveillait ses déplacements au pas près, lui rappelant à chaque instant que le monde extérieur n'était que danger et prédation. Sur ce point, Siane était plutôt d'accord avec la tenancière. Si elle ne s'était jamais enfuie de la taverne, c'était parce que toutes ses tentatives précédentes s'étaient soldées par un échec cuisant.

La première fois, Siane venait tout juste de s'installer chez Ravenna, complètement bouleversée par la mort tragique de sa mère et la disparition de son frère. Après seulement quelques jours, elle avait compris le destin qui l'attendait si elle ne se prenait pas en main et, du haut de ses neuf ans, elle avait franchi fièrement la porte avec pour unique objectif de retrouver Draven. Elle avait immédiatement atterri dans des petites ruelles hostiles, sales et, surtout, très mal fréquentées. Sans se laisser intimider, Siane avait avancé avec détermination, tentant d'ignorer la peur qui menaçait de l'engloutir à chaque recoin sombre. Malheureusement, son chemin l'avait menée jusqu'à un groupe de cinq hommes louches, qui traînait non loin de là. Lorsqu'ils avaient vu arriver la fillette entre les maisons délabrées du quartier, ils l'avaient sifflée comme une proie facile, avant de faire un pas dans sa direction. Siane n'avait eu d'autre choix que de prendre ses jambes à son cou pour rentrer.

Les deuxième et troisième fois, Ravenna l'avait rattrapée assez rapidement et lui avait administré une bonne correction en guise de punition. La quatrième fois, alors que Siane venait de fêter ses quinze ans, avait été une véritable catastrophe. Elle avait parcouru plusieurs centaines de mètres dans les ruelles malfamées avant de sentir une présence sombre dans son dos. À peine avait-elle fait volte-face qu'une massue s'était violemment abattue sur sa tempe. La jeune fille s'était retrouvée assommée sur le sol, le front en sang. Elle avait péniblement repris ses esprits avant de rentrer au plus vite, les poches délestées de son petit portefeuille en cuir marron. En raison de cet épisode, Siane avait dû redoubler de rage et de travail pour regagner l'argent perdu et espérer un jour fuir la vie misérable qu'elle subissait à la taverne.

La cinquième tentative, celle qui aurait lieu le lendemain, ne pouvait se solder par un échec. Cette fois-ci, Siane était prête. Elle avait tant travaillé, tant souri aux clients pour obtenir un pourboire, qu'elle avait réussi à amasser encore plus d'argent que la dernière fois. Elle n'avait aucune idée si cela serait suffisant, ni même si elle arriverait à échapper à la surveillance continue de Ravenna, mais depuis ses tentatives avortées, Siane avait grandi et gagné en maturité. Elle avait appris dans les journaux laissés par M. Albocar que son quartier était le seul qui avait résisté aux dures lois du roi. Si ce qu'elle supposait était vrai, elle pouvait espérer trouver refuge ailleurs dans la ville, bien loin des alentours misérables de la taverne.

Tandis qu'elle relisait l'ensemble du journal pour

obtenir de plus amples informations, un bruit provenant de la rue fit sursauter Siane. Elle n'y prêta tout d'abord pas attention et se replongea sans attendre dans la lecture des pages chiffonnées. Mais lorsqu'un deuxième son lui parvint, plus proche cette fois-ci, elle ne put l'ignorer. Ce qu'elle avait cru n'être qu'une simple bagarre entre deux ivrognes se transforma progressivement en une sorte d'émeute généralisée, dont la clameur enfla comme le grondement du tonnerre. Siane se précipita à la petite fenêtre de sa chambre, qu'elle ouvrit sans aucune hésitation. Pour une fois qu'un événement inattendu frappait à la porte de sa vie, elle n'allait certainement pas laisser s'échapper l'occasion de découvrir ce qu'il en était…

La rue de la taverne étant vide et sombre à cette heure tardive, la jeune femme eut le plus grand mal à comprendre ce qu'il se passait. Elle entendait simplement des cris lointains, dont elle ne réussissait pas à saisir le sens. L'envie d'aller voir par elle-même la démangea, mais elle savait que la porte d'entrée était fermée à double tour et que sauter par la petite fenêtre de sa chambre était trop risqué. Les minutes suivantes ne firent qu'accentuer son impatience, alors que des bruits de verre brisé lui parvenaient désormais de toutes parts. Trois hommes arrivèrent en courant dans sa rue, tambourinant aux portes des maisons en hurlant.

— Le Temple d'Émeraude est en feu ! Venez nous aider !

Le Temple d'Émeraude ? En feu ?! Siane se pétrifia à ces mots, les derniers qu'elle s'attendait à entendre ce soir-là. Comment un tel édifice, haut lieu de rassemblement de son quartier, la seule bouffée d'oxygène à laquelle elle avait pu se raccrocher toutes ces années, pouvait-il être en proie aux flammes ? La jeune femme était tellement abasourdie que pour la première fois de sa vie, elle ne sut quelle décision prendre. Ce fut finalement la voix nasillarde de Ravenna qui la tira de son état de sidération.

— Siane ! Dépêche-toi de t'habiller et descends ! Il faut aller aider à éteindre l'incendie !

Comme si un vent de libération venait de se lever, une émotion puissante envahit tout son corps. Elle était enfin arrivée, sa chance, ce moment tant attendu où elle pourrait rompre les chaînes invisibles que Ravenna avait tressées autour d'elle depuis son enfance ! Qui songerait à l'attaquer, ou à venir la chercher, si la ville entière était concentrée sur le Temple d'Émeraude ? On ne pouvait y voir qu'un coup de pouce de la vie, qui enlevait tous les obstacles que Siane avait imaginés pour sa fuite du lendemain. Enfin, elle allait pouvoir partir à la recherche de son frère, dont elle n'avait eu aucune nouvelle depuis le jour terrible du couronnement ! Était-il seulement vivant ? Oui, il l'était sûrement... C'était son jumeau, après tout. S'il lui était arrivé quelque chose, Siane était certaine qu'elle l'aurait senti jusqu'au plus profond de sa chair.

D'une main tremblante, la jeune femme attrapa le petit sac qui l'attendait sous le lit, y glissa le journal de M. Albocar et vérifia que son argent et des vivres s'y trouvaient bien. Elle le mit ensuite sur son dos, enfila une cape pour le dissimuler, embrassa le ruban bleu de sa mère une dernière fois avant de le fourrer dans sa poche, puis sortit à toute allure de sa chambre. En quelques secondes, Mlle Opalo, Mme Tunon, Alex,

Ravenna et Siane se retrouvèrent à la porte de la taverne. Les deux intendantes avaient déjà détaché leurs chignons pour la nuit et le cuisinier plaquait ses bras sur son ventre bedonnant pour cacher son pyjama trop serré. Siane ne leur prêta pas attention, uniquement concentrée à ne pas laisser échapper une telle chance. Dans la confusion générale, Ravenna ne remarqua même pas la lueur d'impatience qui brûlait dans ses yeux. La tenancière ne se doutait pas que si un terrible orage avait signé le début de l'enfer pour la jeune femme, l'incendie du Temple marquerait à coup sûr le jour de sa renaissance.

CHAPITRE 2

Alex sortit en premier de la taverne, bientôt suivi par les deux intendantes, puis par Siane. Ravenna resta en arrière pour fermer la porte à double tour, avec la clef immense qu'elle cachait en permanence dans son corsage. Malgré la fausse détermination qu'elle affichait, elle quittait à regret son commerce, comme si elle abandonnait son propre enfant.

Il ne fallut que quelques instants au petit groupe pour arriver sur les lieux du drame. Siane dut retenir un cri en apercevant le bâtiment littéralement dévoré par les flammes, qui se détachaient en un contraste saisissant dans la pénombre de la nuit. Le Temple d'Émeraude, entièrement construit en bois massif, n'avait aucune chance de survivre à un incendie d'une telle ampleur. Ses tours, ses vitraux, son clocher, rien ne résistait à la violence du feu. Ce bâtiment centenaire semblait prêt à rendre les armes.

Malgré les tremblements qui la secouaient, Siane ne

pouvait rien faire pour s'opposer à la destruction du Temple tant elle était pétrifiée par la bagarre générale qui se déroulait sur le parvis attenant. Que s'était-il donc passé pour déclencher une telle émeute, alors que tous auraient dû concentrer leurs efforts pour transporter au plus vite l'eau qui coulait dans un petit ruisseau juste à côté ?

— Qu'il brûle, ce repaire de sorcières ! hurla une femme, non loin de là.

— Il faut récupérer les cristaux ! s'époumonait un homme à ses côtés.

Complètement abasourdie, Siane ne savait pas comment réagir face à cette situation d'une violence inouïe. On aurait dit qu'une partie de la population empêchait d'accéder à l'édifice, alors que l'autre faisait tout pour tenter de le sauver. Des coups étaient échangés, du sang coulait sur le sol cabossé et Siane découvrit même avec effroi la longue lame d'une épée. Tandis que des larmes menaçantes commençaient à se former dans ses yeux, de grands bras vinrent lui entourer les épaules pour la réconforter. Elle reconnut avec soulagement l'odeur d'Alex et se glissa contre sa poitrine dans un geste de protection. Plusieurs minutes passèrent ainsi, alors que l'intensité de la bagarre ne faisait qu'augmenter.

C'est dans cette confusion générale, après une attente bien trop longue, qu'arrivèrent enfin les soldats du roi. Immédiatement, la foule se recula avec autant de respect que d'appréhension, libérant de ce fait suffisamment d'espace pour créer une chaîne humaine. Des seaux furent récupérés dans les maisons alentour et, en peu de temps, Siane se retrouva à transporter de l'eau, le corps dégoulinant.

Bien vite, elle perdit de vue ses compagnons. L'idée de fuir lui effleura l'esprit, mais elle la repoussa aussitôt, comme si une force irrésistible l'incitait à rester. Pendant une heure interminable, la jeune femme porta des seaux pesants entre ses mains meurtries. Malgré la difficulté de la tâche, elle s'assurait à chaque instant que son sac était bien maintenu contre son dos. Son projet d'évasion n'était que momentanément reporté, et c'est cette perspective qui lui permit de tenir, même quand elle sentit ses forces l'abandonner.

Lorsque les dernières flammes furent éteintes, plus personne n'avait d'énergie pour reprendre la bagarre. Des enfants noyés dans les pleurs furent récupérés par leurs parents et la place se vida progressivement dans un silence de mort. Les soldats du roi, aussi exténués que les autres, s'assurèrent que tous les blessés avaient été pris en charge, avant de tourner les talons. Siane aurait voulu profiter de ce moment pour s'échapper, mais elle était tellement épuisée qu'elle préféra s'asseoir quelques instants à même le sol. Elle regarda presque sans les voir ses mains couvertes de suie et se douta que son visage devait être entièrement noir. Par miracle, elle ne souffrait d'aucune brûlure. Ce n'était malheureusement pas le cas d'une femme à ses côtés, qui se tenait le bras en pleurant.

Du Temple d'Émeraude, il ne restait plus que des ruines carbonisées. Ce haut lieu de rassemblement, dans lequel Ravenna et Alex se rendaient tous les lendemains de pleine lune, avait été le centre névralgique du quartier. Siane adorait les accompagner, sans doute car c'était le seul endroit où elle avait été autorisée à aller pendant toutes ses années d'enfermement. Constitué de trois salles immenses, inondé de lumière grâce à ses vitraux colorés, cet édifice avait célébré autant de mariages que de funérailles, autant de naissances que de moments de recueillement. Qu'il était difficile de le voir désormais parti en fumée !

Siane ne parvenait toujours pas à comprendre la révolte qui avait éclaté avant l'arrivée des soldats du roi. Qui aurait pu souhaiter la destruction de ce bâtiment tant aimé ? Tandis qu'elle songeait à cette question, la jeune femme aperçut au loin un homme d'un certain âge, clopinant sur une jambe de bois aussi rapidement que sa condition physique le lui permettait. Il semblait concentrer toute son énergie pour atteindre un mur épargné par le feu, à l'exact opposé de ce qui avait été l'entrée du Temple. Malgré ses vêtements à moitié brûlés et son visage recouvert de suie, Siane le reconnut immédiatement. C'était celui qui avait pris la défense du bâtiment, hurlant qu'il fallait sauver les cristaux des flammes. Elle eut subitement envie de comprendre la signification de cette phrase, aussi rassembla-t-elle ses dernières forces dans un ultime effort avant de se relever. Une intuition profonde lui soufflait que la clef de l'énigme qui planait au-dessus d'elle se trouverait dans les explications de cet homme âgé.

Siane parcourut à peine quelques mètres, avant que la seule voix qu'elle ne voulait pas entendre ne l'arrête dans son élan.

— Allez, on rentre…

Ravenna vint poser sa main sur le bras de la jeune femme dans un geste d'appartenance, faisant s'envoler tous ses rêves d'évasion. Au vu de la peau immaculée de la tenancière, on pouvait se douter qu'elle n'avait pas participé un seul instant à l'effort collectif pour contenir les flammes. Cela ne semblait nullement la gêner, son unique préoccupation étant de retourner au plus vite vérifier l'état de sa taverne. Au moment où elle tirait Siane par la manche, Alex s'interposa entre les deux femmes.

— Laissez-la se reposer encore quelques minutes, souffla-t-il à Ravenna. Je vais attendre ici avec elle et je la raccompagnerai quand elle sera en état de marcher.

La tenancière hésita un instant, mais son inquiétude pour son établissement l'emporta sur tout le reste. Elle hocha le menton avant de s'éloigner prestement, les deux intendantes sur les talons. Siane ne parvenait pas à croire à ce nouveau revirement de situation. Alex était son ami, son unique confident. Si elle partageait avec lui ses intentions, il la laisserait partir, elle le savait. Lorsqu'elle se fut assurée que personne ne pouvait l'entendre, la jeune femme prit la parole d'un air déterminé.

— Alex, je…

— Ce n'est pas le moment, Siane. Nous avons peu de temps devant nous avant que le roi ne réalise l'immense opportunité que représente pour lui l'incendie du Temple d'Émeraude.

— Mais…

— Viens vite, nous n'avons pas une minute à perdre ! répliqua Alex en se mettant en mouvement. Tu poseras des questions plus tard…

Surprise par le vent de détermination qu'elle vit passer dans le regard du cuisinier, Siane décida de lui faire confiance et s'élança à sa poursuite. Celui-ci n'hésita pas un seul instant, se précipitant dans la même direction que l'homme à la jambe de bois, vers l'unique mur qui avait résisté aux flammes. Tous deux avancèrent aussi rapidement que possible entre les ruines du Temple, les yeux embués par la fumée qui s'élevait encore des décombres. Siane tenta de protéger ses bras nus avec ses mains, comme si ce simple geste pouvait lui éviter de souffrir de la chaleur résiduelle. Elle comprit bien vite que c'était inutile et, malgré l'inconfort de la situation, elle dut prendre sur elle pour ne pas se laisser distancer. En passant, la jeune femme aperçut le dessin d'une fleur qui se détachait sur un petit morceau de vitrail et elle se retint de pleurer en reconnaissant l'ultime vestige de ce qui avait été une véritable ode à la nature. Malheureusement, les flammes avaient presque tout dévoré, et de l'intérieur splendide du bâtiment, il ne restait plus que des gravats carbonisés.

— On y est presque, annonça Alex en s'approchant d'un groupe qui se trouvait déjà au pied du mur qui avait résisté. Heureusement que la lune est presque pleine, cela sera plus facile pour chercher.

Siane n'osa pas demander plus de détails, mais elle pressentait que ce moment était de la plus haute importance. Une dizaine de personnes de tous âges tentaient de fouiller les décombres, s'infligeant au passage des brûlures supplémentaires dès qu'elles avaient le malheur de toucher un reste calciné.

— Il faut faire vite, avant que Roderick ne donne l'ordre à ses soldats de revenir…, déclara une femme d'une vingtaine d'années.

— Mais comment retrouver la Salle du Dernier Repos dans ce bazar ? lui répondit une autre personne.

Il est presque impossible de voir où on met les pieds !

— Divisons-nous en plusieurs petits groupes, finit par organiser l'homme à la jambe de bois. Nous devons quadriller tout cet espace pour dégager son entrée…

Malgré l'obscurité, tous se plièrent en deux pour scruter le moindre recoin caché sous les décombres. Siane aurait voulu apporter son aide, mais elle ne savait même pas de quoi il était question. Que pouvait bien être cette Salle du Dernier Repos ? Se sentant complètement inutile, elle se pencha vers Alex avec un sourire gêné.

— Qu'est-ce qu'on cherche exactement ? lui souffla-t-elle le plus discrètement possible.

— Un des plus grands trésors des Passeuses d'âmes, lui répondit-il sur le même ton. Avec le nouveau décret qui vient de tomber, il y a tout à craindre que Roderick va tenter de mettre la main dessus dès qu'il comprendra qu'il ne peut laisser s'échapper une telle opportunité. Nous devons être plus rapides que lui, sous peine de voir disparaître nos plus vieilles traditions.

Les explications d'Alex étaient complètement obscures, mais Siane décida de s'en accommoder. Elle se rendait bien compte que personne n'avait ni le temps ni l'envie de s'occuper d'elle. Pourtant, cela concernait les Passeuses d'âmes, dont le simple nom faisait battre son cœur avec acharnement. Consciente qu'il valait mieux ravaler ses questions pour l'instant, la jeune femme se mit à fouiller les décombres à son tour, sans trop savoir quoi chercher.

Cinq minutes passèrent ainsi, chacun se concentrant sur sa tâche dans un silence de plomb. La lune éclairait pâlement la scène, jetant des ombres fantomatiques sur les ruines fumantes. Soudain, un cri s'éleva, déchirant avec fracas le calme de la nuit.

— J'ai trouvé quelque chose !

Siane se précipita vers l'endroit d'où provenait la voix, suivie de près par Alex et les autres membres de leur groupe. Ils découvrirent une trappe dissimulée sous un amas de débris, à peine visible dans l'obscurité. Tous ensemble, ils réussirent à la dégager, révélant une échelle en fer étroite menant dans les profondeurs du Temple.

— C'est bien l'entrée ! s'exclama Alex, le visage éclairé par une lueur d'espoir.

À ces mots, Siane frissonna d'excitation. La Salle du Dernier Repos… Ce nom évoquait à lui seul autant de mystère que de puissance dans l'imaginaire foisonnant de la jeune femme. Elle se demanda quelles merveilles les attendaient dans cette pièce cachée et à cette pensée, son impatience augmenta d'un cran. Après une brève discussion, il fut décidé qu'un homme seul prendrait le risque de descendre l'échelle. Avec l'incendie qui avait anéanti le Temple, comment savoir si les structures souterraines étaient encore stables ? Siane ressentit une pointe d'anxiété en songeant au danger potentiel qui attendait le courageux volontaire, mais elle désirait également découvrir le trésor que renfermait la Salle du Dernier Repos.

Lorsque l'homme eut disparu dans les entrailles de la terre, les minutes s'égrenèrent en silence, chacun guettant le moindre signe, prêt à se précipiter. Parmi la dizaine de personnes présentes, Alex était de loin le plus agité. Siane pensa tout d'abord qu'il était inquiet pour le volontaire, avant de comprendre à son regard tourné en direction de la taverne qu'il s'impatientait de pouvoir rentrer.

— Ravenna va commencer à se poser des questions…, finit-il par expliquer à Siane. Si nous attendons trop, elle risque d'envoyer une des intendantes pour venir nous chercher. Et toi, tu auras raté ta seule chance de t'échapper.

— Je…

Mais Siane retint ses mots, interdite. Le cuisiner avait-il bien évoqué le fait qu'elle allait s'enfuir ?

— Ce n'est pas la peine de te justifier, reprit Alex, sans lui laisser le temps de répondre. Nous savons toi et moi que c'est l'occasion ou jamais.

— Alors… Je peux peut-être partir maintenant ? hasarda la jeune femme, le cœur battant la chamade.

— Non, car Ravenna retournerait le monde entier pour te retrouver. J'ai un plan pour toi, ma petite. Thaddeus va te cacher, jusqu'à ce que les Passeuses d'âmes viennent chez lui chercher ce qui leur appartient. Ensuite, ça sera à toi de décider…

— Je ne comprends pas, Alex. Qui est Thaddeus ?

— L'homme à la jambe de bois, le seul qui pourra te mettre sur le chemin de ta destinée.

Siane ne saisissait plus rien des propos confus que tenait son compagnon. Où se trouvait le cuisinier bedonnant qu'elle connaissait si bien ? Pourquoi semblait-il être devenu une autre personne tout à coup ? Si Alex n'avait pas changé physiquement, son attitude était en tout point différente de celle qu'il avait habituellement derrière ses fourneaux. Il paraissait plus sûr de lui, plus redoutable également. Qu'avait-il bien pu vouloir dire en parlant de sa destinée ?

Comme pour répondre à ces questions, Thaddeus

s'approcha en clopinant. Il prit un temps pour dévisager Siane, avant de hocher la tête en direction d'Alex. La jeune femme eut l'impression d'être une marchandise qu'on s'échangeait et ce sentiment la mit extrêmement mal à l'aise. Elle n'eut toutefois pas l'opportunité d'exprimer son ressenti, car un bruit parvint enfin de la trappe qui avait été dégagée.

— Il revient ! s'exclama une femme qui avait passé la tête à travers l'ouverture béante.

Et en effet, après quelques secondes d'attente, le corps de l'homme émergea, un coffre en argent plaqué contre son torse puissant. Il semblait aussi rassuré de sortir vivant de ce guêpier que soulagé d'avoir accompli avec succès sa mission. Une foule compacte se pressa autour de lui, prête à entendre ce qu'il avait découvert.

— La Salle du Dernier Repos est quasiment intacte, expliqua-t-il quand il eut réussi à reprendre son souffle. Tout est noir de suie et l'oxygène manque, mais rien n'a vraiment brûlé.

— Et les pierres précieuses ? demanda Thaddeus.

— Elles sont en sécurité dans ce coffre.

— Parfait, donne-le-moi.

Sans une once d'hésitation, l'homme tendit la boîte à son interlocuteur. Siane se pencha pour mieux observer ce geste, qui libéra dans les airs quelques paillettes argentées. Elle en fut très impressionnée, mais ne put voir plus en détail la scène, car un vent de panique souffla tout à coup parmi les décombres en train de se consumer.

— Les soldats reviennent ! Il faut partir ! Maintenant !

En un instant, le chaos s'installa, chacun tentant de

s'enfuir au plus vite pour échapper à l'arrivée des hommes du roi. Prise de court, Siane se figea sur place, incapable de bouger. Que faire, au vu de la menace qui fondrait bientôt sur elle ? Remarquant sa confusion, Alex lui attrapa la main, avant de la pousser sans ménagement en direction de Thaddeus.

— Sauve-toi !

— Mais…

— Tu as attendu ce moment toute ta vie, Siane ! Fonce ! Thaddeus t'aidera !

Alors la jeune femme, sans se poser plus de questions, partit en courant à la suite de l'homme à la jambe de bois. Ce n'est que bien plus tard, lorsqu'elle fut installée dans une petite chambre qu'il lui avait prêtée dans sa maison confortable, qu'elle se rendit compte qu'elle avait quitté le cuisinier sans un seul regard en arrière. *Je n'ai pas dit au revoir à Alex…*, se morfondit-elle longtemps, le cœur brisé. Cette pensée tourna en boucle dans sa tête pendant les heures les plus sombres de la nuit, la tenant éveillée alors qu'elle tombait de sommeil. Même le soulagement d'avoir enfin pu s'échapper de chez Ravenna ne parvint pas à la consoler.

Ce n'est qu'en voyant l'aube arriver que Siane réalisa qu'avec tous ces événements, elle n'avait même pas remarqué qu'un nouveau jour s'était levé. D'une main tremblotante, elle attrapa son petit sac qu'elle n'avait pas quitté depuis qu'elle était sortie de la taverne. Elle l'ouvrit pour récupérer le ruban bleu de sa mère, seul souvenir qu'il lui restait désormais de sa vie d'avant.

— Joyeux anniversaire, Siane…, se dit-elle, la gorge serrée.

Et c'est sur ces mots qu'elle finit par s'endormir, les

yeux inondés de larmes. Elle s'était enfuie, certes, mais c'était bien loin de l'idée qu'elle s'était faite de son évasion. Ce qu'elle ne savait pas encore, du haut de ses tout juste dix-huit ans, c'était que la vie venait de mettre sur son chemin les premières étapes de son évolution.

CHAPITRE 3

— Mademoiselle ? Mademoiselle, vous m'entendez ? C'est l'heure de se réveiller !

Siane ouvrit un œil endormi, avant de se retrouver face à une jeune fille d'une quinzaine d'années. Celle-ci portait un tablier un peu trop grand pour contenir son corps menu, ainsi qu'un petit fichu maintenant ses beaux cheveux blonds. Elle semblait gênée de réveiller l'hôte de ses maîtres, mais au vu du soleil éclatant qui brillait au-dehors, la journée devait déjà être bien entamée. Lorsqu'elle eut repris ses esprits, Siane se redressa sur un coude, avant de lancer un sourire rassurant à l'adolescente.

— Je vous ai apporté de l'eau pour votre toilette, mademoiselle, dit celle-ci en désignant une élégante cuvette dorée. Ensuite, un petit-déjeuner vous attend dans la salle de réception, au rez-de-chaussée. Et lorsque vous aurez terminé, vous pourrez retrouver mon maître dans son bureau afin qu'il puisse tout vous expliquer.

Soulagée d'avoir transmis sans erreur le message qu'on lui avait dicté, la jeune fille s'inclina, avant de sortir de la chambre. Siane n'avait même pas eu le temps de lui demander son prénom, ni où elle se trouvait exactement. La seule chose dont elle se souvenait, c'était d'avoir été conduite en pleine nuit dans une grande maison bourgeoise et d'avoir longuement pleuré en songeant à Alex. Ce n'est qu'en voyant le petit ruban bleu tombé au pied du lit qu'elle se rappela que c'était son anniversaire. Elle, qui avait toujours imaginé que ce jour-là elle s'enfuirait à l'aube en volant la clef à Ravenna, devait bien admettre que la vie venait de lui jouer un sacré tour.

Sans hâte, Siane se lava avec soulagement, heureuse de nettoyer enfin la suie qui lui collait encore à la peau. Ses cheveux étaient tout aussi sales et lorsqu'elle eut terminé sa toilette, l'eau de la cuvette était gorgée d'un noir profond. La jeune femme se sentit tout de suite mieux et ce fut sans regret qu'elle abandonna sa robe dégageant une puissante odeur de brûlé, afin d'enfiler celle qui avait été soigneusement posée sur un fauteuil pour qu'elle puisse se changer. Elle glissa dans une de ses poches le ruban bleu de Seraphina, indispensable allié pour faire face à cette nouvelle situation.

La chambre dans laquelle elle se trouvait était joliment décorée, d'un raffinement coquet sans être trop chargée. Un des murs était orné d'un magnifique tableau dépeignant une forêt au printemps, où des animaux s'abreuvaient dans un ruisseau à la délicate teinte argentée. Si Siane avait grandi dans une maison bourgeoise, celle où elle avait été amenée dépassait de loin le confort de la demeure de ses parents. Les personnes qui vivaient ici devaient être immensément riches et elle eut tout à coup hâte de les rencontrer. Après avoir jeté un dernier regard vers un miroir sur pied, Siane inspira un bon coup, avant de plonger la main vers la poignée de la porte sa chambre.

Lorsqu'elle se retrouva dans un couloir désert aux boiseries sculptées, la jeune femme hésita un instant. Rien ne lui indiquait la direction à prendre pour se rendre dans la pièce où l'attendait son petit-déjeuner et elle tâtonna longtemps avant d'atterrir dans une salle à manger où une table imposante avait été dressée à son intention. La vue d'une brioche dorée lui arracha un soupir de soulagement et c'est seulement à cet instant qu'elle se rendit compte qu'elle avait l'estomac dans les talons. Son attention était tellement concentrée sur la nourriture qu'elle ne vit pas tout de suite qu'un jeune homme la dévisageait depuis l'autre bout de la table. Ce ne fut que lorsqu'il prononça ses premières paroles que Siane poussa un cri de surprise, gênée de se retrouver ainsi prise la main dans le sac.

— Bien le bonjour, Mademoiselle ! Je dois dire que nous ne vous attendions plus !

À ces mots, Siane réalisa qu'il devait être encore plus tard que ce qu'elle avait imaginé et elle s'inclina pour s'excuser, les joues rouges de honte.

— Je suis sincèrement désolée, j'étais épuisée par l'incendie et je me suis endormie très tard…

— Pas la peine de vous justifier avec moi, mademoiselle… Mademoiselle… ?

— Siane.

— Enchanté, Siane. Moi c'est Jórga, pour vous servir…

Les présentations ainsi faites, le jeune homme d'une vingtaine d'années lança un signe à son invitée pour qu'elle prenne place à table. Siane ne se fit pas prier et c'est en silence qu'elle passa les dix minutes suivantes à dévorer ce qui fut sans aucun doute le meilleur petit-déjeuner de son existence. Tout aurait été parfait, si elle n'avait pas senti le regard de Jórga peser tout du long sur ses épaules. Plusieurs fois, elle releva les yeux avant de les rebaisser aussitôt, gênée de se voir ainsi dévisagée. Ce n'était pas un jeu de séduction, ni même de l'intérêt pour l'inconnue qui était quasiment tombée du ciel la veille au soir, non. Jórga semblait fouiller dans sa mémoire, cherchant à reconnaître en Siane des traits qui lui étaient familiers.

Se méprenant sur ses intentions, la jeune femme se dépêcha de terminer le pain qui se trouvait dans son assiette et, regrettant de ne pas pouvoir se servir une fois de plus, elle s'essuya la bouche avant de se lever.

— Je vous remercie pour cet excellent petit-déjeuner, dit-elle en s'inclinant. Je dois maintenant vous quitter, car il me semble que quelqu'un m'attend.

— Absolument ! Je suis certain que mon père a hâte d'échanger avec vous... Vous pourrez trouver son bureau au bout de ce couloir, vous ne pouvez pas vous tromper.

Siane prit congé sans demander son reste, et ce n'est qu'une fois qu'elle se fut extirpée de la pièce qu'elle se remit à respirer normalement. Qu'il était étrange, ce Jórga, avec ses yeux d'un bleu délavé ! En y repensant, la jeune femme réalisa qu'elle n'avait guère pris le temps de détailler sa physionomie tant le regard de celui-ci l'avait mise mal à l'aise. Les seuls éléments dont elle se souvenait, c'était qu'il avait des cheveux bruns en désordre et une silhouette frêle qui dégageait une impression de fragilité. Jamais, de toute sa vie, elle n'avait rencontré une personne aussi singulière.

Tentant d'effacer l'image de cet inconnu, Siane s'enfonça dans les couloirs et, contrairement à ce que celui-ci lui avait dit, elle mit un petit moment à retrouver son chemin. Quand elle arriva enfin devant une belle porte en bois sur laquelle avait été sculptée la forme d'une pierre précieuse, elle se douta que c'était ici que se trouvait le propriétaire de la maison. Avec toute la délicatesse dont elle était capable, Siane frappa trois petits coups et attendit la réponse. Celle-ci arriva par une voix enjouée, ce qui incita la jeune femme à ouvrir la porte. Aussitôt, elle atterrit dans un autre monde, un univers incroyable qu'elle n'aurait jamais pu imaginer dans ses rêves les plus fous.

Partout autour d'elle, des milliers de cristaux étaient disposés dans toute la pièce, incrustés au plafond, accrochés sur les murs ou simplement posés sur des étagères en bois. Ils étaient de toutes formes et tailles, allant de minuscules éclats à la plus impressionnante des géodes, chacun se détachant de manière unique dans la semi-pénombre. Une immense bibliothèque en chêne, chargée de livres anciens aux reliures usées, occupait tout un pan de mur, cachant une grande partie de la seule fenêtre de la pièce, qui souffrait ainsi d'un cruel manque de lumière. Un globe terrestre reposait sur un piédestal dans un coin, tandis que près de la porte, une plante aux feuilles émeraude s'épanouissait dans un vase en cristal. Tout était magique, dans ce bureau improbable. Le propriétaire des lieux laissa quelques instants à Siane pour qu'elle s'acclimate à cette vision incroyable, avant de prendre la parole d'un air avenant.

— Bienvenue chez moi ! J'espère que tu as pu te ressourcer après le terrible incendie de la nuit dernière.

— Je… Oui, merci, je vais beaucoup mieux, grâce à votre hospitalité. C'était très gentil de votre part de me recueillir chez vous.

— Oh, cela faisait longtemps que nous avions organisé ta venue avec Alex, ne t'inquiète pas ! Je ne pensais juste pas que ça arriverait ainsi, tout de suite après la destruction malheureuse du Temple.

À ce souvenir, l'homme se renfrogna, les sourcils froncés. Il semblait immensément affecté par les événements de la veille et Siane se demanda quelle pouvait en être la raison. Elle avait tant de choses à découvrir, comme si elle venait enfin d'émerger d'un sommeil profond qui aurait duré plusieurs années… Mais même si elle brûlait d'impatience d'en apprendre plus, elle se souvint des leçons de bienséance enseignées par sa mère et se retint donc de prendre la parole en premier.

— Nous n'avons pas vraiment eu l'occasion de nous présenter hier soir, annonça l'homme. Je me nomme Thaddeus et, comme tu l'as peut-être compris, je suis le propriétaire de cette maison. J'habite ici avec mon fils, que tu as sans doute déjà rencontré.

— Oui c'est juste, il était dans la pièce quand j'ai déjeuné.

— Ne sois pas étonnée par son comportement un peu étrange, Siane. Il a été très affecté par la mort de sa mère, ma femme…

— Oh, je suis désolée !

— Ce n'est pas nécessaire, crois-moi. Cela remonte à bien des années, mais Jórga n'a plus jamais été le même depuis sa disparition.

Siane ressentit tout à coup un énorme élan de compassion pour le jeune homme, qu'elle avait sans doute mal jugé au premier abord. Elle se demanda ce qui avait pu arriver à la pauvre femme, en espérant que sa mort n'ait pas été aussi violente que celle de Seraphina. Perdue dans ses suppositions, elle prit un moment pour détailler l'homme qui lui faisait face. Il devait avoir une cinquantaine d'années, semblait plutôt avenant et surtout, il paraissait complètement indifférent au fait de porter une jambe de bois. Siane brûlait d'envie de savoir ce qu'il s'était passé pour en arriver là, mais elle ne pouvait se permettre de poser une telle question. Elle la laissa donc de côté pour l'instant, se promettant tout de même d'essayer d'en apprendre plus dès qu'elle en aurait l'occasion.

— Que sais-tu exactement des Passeuses d'âmes ? demanda subitement Thaddeus, faisant sursauter Siane à l'évocation de ce nom.

— Quasiment rien, ou presque…, répondit-elle. J'ai juste pu lire un article de journal hier qui mentionnait la nouvelle loi. Il semblerait que tout contact avec elles ait été interdit, mais je ne sais pas pourquoi. J'ignore complètement qui sont ces femmes, pour être honnête avec vous.

— Bien, j'ai donc plusieurs choses à t'expliquer pour que tu puisses cerner la situation. Profites-en pour t'asseoir, car ça risque d'être un peu long.

D'une main accueillante, Thaddeus indiqua la chaise qui faisait face à son bureau et Siane s'y installa après un court moment d'hésitation, légèrement impressionnée. Se retrouver dans une telle pièce, entourée de tant de minéraux, avait un côté envoûtant auquel elle ne s'était pas encore habituée. Pourtant, le sourire amical de son interlocuteur était plutôt rassurant, aussi inspira-t-elle un grand coup pour se donner contenance, non sans avoir saisi le petit ruban bleu qu'elle tritura entre ses doigts crispés.

— L'origine des Passeuses d'âmes est incertaine, débuta Thaddeus quand il se fut assuré que Siane était prête pour ses explications. Il se dit que c'est Séléné, la déesse de la Lune elle-même, qui aurait créé ce groupe à l'origine du temps. Quoi qu'il en soit, les textes les plus anciens mentionnent déjà ces femmes, qui ont toujours eu un rôle majeur dans notre société, celui d'accompagner les âmes jusqu'aux portes de la mort...

La bouche grande ouverte, Siane ne perdait pas une miette de ces explications. Jamais, de toute sa vie, elle n'avait entendu parler de cela, mais ce n'était peut-être pas surprenant, étant donné qu'elle n'avait pas vraiment pu quitter la taverne. Se penchant vers l'avant, la jeune femme redoubla d'attention, comme si sa vie dépendait des mots qui allaient bientôt être partagés.

— Je suis surpris qu'Alex n'ait jamais mentionné les Passeuses d'âmes, reprit Thaddeus, un sourcil levé. Ne t'emmenait-il pas au Temple d'Émeraude les lendemains de pleine lune ?

— Si, mais je suis certaine qu'il n'a jamais prononcé leur nom.

— C'est fort dommage, il faudra que je lui en parle à l'occasion... Quoi qu'il en soit, sache que jusqu'à ces dernières années, quasiment personne ne mourait dans notre cité sans que les Passeuses d'âmes ne l'aident en lui assurant une transition paisible vers l'au-delà. Elles ont eu différents rôles dans notre société, mais le principal était celui-là. Malheureusement, il me semble que tes propres parents n'ont pas pu être accompagnés au moment de leur disparition.

Siane manqua de s'étrangler en entendant ces mots. Comment un inconnu pouvait-il savoir ce qui était arrivé à Balric et Seraphina ? Complètement bouleversée, elle décida de poser la question à Thaddeus, mais la réponse de celui-ci ne fut pas à la hauteur de ses espérances.

— Une chose à la fois, ma belle enfant, je pense que tu n'es pas encore prête à tout entendre. Pour l'heure, ce que tu dois retenir, c'est que la nouvelle loi qui vient de passer est une véritable catastrophe. Je ne comprends même pas comment nous avons pu en arriver à cet extrême sans que j'en décèle les signes avant-coureurs. Et quand on voit comment la population a réagi, je m'en veux terriblement d'avoir été aussi aveugle…

Les propos de Thaddeus étaient suffisamment énigmatiques pour éveiller un tourbillon de curiosité en Siane et c'est le cœur battant qu'elle réfléchit à ses prochains mots. Elle devait en apprendre plus sur ces Passeuses d'âmes et le rôle qu'elles avaient joué dans la société au fil du temps.

— Qu'est devenu le petit coffre en argent que vous avez récupéré hier soir ? demanda-t-elle.

— Tu le sauras bientôt, lorsque Elysane viendra le chercher.

— Elysane ?

— C'est la Gardienne des cristaux, celle qui est la

représentante suprême des Passeuses d'âmes et qui dirige le domaine d'Ërendor. On peut dire que c'est mon homologue féminin, si tu préfères. Elle s'occupe de la mort, alors que je gère la vie. Cela fait plus de trente ans que nous travaillons ensemble. Je suis certain qu'elle arrivera au plus vite, si la chasse aux sorcières n'a pas encore commencé…

Gardienne des cristaux ? Ërendor ? Chasse aux sorcières ? Soudain, Siane se sentit complètement perdue. L'atmosphère du bureau de Thaddeus, inondé de reflets minéraux, se mit à l'étouffer, sans compter tout ce qu'elle venait d'entendre sans en comprendre la signification. Une bouffée de chaleur l'envahit subitement et elle se sentit dégouliner de sueur dans la robe qu'on lui avait prêtée.

— Je pense qu'il est temps de quitter mon bureau, annonça Thaddeus, les sourcils froncés. La puissance des cristaux peut être dérangeante pour ceux qui n'y sont pas habitués. Ne t'inquiète pas, nous reprendrons cette discussion plus tard, lorsqu'Elysane sera arrivée.

Sans se faire prier, malgré toutes les questions qui lui tournaient en tête, la jeune femme se releva en luttant contre un étourdissement. En quelques pas, elle sortit de la pièce avec précipitation, les jambes tremblantes. Ce n'est que lorsqu'elle eut atteint le bout du couloir qu'elle put enfin reprendre ses esprits. Que s'était-il donc passé pour qu'elle se sente mal aussi brusquement ?

Un peu honteuse de ne même pas avoir jeté un dernier regard à son hôte, Siane hésita à retourner dans le bureau, puis se ravisa. Elle n'était pas encore tout à fait revenue à son état normal et ne voulait surtout pas prendre le risque de s'effondrer dans une maison qu'elle ne connaissait pas. Après s'être assurée qu'elle pouvait marcher sans tituber, la jeune femme décida de retourner dans sa chambre. C'était sans compter sur Jórga, qui surgit sans crier gare à l'autre bout du couloir.

— Ah, mon père vous a enfin libérée ! Ça tombe bien, j'avais prévu de faire une petite balade avec vous dans le quartier. Dépêchez-vous donc d'aller prendre un châle et rejoignez-moi dans le hall d'entrée. Je suis sûr que nous allons beaucoup nous amuser !

Quel toupet ! suffoqua Siane. Elle aurait voulu répliquer qu'elle seule choisissait ce qu'elle avait envie de faire, mais Jórga avait déjà disparu, visiblement peu intéressé par l'avis de son invitée. Si l'orgueil de la jeune femme lui dictait de retourner se cloîtrer dans sa chambre dans l'attente de sa prochaine entrevue avec Thaddeus, sa curiosité la titilla un moment avant de l'emporter. Siane avait toujours aimé l'aventure et venait de passer huit années de sa vie à supporter l'enfermement et l'humiliation. Jórga n'était peut-être pas le compagnon idéal, mais au moins lui offrait-il la possibilité de découvrir par elle-même tout ce que Ravenna lui avait caché pour soi-disant la protéger. En un éclair, elle fonça en direction de l'entrée, sans se préoccuper un seul instant de récupérer un châle. Tant pis si elle avait froid, l'aventure ne pouvait pas attendre.

Thaddeus

— Toutes mes condoléances, Thaddeus… Je suis désolée de ce qui est arrivé à notre pauvre Isabela.

Elysane regarda son ami d'un air compatissant, consciente de l'horreur de la situation. En quelques minutes, la vie de celui-ci avait dramatiquement basculé, le laissant veuf en charge d'un enfant. La Gardienne, dès qu'elle avait eu vent de l'accident, avait accouru au chevet de Thaddeus, alors même que des guérisseuses de Silverdale étaient en train de lui amputer la jambe. Elle avait joint ses puissantes connaissances de Passeuse d'âmes aux efforts soutenus des autres femmes afin que celui-ci souffre le moins possible. Malgré tout, lorsqu'il s'était réveillé, Thaddeus avait hurlé de douleur, sans pouvoir dire si celle-ci était physique ou mentale. Seul le fait d'apprendre que Jórga était sain et sauf avait réussi à apaiser temporairement sa souffrance.

Trois jours s'étaient écoulés depuis le couronnement dramatique de Roderick. Elysane avait accordé ce temps à son ami afin que celui-ci puisse assimiler son amputation et la perte de sa femme, oscillant entre des phases de fièvre délirante et des scènes déchirantes où son fils pleurait entre ses bras. Pour la première fois de sa vie, la Gardienne n'avait trouvé aucune pierre précieuse pour soulager le malheur qu'elle observait, impuissante dans son rôle de Passeuse d'âmes, pourtant confirmée de longue date. Rien, jamais, ne pourrait apaiser le fait qu'Isabela avait été sauvagement assassinée.

— Pouvons-nous parler de ce qu'il s'est passé, maintenant ? demanda doucement Elysane, espérant que ce n'était pas trop tôt pour entamer cette discussion importante.

— Je ne suis pas encore prêt…, répondit Thaddeus d'une voix faible. Je ne comprends pas comment Roderick a pu faire une chose pareille le jour même où il est monté sur le trône…

— Roderick est un monstre sans cœur, stupide et avide de pouvoir. Malheureusement, même si nous savions qu'il allait être une menace pour Ërendor et les Passeuses d'Âmes, je ne pensais pas qu'il s'attaquerait à notre communauté aussi rapidement…

Les traits d'Elysane se figèrent dans une telle sévérité qu'elle sembla tout à coup sculptée dans le marbre. Ses yeux lancèrent des éclairs invisibles, qu'elle aurait voulu utiliser pour foudroyer le roi. C'était lui, désormais, le nouvel ennemi contre lequel elle devrait lutter jusqu'à la fin de ses jours. Son poing se serra, les jointures blanchissant sous la pression, tandis qu'elle réprimait une envie viscérale de hurler sa rage. L'horreur de ce qu'ils venaient tous de subir brûlait dans ses veines comme un poison, alimentant sa détermination. Plus rien ne pourrait la détourner de son objectif désormais : renverser celui qui avait osé s'attaquer aux Passeuses d'âmes.

Voyant que la Gardienne se perdait dans sa colère, Thaddeus lui posa une main apaisante sur le bras.

— Même si le peuple de Silverdale l'apprécie pour l'instant, je suis certain que cela ne durera pas. Roderick va commettre des erreurs, les gens vont se monter contre lui et chercheront à le

détrôner. Nous aurons notre vengeance, un jour, vous verrez.

Elysane hocha la tête, mais sa mâchoire resta crispée de frustration. Le sujet étant encore trop difficile pour l'un comme pour l'autre, elle s'orienta vers un thème différent, qui risquait de surprendre fortement Thaddeus.

— Je l'ai trouvée…, dit-elle simplement, consciente que celui-ci comprendrait immédiatement ses propos.

— Par Séléné ! Quand ?

— Le soir du couronnement, juste avant qu'on vienne me chercher pour m'informer de ce qu'il vous était arrivé.

— Où était-elle ?

— Dans une rue éloignée de Silverdale, complètement perdue. J'ai littéralement été guidée jusqu'à elle, comme si on m'avait tirée par le bras pour que nos chemins se rencontrent. J'ai sondé son âme et aucun doute n'est possible : c'est bien elle. Malheureusement, Thaddeus, j'ai une très mauvaise nouvelle à vous annoncer. Si j'ai pu la trouver, c'est parce que cette petite fille venait de perdre sa mère.

— Est-ce que je la connais ?

— Oui, c'est Siane, la fille de Balric et Seraphina.

— Seraphina ? Oh non…

Cette nouvelle pétrifia Thaddeus, l'extrayant pendant quelques instants de l'étau qui lui enserrait le cœur. Une peine immense l'envahit en songeant à la disparition de la femme de Balric, mais il ne put s'empêcher de ressentir également un espoir infini. Les années à venir seraient difficiles pour les Passeuses d'âmes, mais leur dernière heure n'était pas encore arrivée. Elysane venait de trouver, en plein cœur du chaos, celle qui lui succéderait lorsque sonnerait l'heure pour elle de rejoindre l'autre monde.

CHAPITRE 4

Ce que Siane découvrit en franchissant la porte d'entrée la laissa sans voix. La veille au soir, épuisée par l'effort déployé pour éteindre l'incendie, elle n'avait pas remarqué qu'elle avait atterri dans un magnifique quartier verdoyant. Tout autour de la maison se dessinait un jardin entretenu et soigné, où une multitude de roses dégageaient un parfum enivrant. Une longue allée, menant à un portail en fer forgé, débouchait sur une avenue accueillante. De grands arbres, qui portaient à peine les premières feuilles du printemps, égayaient une petite mare enjambée par un pont. À la vue de cette végétation, Siane se sentit renaître. Certes, elle connaissait très peu le quartier malfamé de la taverne de Ravenna, mais il était certain qu'il était à l'exact opposé de ce qu'elle découvrait en cet instant même. L'ancienne maison de ses parents donnait quant à elle sur une rue commerçante, mais leur jardin était beaucoup plus modeste, tout comme la bâtisse en elle-même avec son seul étage. En comparaison, la demeure de Thaddeus, vue de l'extérieur, ressemblait presque à un château.

— C'est magnifique ! dit-elle à Jórga, lorsque celui-ci lui demanda ce qu'elle en pensait.

— Oh, c'est comme tout, lui répondit-il d'une voix plate. Lorsqu'on s'habitue, ça n'a plus aucun intérêt.

Prise de court, Siane regarda le jeune homme s'éloigner sans l'attendre. Alors qu'il paraissait enjoué à peine quelques minutes plus tôt, il était redevenu aussi froid qu'une pierre. *Quel drôle de personnage !* songea-t-elle en s'élançant à sa poursuite. *Pourquoi passe-t-il d'une humeur à l'autre aussi rapidement ?* Ce n'est qu'en se souvenant qu'il avait été impacté par la mort de sa mère que Siane arrêta de se poser des questions. Après tout, elle-même avait beaucoup souffert de la disparition de Seraphina... Chacun réagissait différemment au deuil et cela n'avait en aucun cas à être jugé.

La découverte des alentours de la maison de Thaddeus impressionna tellement Siane qu'elle ne parvint pas à trouver les mots pour exprimer son émerveillement. Jamais elle n'avait imaginé que dans sa ville puissent coexister des quartiers si différents les uns des autres... Partout où elle regardait, des jardins avaient été entretenus avec soin et des parterres fleuris s'étalaient devant des demeures bourgeoises aux façades élégantes, comme si elles étaient sorties tout droit d'un conte. Chaque coin de rue révélait une nouvelle merveille, chaque maison semblait raconter une histoire. Que c'était doux, et reposant, de se trouver dans un lieu où on ne risquait pas de se faire agresser à la moindre occasion !

Jórga s'amusait manifestement beaucoup de

l'étonnement qu'affichait Siane. Il avait de nouveau repris un masque jovial et il passa les dix minutes suivantes à prononcer un long monologue pour expliquer à la jeune femme tout ce qu'elle pouvait observer dans le quartier. Voisins fâchés, taxes non payées, suspicion d'adultère, tout y passa, surtout ce que Siane aurait bien aimé ne pas entendre. Mais Jórga était lancé et il l'invita même à prendre un thé dans une jolie petite boutique qui vendait des gâteaux tous plus merveilleux les uns que les autres. Il la laissa choisir le plus gros, celui avec autant de crème que de paillettes multicolores. Même s'il ne pouvait s'en douter, cela fut le plus beau cadeau d'anniversaire que Siane eût reçu depuis le décès de sa mère.

Tandis qu'elle dévorait son gâteau, la jeune femme hésita à poser quelques questions sur les fameuses Passeuses d'âmes, mais Jórga regardait par la fenêtre sans lui prêter la moindre attention. Elle le laissa donc dans son monde, songeant seulement à l'étrangeté de sa propre situation. Alors que la veille elle épongeait des tables en préparant secrètement son évasion, elle se retrouvait désormais en compagnie d'un jeune homme au caractère changeant, orphelin de mère et fils d'un bourgeois qui travaillait au milieu de ses cristaux. Pour un peu, Siane aurait ri de l'improbabilité de ce qui lui arrivait, mais l'incendie du Temple et la nouvelle loi contre les Passeuses d'âmes lui rappelaient que des choses terribles étaient sans doute en train d'être fomentées dans l'ombre.

Lorsqu'ils rentrèrent enfin, la jeune femme n'avait toujours pas réussi à se faire une opinion sur Jórga. Tantôt aussi enjoué qu'un enfant, tantôt aussi impassible qu'une tombe, il alternait entre plusieurs émotions en quelques secondes. Siane le quitta au pied de l'escalier et, à défaut de mieux, elle retourna dans sa chambre. Que faire, en attendant qu'on vienne la chercher ? Et d'ailleurs, combien de temps devrait-elle patienter avant sa prochaine entrevue avec Thaddeus ? Finalement, ces questions trouvèrent rapidement une réponse lorsque des bruits de grande agitation s'élevèrent dans le hall d'entrée. Siane se glissa à travers sa porte et, sur la pointe des pieds, elle s'approcha en silence du haut de l'escalier.

— Elysane ! s'exclama la voix du maître de maison. Je ne pensais pas que vous parviendriez à venir si vite !

— À qui le dites-vous, mon cher ami ! Les habitants de Silverdale sont devenus complètement fous et j'ai dû ruser pour arriver jusqu'ici... Les portes de la ville ont été fermées hier soir et de nombreuses Passeuses d'âmes se sont retrouvées coincées, sans aucun moyen pour rejoindre la forêt.

— Quel désastre...

— Heureusement que vous avez réussi à sauver le coffre du Temple d'Émeraude ! La situation est déjà suffisamment critique comme ça, sans compter que nous devons tout mettre en œuvre pour bloquer momentanément l'accès à Ërendor. Je ne comprends pas comment Roderick a pu publier ce décret sans que nous en ayons eu vent auparavant. C'est une véritable catastrophe pour notre communauté...

La suite de la discussion se perdit dans les couloirs, à la grande déception de Siane. Elle avait un goût de trop peu dans la bouche et une furieuse envie de comprendre ce qu'il se passait. Après toutes ces années chez

Ravenna, elle ne pouvait accepter d'être tenue à l'écart plus longtemps... La jeune femme se tortilla donc un moment sur place, avant de prendre une décision complètement déraisonnable. Elle descendit l'escalier en silence, priant pour ne pas croiser la servante du matin, puis vint coller son oreille à la porte fermée du bureau de Thaddeus. À peine eut-elle entendu un chuchotement qu'une voix enjouée la tira de sa concentration.

— Vous savez que ce n'est pas bien d'écouter aux portes ?

Prise sur le fait, Siane ne put nier l'évidence. Elle sourit d'un air gêné à Jórga, qui l'observait avec un mélange d'amusement et de fantaisie dans le regard.

— Je... Je suis désolée, balbutia-t-elle. Je ne voulais pas...

Jórga leva la main pour la couper dans son élan.

— Ne vous en faites pas, Siane, nous sommes tous curieux à un moment ou à un autre dans notre vie... Puisque vous êtes si désireuse de savoir ce qui se trame derrière cette porte, peut-être devrais-je vous laisser espionner en ma compagnie ? Qui sait ce que nous pourrions découvrir ensemble ?!

Le jeune homme n'attendit même pas la réponse de Siane pour coller son oreille à la porte à son tour. D'un air conspirateur, celle-ci suivit son exemple et tous deux se concentrèrent pour écouter ce qu'il se déroulait à l'intérieur du bureau. Ils n'entendirent tout d'abord que des chuchotements, comme si Thaddeus et Elysane se doutaient de quelque chose. Il fallut attendre quelques minutes pour que leurs voix reprennent un volume normal.

— Ainsi, elle vient tout juste d'avoir dix-huit ans ? s'enquit la Gardienne.

— Oui, aujourd'hui. On peut dire que les événements n'auraient pas pu s'enchaîner de meilleure façon, si je peux m'exprimer ainsi.

— Alex l'avait-il prévenue que nous devions venir la chercher ?

— J'en doute, elle semblait tout ignorer des Passeuses d'âmes… Elle ne connaissait même pas l'existence de la Salle du Dernier Repos !

— C'est une grossière erreur de la part d'Alex de ne pas l'avoir préparée un minimum. Je suppose qu'il a voulu la préserver jusqu'au bout, mais c'était une très mauvaise décision, vu le destin qui l'attend… Imaginez un seul instant si nous avions perdu sa trace après l'incendie !

— Je vous l'accorde. Au vu de la menace qui plane au-dessus de notre communauté, nous ne pouvons nous permettre de perdre une nouvelle recrue d'une telle importance…

Les mots suivants furent de nouveau prononcés à voix basse, mais Siane en avait assez entendu. Thaddeus et Elysane ne pouvaient parler que d'elle, qui connaissait très bien Alex et qui venait tout juste d'avoir dix-huit ans. Mais pourquoi semblaient-ils s'intéresser autant à son cas ? Alors qu'elle songeait que sa vie avait décidément pris un drôle de tournant, elle sentit une main se poser sur son épaule.

— Mais dites donc, petite cachottière, vous ne m'aviez pas dit que c'était aujourd'hui votre anniversaire ! s'exclama Jórga.

— Oh, ce n'est pas très importa…

— Vous plaisantez ! On a dix-huit ans qu'une seule fois dans sa vie ! Allons fêter ça !

Avant même d'avoir pu réagir, Siane fut entraînée dans le couloir, tirée par Jórga qui hurlait des ordres aux différents serviteurs de la maison.

— Des gâteaux ! Du vin ! Une jolie table ! Dépêchons, je vous prie !

En moins de cinq minutes, la jeune femme se retrouva assise devant une montagne de sucreries, un verre à la main. Elle n'osa pas dire qu'elle avait déjà pris un petit-déjeuner consistant et un gâteau à la crème dans une pâtisserie, aussi se resservit-elle d'une appétissante charlotte aux fraises sortie d'on ne sait où, tandis que Jórga poussait les serviteurs dans leurs retranchements. Lorsqu'il se fut assuré que tout était parfait, il tomba dans une sorte d'apathie et ne prononça plus un mot, le regard perdu. C'est à ce moment-là que Siane se rendit compte qu'elle avait un réel coup de cœur amical pour ce jeune homme, qu'elle ne comprenait pas encore tout à fait, mais qui était à coup sûr extrêmement attachant. Son humour décapant, ses yeux dans le vague, ses sautes d'humeur, ses traits simples sur son visage émacié, tout concordait pour que Siane se demande si elle ne venait pas de rencontrer l'ami qu'elle n'avait jamais eu. S'il était encore trop tôt pour le dire, elle eut la certitude, tandis que Jórga se perdait dans des pensées connues de lui seul, qu'ils vivraient de grandes aventures ensemble.

Après avoir fini son gâteau, à la limite de l'écœurement d'avoir tant mangé depuis son réveil, Siane se releva pour prendre congé. Elle devait impérativement retourner vers le bureau de Thaddeus afin d'en apprendre davantage sur son lien avec les

Passeuses d'âmes. Elle se promit que, d'ici la fin de la journée, elle aurait élucidé le mystère qui entourait ces femmes et leur rapport avec le Temple d'Émeraude... mais c'était sans compter sur Jórga, qui ne la laissait jamais faire ce qu'elle avait prévu. La phrase qu'il prononça pour la retenir balaya l'espace tel un ouragan.

— Dites, vous n'auriez pas un frère par hasard ?

À ces mots, Siane dut se précipiter sur sa chaise tant ses jambes s'étaient mises à trembler. Bien sûr qu'elle avait un frère, un frère jumeau même ! Comment était-ce possible que Jórga en fasse mention ? Le connaissait-il ? Y avait-il le plus infime espoir qu'il ait été vivant pendant toutes ces années ? Le cœur battant, Siane hocha brièvement la tête faute de mieux, l'émotion la secouant en tous sens.

— Ah, je me disais bien que votre visage me disait quelque chose ! Il s'appelle Draven, n'est-ce pas ?

— Vous... Vous le connaissez ? souffla Siane.

— Mais enfin, évidemment, c'est le meilleur forgeron de Silverdale ! Tous les grands bourgeois savent qui il est !

Siane sentit son cœur bondir dans sa poitrine, tel un oiseau soudainement libéré de sa cage. Draven, son frère, vivant, et en plus, reconnu comme le meilleur forgeron de la ville ! Les années de questions sans réponses semblèrent se dissiper dans un éclair d'espoir. Les larmes montèrent aux yeux de la jeune femme, mais elle se força à garder son calme, à contrôler l'avalanche d'émotions qui menaçait de l'emporter. Elle devait en savoir plus, comprendre ce qui était arrivé à Draven, comment il avait survécu toutes ces années et pourquoi il n'était jamais venu la retrouver. Avec effort, elle articula d'une voix qui vrillait légèrement :

— Pourriez-vous m'emmener le voir ?

— Bien sûr ! Mais pourquoi tremblez-vous autant ? Ça fait longtemps que vous ne l'avez pas vu ?

Ce fut la question de trop et les digues lâchèrent enfin. Siane pleura sans retenue, des larmes de soulagement mêlées à celles de la douleur trop longtemps refoulée. Elle se rendit compte à quel point Draven lui avait manqué et combien elle avait espéré qu'il soit toujours en vie quelque part. Elle-même avait tant souffert chez Ravenna qu'elle n'avait pas eu le courage d'accepter l'éventualité de la mort de son frère jumeau.

— Cela fait des années, expliqua-t-elle d'une voix étouffée par les sanglots. J'ignorais qu'il était encore vivant…

Jórga, touché par l'émotion de Siane, lui adressa un regard compatissant, avant de lui répondre d'un ton plus doux qu'à l'accoutumée.

— Ne vous inquiétez pas, nous irons le voir ensemble dès que nous en aurons l'occasion. Je suis sûr que votre frère et vous avez énormément de choses à vous raconter…

La jeune femme avisa une petite serviette et s'en saisit pour s'essuyer les yeux, avant de se moucher bruyamment. Elle n'avait qu'une hâte, c'était de partir à l'instant pour retrouver Draven, mais Jórga ne semblait pas l'entendre de cette oreille. Il n'avait pas bougé de sa chaise et son visage affichait même l'expression vague indiquant qu'il allait de nouveau s'échapper dans ses pensées.

— Pouvons-nous y aller maintenant ? demanda

Siane, en tirant la manche de son hôte pour le ramener dans la réalité.

— Hummm, je crains que cela ne soit pas possible. Si je ne me préoccupe pas le moins du monde de la réaction de mon père quand il s'apercevra que vous n'êtes plus dans la maison, je ne peux prendre le risque de décevoir Elysane. C'est une grande dame, vous savez !

— Mais je me fiche de cette Elysane ! s'emporta la jeune femme. Ça fait huit ans que j'espère retrouver mon frère, elle pourra bien m'attendre une petite heure, vous ne croyez pas ?!

— Non, ma chère, c'est impossible…, prononça une voix noble dans son dos. Nous n'avons pas une minute à perdre pour rejoindre Ërendor, malheureusement.

Tous se tournèrent vers celle qui venait de parler. Dans l'encadrement de la porte se dressait la silhouette altière d'une femme d'une soixantaine d'années, vêtue de riches habits agrémentés de délicates broderies argentées. Ses longs cheveux grisonnants étaient retenus en un chignon d'une complexité désarmante, dont une simple mèche était libérée pour venir reposer sur ses épaules. Ce qui captiva immédiatement le regard de Siane fut le magnifique bijou de front qu'elle portait : une fine chaîne d'argent, ornée de motifs inspirés de la nature, mettant en valeur la courbe de son visage. Au bout de cette chaîne pendait une perle de grande taille, scintillant subtilement en capturant la lumière ambiante. Cela ne pouvait être qu'Elysane, la Gardienne des cristaux et la représentante des Passeuses d'âmes. Son regard était empreint d'une certaine bienveillance, mais on pouvait également y déceler une grande autorité qui montrait bien qu'elle n'était pas disposée à attendre.

— Rejoins-moi dans le bureau de Thaddeus, je te prie, annonça-t-elle de sa voix grave. Nous avons à peine le temps de faire nos adieux avant de partir.

— Mais…

— Et ne t'en fais pas pour la puissance des cristaux. Il va falloir que tu t'habitues de toute façon, donc autant commencer dès maintenant. Ce sont eux qui sont les maîtres d'Ërendor, comme tu pourras bientôt le constater.

Sans un mot, Elysane disparut aussi silencieusement qu'elle était arrivée, libérant simplement une traînée pailletée dans son sillage. Siane resta ainsi, le souffle coupé, sous le regard interrogateur de Jórga. Il semblait lui dire qu'elle n'avait désormais plus le choix, mais ce n'était pas du tout l'avis de la jeune femme. La seule chose qu'elle souhaitait en cet instant précis, c'était d'aller rejoindre Draven au plus vite, Passeuses d'âmes ou pas. Il devait y avoir une immense méprise sur sa personne, il ne pouvait en être autrement. Sentant qu'on ne la laisserait pas s'échapper de cette maison aussi facilement, Siane se leva d'un bond pour aller s'expliquer. Peu importe ce qu'on exigerait d'elle, les retrouvailles avec son frère ne pouvaient attendre.

CHAPITRE 5

Arrivée devant la porte du bureau, Siane hésita un instant avant de frapper. Elle avait encore le mauvais souvenir de son étourdissement gravé dans le corps et n'avait qu'une seule crainte : que cela se reproduise avant qu'elle n'ait pu plaider sa cause. Après avoir pris une profonde inspiration, la jeune femme annonça timidement sa présence, puis ouvrit la porte avec précaution. Si les cristaux l'avaient impressionnée lors de sa première visite, ce qu'elle découvrit à ce moment-là la laissa littéralement sans voix. L'ensemble de la pièce vibrait en harmonie avec la prestance d'Elysane, répondant à l'aura qu'elle dégageait dans un millier de petits scintillements argentés. L'ambiance était tellement irréelle qu'on aurait dit que les murs eux-mêmes chuchotaient leur admiration pour la présence imposante de la Passeuse d'âmes. Pendant quelques instants, Siane se sentit transportée dans un autre monde, incertaine de savoir quelle était sa propre place au milieu d'une telle majesté.

Si le sourire de Thaddeus était aussi avenant que la première fois, l'attention d'Elysane semblait entièrement focalisée sur le visage de la nouvelle arrivée. Avant même que Siane puisse prononcer un mot, la Gardienne s'approcha d'elle à pas feutrés. Elle posa sa main sur le front de la jeune femme et se concentra quelques secondes dans un silence profond. À ce contact, Siane ressentit une décharge électrique dans tout le corps et n'osa plus bouger, de peur de faire un mauvais mouvement. Elle sentait que, par ce simple geste, Elysane était en train de sonder son âme. Après un temps interminable, les deux femmes se séparèrent enfin, tout en continuant à s'étudier du regard.

— C'est bien ce que j'avais pressenti il y a huit ans, déclara la Gardienne d'une voix blanche. Siane, tu as tout le potentiel en toi pour devenir une grande Passeuse d'âmes. J'ai rarement rencontré une personne aussi connectée que toi et je suis certaine que ton don sera extrêmement précieux pour notre communauté.

— Je… je crois qu'il y a une méprise immense. Je dois partir de toute urgence, car mon frère…

— Rappelle-nous quel âge tu avais quand tu es devenue orpheline ? l'interrompit Thaddeus.

Siane se tourna vers son hôte, les yeux écarquillés. Une fois de plus, elle se demanda comment il pouvait savoir qu'elle avait perdu ses deux parents. Les avait-il connus avant leur décès ? Piquée par la curiosité, elle ne put s'empêcher de répondre.

— J'avais neuf ans. Ma mère a été tuée par un cheval le jour du couronnement de Roderick et mon père a été assassiné six mois plus tôt. Pourquoi ?

— C'est pour ça…, reprit Elysane sans réagir à sa question. Deux morts violentes en si peu de temps, cela ne peut que laisser des traces dans la vie d'une enfant.

Mais enfin, que se passe-t-il ? s'indigna Siane en silence. *De quel droit cette Elysane se permet-elle de commenter la perte de mes parents ?* Alors que c'était elle qui avait répondu en donnant des précisions, la jeune femme en voulut brusquement à la Passeuse d'âmes de raviver des souvenirs qu'elle avait tant bien que mal réussi à enfouir au plus profond de sa mémoire. Elysane se rendit compte du trouble de Siane et, pour la première fois depuis leur rencontre, elle esquissa un léger sourire empreint de compassion.

— Contrairement à ce que tu t'imagines, je comprends parfaitement ton désarroi, dit-elle doucement. J'ai moi-même perdu mes deux parents dans un incendie lorsque j'avais quatre ans. J'ai été élevée par un oncle qui ne s'est absolument pas occupé de moi, jusqu'à ce que je rejoigne enfin le groupe des Passeuses d'âmes. Tu n'es pas seule dans cette situation, bien au contraire. Toutes les personnes que tu rencontreras à partir de maintenant sont orphelines de leurs deux parents.

Les mots d'Elysane eurent un grand impact sur Siane, bien plus que ce qu'elle aurait pu imaginer. Elle tourna le visage vers Thaddeus et, au regard bouleversé que celui-ci lui renvoya, elle comprit qu'il avait également perdu ses parents. Malgré la tristesse de cette révélation, la jeune femme se sentit tout à coup réconfortée d'avoir trouvé quelqu'un avec qui partager son malheur. Elle pensa à Jórga, qui était peut-être en cet instant même en train d'écouter à la porte, et qui lui-même avait perdu sa mère.

Tant d'informations avaient été transmises à Siane depuis la veille au soir qu'elle commença à sentir son esprit s'emmêler… À moins que ce ne fût l'impact des minéraux qui reprenaient le pouvoir sur elle ? Percevant la confusion de son interlocutrice, Elysane s'approcha d'elle les sourcils froncés, avant de s'arrêter brusquement, coupée dans son élan.

— Attendez, il se passe quelque chose…, murmura-t-elle en levant la main.

La Gardienne se pencha vers l'avant, concentrée sur une scène invisible qu'elle seule pouvait voir. Dans ce moment suspendu hors du temps, Siane remarqua qu'elle portait une chaîne fine autour du cou, au bout de laquelle pendait une petite clef. Cette vision ne dura qu'un instant, avant qu'Elysane ne se redresse brusquement, les traits bouleversés.

— Par tous les cristaux d'Ërendor, une de mes Passeuses est en danger !

Faisant tout à coup volte-face, la Gardienne se précipita vers une immense géode qui trônait dans un coin du bureau. Elle passa brièvement la main dessus et une image se matérialisa au cœur de l'incroyable roche comme par magie. Siane en eut le souffle coupé, autant par les pouvoirs cachés d'Elysane que par ce qu'elle découvrit au sein de la géode.

On pouvait apercevoir une jolie femme d'une trentaine d'années, en train de tenir la main d'un mourant. Elle semblait douce et bienveillante, murmurant des mots de réconfort à l'oreille de celui qui était sur le point de partir vers un autre monde. Tandis que la scène se déroulait avec une intensité poignante,

Elysane perdait pied dans la réalité. « Enfuis-toi, supplia-t-elle, ils arrivent, tu n'auras bientôt plus le temps de leur échapper… » Mais la Passeuse d'âmes, dont l'image était désormais bien nette au cœur de la géode, ne semblait pas entendre cette demande. Et lorsque des soldats du roi débarquèrent dans la pièce, elle ne fit pas un seul mouvement pour se relever. Toute son attention était concentrée sur l'homme qu'elle accompagnait, s'assurant que sa mission de le guider vers l'au-delà serait menée jusqu'à son terme. Le mourant poussa un dernier soupir au moment même où les gardes se saisissaient de la femme. Ils la plaquèrent au sol sans ménagement, avant de lui ligoter les mains dans le dos. Elysane laissa s'échapper un petit cri, puis l'image disparut, ramenant la pièce dans une réalité brute et froide.

— Pourquoi ne s'est-elle pas enfuie hier soir quand il était encore temps ? demanda Thaddeus, lorsque le choc se fut un peu dissipé.

— Je pense qu'elle voulait mener sa dernière mission jusqu'au bout…, répondit Elysane dans un souffle. Mais c'est une terrible erreur, car d'avoir préféré rester auprès de cet homme, elle s'est condamnée à ne plus jamais pouvoir en accompagner d'autres.

Siane ne savait pas ce qui l'impressionnait le plus, entre le sacrifice de la jeune femme et la façon dont elle avait guidé le malheureux vers la mort. Pour la première fois de sa vie, elle avait vu une Passeuse d'âmes en train d'accomplir sa mission, dans une scène qui avait semblé naturelle malgré le danger. Jamais Siane n'avait imaginé qu'il puisse exister de telles cérémonies dans sa ville. La Salle du Dernier Repos, qui avait failli brûler elle aussi dans l'incendie du Temple d'Émeraude, avait-elle servi dans cette optique aux Passeuses d'âmes ? Tant de nouvelles questions venaient d'être soulevées, et trop peu de réponses semblaient pouvoir être données pour l'instant… Ce n'était ni le lieu ni le moment, au vu des larmes cristallines qui inondaient les yeux d'Elysane, bientôt réconfortée par les bras de Thaddeus. Tous étaient sous le choc et aucun mot ne parvint à être prononcé tant les gorges étaient serrées par l'émotion. C'est dans ce moment critique que Jórga fit son apparition, gêné de devoir interrompre cette triste scène de recueillement.

— Je m'excuse de vous déranger, mais une jeune femme vient d'arriver. Elle vous cherchait, Elysane, et je crois qu'elle va être rassurée de vous avoir trouvée. Elle avait l'air très inquiète… Elle dit qu'elle était venue accomplir une mission pour vous à Silverdale et qu'elle s'est retrouvée piégée.

— Par Séléné, ce doit être Miriel ! s'exclama Elysane. Elle arrive à point nommé, car dès que je rentrerai à Ërendor, il faudra malheureusement que j'en ferme les portes derrière moi. Elle aurait pu rester coincée à l'extérieur, comme toutes celles qui n'auront pas le temps de revenir dans le domaine… Fais-la entrer, Jórga.

Le jeune homme s'effaça dans l'encadrement de la porte et une silhouette toute menue se glissa dans le bureau. La personne qui venait d'arriver avait des cheveux blonds tirant sur le doré, de grands yeux bleus effrayés et un visage effilé. Elle devait avoir à peine vingt ans et portait également une perle, moins impressionnante que celle de la Gardienne, sur le front.

Sa longue robe blanche, parsemée de milliers de petites étoiles brodées avec un fil d'argent, lui tombait jusqu'aux pieds, lui recouvrant tout le corps avec pudeur. Jamais Siane n'avait vu quelqu'un d'apparence aussi fragile, mais dégageant pourtant une puissance bien cachée.

— Entre, Miriel, l'accueillit Elysane. Nous allions partir, tu arrives au bon moment.

À ces mots, la jeune femme éclata en sanglots, de peur autant que de soulagement.

— Je ne savais plus où aller ! finit-elle par expliquer en reniflant. Les portes de la ville ont été fermées juste avant que je parvienne à les franchir et les soldats du roi nous traquent désormais dans les moindres recoins. Tant de Passeuses d'âmes n'ont pas encore eu le temps de s'échapper ! Pourquoi s'en prennent-ils à nous ainsi ? Nous sommes innocentes !

Terrée dans un coin, Siane ne savait plus quoi faire pour se sortir de cette situation. Elle avait l'impression d'être une intruse dans cette scène d'une grande vulnérabilité et se maudit de ne pas avoir tout mis en œuvre pour s'enfuir tant qu'elle le pouvait. Depuis l'autre bout de la pièce, Jórga lui lança un petit signe d'apaisement alors qu'il semblait lui-même profondément troublé.

— Vous devriez partir maintenant, conseilla Thaddeus à Elysane. Si Roderick arrive à remonter la piste jusqu'ici, il y a fort à parier que ses soldats vont bientôt débarquer avec du renfort. Il faut que vous empruntiez le passage secret pour rejoindre Ërendor au plus vite, avant de pouvoir en condamner l'accès. Personne ne doit trouver où se cache votre domaine…

— C'est juste, nous n'avons perdu que trop de temps, concéda la Gardienne. Miriel, Siane, suivez-moi, je vous prie.

Il était enfin arrivé, ce moment où Siane devait définitivement s'imposer pour expliquer qu'elle n'accompagnerait pas les Passeuses d'âmes. Il était hors de question qu'elle quitte la ville, pas sans avoir retrouvé son frère. Elle voyait bien que de grandes choses se tramaient autour d'elle, mais sa décision était prise depuis la seconde où Jórga avait prononcé le nom de Draven. Pendant qu'elle cherchait comment annoncer au mieux son refus, Elysane avait glissé le coffre en argent récupéré la veille dans une besace. Chaque minute était désormais comptée, au grand désespoir de Siane qui devait absolument se sortir de cette situation. Lorsqu'elle vit le petit groupe prêt à quitter le bureau, elle n'eut plus d'autre choix que de s'interposer.

— Attendez ! s'exclama-t-elle. Je ne peux pas partir avec vous comme ça… J'ai une vie ici que je ne peux abandonner.

— Ton rôle de serveuse te manque-t-il déjà ? demanda Elysane assez sèchement.

— Non, ce n'est pas du tout ça… Je vous remercie de vouloir prendre soin de moi, mais je ne peux pas venir avec vous. Jórga vient de me dire qu'il connaît mon frère, alors que je ne l'ai moi-même pas vu depuis des années. Je dois absolument aller le retrouver. C'est très important pour moi, je suis désolée…

Thaddeus lança un regard noir à son fils, qui répondit par un geste de complète innocence. *Quel comédien !* songea Siane, éberluée. Mais personne n'était dupe dans la pièce, surtout pas Elysane qui étudia à son tour le jeune homme de biais.

— Que puis-je dire pour te convaincre de nous accompagner ? demanda la Gardienne en revenant à Siane.

— Rien. J'ai déjà pris ma décision.

— Je doute que tu aies fait le bon choix… Tu as dix-huit ans désormais, il est temps d'endosser le rôle que tu es venue accomplir dans le monde.

— Je pense que vous vous trompez à mon sujet. Je n'ai aucun lien avec les Passeuses d'âmes et la nouvelle loi qui vient d'être annoncée ne me concerne absolument pas. Je suis sincèrement désolée de ce qui arrive à votre communauté, mais cela n'a rien à voir avec moi. Je dois rester à Silverdale pour retrouver Draven.

— Je comprends.

C'était trop facile…, s'inquiéta Siane, tout à coup méfiante devant le faux air de détachement d'Elysane. Elle sentait bien que quelque chose n'allait pas, alors que l'atmosphère devenait à chaque instant un peu plus pesante. C'est à ce moment précis, tandis que la situation semblait cristallisée par deux forces qui s'affrontaient, qu'elle recommença à sentir le malaise qui l'avait saisie lors de son premier passage dans le bureau de Thaddeus. Les reflets des minéraux devinrent soudain menaçants, oppressant sa cage thoracique de manière inquiétante. Chaque lumière s'amplifia, chaque son se mit à résonner anormalement fort, et lorsque la jeune femme tenta de décoller ses pieds du sol pour s'extraire de la pièce, elle se rendit compte qu'elle était incapable de faire le moindre mouvement. Elle vit simplement Elysane s'approcher d'elle, son regard perçant fixé sur son visage.

— Ne résiste pas, murmura la Gardienne d'une voix empreinte d'une autorité indéniable. Cela sera plus facile pour toi.

Dans l'incapacité de bouger, Siane ressentit un léger picotement lorsque les doigts d'Elysane effleurèrent délicatement son front. Elle aurait voulu crier, mais une sensation de somnolence l'envahit peu à peu, tandis que ses paupières devenaient de plus en plus lourdes. Elle lutta autant que possible contre la torpeur qui l'enveloppait, en vain. La dernière image qui se grava dans l'esprit de la jeune femme fut l'expression horrifiée de Jórga, puis elle sombra dans un sommeil profond, tandis que Thaddeus l'entourait de ses bras pour la retenir dans sa chute. C'est ainsi que Siane, le jour de ses dix-huit ans, fut emmenée contre son gré dans la communauté d'Ërendor.

Après son arrivée, alors qu'elle était encore endormie, douze autres Passeuses d'âmes réussirent à franchir les portes du domaine, avant que celles-ci ne soient définitivement condamnées. Sept femmes, restées en arrière, furent traquées par les soldats de Roderick, puis brûlées sur de grands bûchers. À chacun de ces décès, la ville de Silverdale perdit un peu de son âme, sans même se rendre compte de la gravité de la situation. En l'absence des Passeuses d'âmes, dont le rôle ne pourrait désormais plus être assuré, la mort viendrait bientôt rôder au plus près des habitants.

Chapitre 6

Le réveil de Siane fut presque aussi brutal que la façon dont elle avait été kidnappée. Dans une immense confusion, elle émergea de son inconscience avec un violent mal de tête, chaque battement de son pouls se répercutant avec fracas dans son crâne. Ses paupières étaient lourdes et quand elle put enfin garder les yeux ouverts plus de quelques secondes, elle aperçut un visage familier qui se penchait au-dessus du sien.

— Aaah, ça y est, tu es réveillée ?! s'exclama Miriel, soulagée.

— Où… Où suis-je ? fut la seule phrase que Siane réussit à articuler.

— À Ërendor, le domaine des Passeuses d'âmes !

À ces mots, la jeune femme aurait voulu rugir sa rage, mais elle n'en avait pas encore la force. De quel droit l'avait-on emmenée contre son gré, alors qu'elle avait clairement annoncé sa décision ? Le choc fut si soudain que l'esprit de Siane, dans un souci de protection, la renvoya dans un état de semi-inconscience. Miriel veilla tout du long la nouvelle arrivée, lucide quant à la violence de ce qu'elle était en train de traverser. Il fallut attendre de nombreuses heures, pendant lesquelles Elysane fit quelques apparitions pour vérifier la situation, avant que Siane n'émerge à nouveau.

Cette fois-ci, elle ne fit même pas l'honneur de parler à Miriel. Elle était tellement en colère, tellement bouillonnante de frustration et d'impuissance, qu'elle préféra garder le silence pour montrer son mécontentement. Des pensées tumultueuses tournoyaient dans son esprit, comme des vagues déchaînées sur une côte rocheuse. Elle se sentait trahie, violée dans son intimité la plus profonde, et cela faisait naître en elle une fureur sourde, incontrôlable.

À ses côtés, Miriel ne parvenait pas à dissimuler le bouleversement qui l'agitait. Ce que Siane ne savait pas encore, c'est que la Passeuse d'âmes possédait le don très contraignant d'être submergée par les émotions de son entourage. Ainsi, elle ressentait la tempête intérieure que traversait Siane comme si elle-même la vivait, sans rien pouvoir faire pour la contrôler. Ce statu quo dura plus d'une heure, jusqu'à ce que Miriel ait la présence d'esprit d'apporter un bouillon bien chaud dans la chambre.

Le fumet qui se dégageait du bol arriva jusqu'aux narines de Siane et elle réalisa soudain à quel point elle avait faim. Pendant le temps écoulé depuis son deuxième réveil, elle avait eu la possibilité d'analyser la situation, à défaut de réussir à se calmer. Par un geste qu'elle ne parvenait pas encore à comprendre, simplement en ayant touché son front, Elysane l'avait plongée dans un sommeil profond. Les portes de la ville étant déjà fermées à ce moment-là, Siane avait dû être transportée par le passage secret dont Thaddeus avait parlé. La jeune femme n'avait aucune idée du lieu où elle était, ni à quelle distance se trouvait Silverdale. Cela la mettait extrêmement mal à l'aise, et plus le temps passait, plus elle se sentait en droit de recevoir des explications. Malgré la colère qui continuait à l'envahir, elle décida donc de prendre la parole.

— Je n'ai jamais entendu parler du domaine d'Ërendor avant aujourd'hui, déclara-t-elle froidement, au grand soulagement de Miriel, heureuse de la voir enfin rompre le silence. Qu'est-ce que c'est exactement ?

— Pour pouvoir répondre correctement à cette question, explique-moi ce que tu sais sur les Passeuses d'âmes…, demanda Miriel avec un sourire engageant.

— Pas grand-chose, si ce n'est que c'est un groupe de femmes qui s'occupe d'accompagner les morts vers l'autre monde.

— Alors c'est par là que je dois commencer. Mais avant, il faut absolument que tu manges quelque chose. Je sens que tu as faim et ça me donne moi-même mal au ventre…

Siane ne releva pas cette phrase, bien qu'elle la trouvât étrange. Il était vrai que son estomac se tordait de douleur et que le petit-déjeuner partagé avec Jórga remontait certainement à fort longtemps. La jeune femme saisit le bol que Miriel lui tendait, avant d'en avaler le breuvage avec précipitation. Il était délicieux, d'un bien meilleur goût que ceux cuisinés par Alex à la taverne. Cela la réconforta, permettant à sa colère de s'apaiser légèrement. Tandis qu'elle buvait, Miriel en profita pour commencer ses explications.

— Je suis arrivée ici il y a deux ans, le jour de mes dix-huit ans. Tout ce que je vais te raconter, c'est ce que j'ai découvert au fur et à mesure du temps. J'étais tout aussi perdue que toi au début, si ça peut te rassurer… Mais la grande différence entre nous, c'est que je connaissais l'existence d'Ërendor depuis longtemps, puisqu'on m'avait préparée à l'éventualité que j'y suive la formation pour devenir Passeuse d'âmes. Ça n'a malgré tout pas été facile, mais au moins je savais à peu près où je venais de mettre les pieds.

Cette introduction titilla la curiosité de Siane et, posant momentanément le bol sur sa table de chevet, elle s'installa plus confortablement dans le lit afin de mieux entendre ces confidences. En face d'elle, Miriel semblait rassurée de la savoir un peu calmée. Elle toucha la petite perle ornant son front sans même s'en rendre compte, avant de poser une main chaleureuse sur le bras de Siane. Ce contact leur fit du bien à toutes les deux et c'est dans une atmosphère apaisée qu'elles purent reprendre la discussion.

— Ma mère est morte à ma naissance, expliqua Miriel avec une moue navrée. C'est donc mon père qui m'a élevée tant bien que mal, avec l'aide d'une tante qui nous rendait visite de temps en temps. C'est elle qui m'a parlé pour la toute première fois des Passeuses d'âmes, alors que j'avais à peine sept ans. Comme j'avais déjà perdu ma mère, il y avait une forte probabilité que je rejoigne ce groupe si jamais mon père venait à mourir à son tour. Ma tante m'a donc emmenée à plusieurs occasions au Temple de Jade, afin de me préparer à cette éventualité.

— Le Temple de Jade ?

— C'est le nom du temple dans mon quartier. Comment s'appelait celui qui se trouvait là où tu as grandi ?

— Je suppose que ça doit être le Temple d'Émeraude, si on parle bien de la même chose.

— Oui, c'est sûrement ça... Ces centres religieux existent dans chaque quartier de Silverdale, chacun étant associé à un minéral. C'est là qu'officient les Passeuses d'âmes depuis la nuit des temps. Lorsque j'ai eu treize ans, mon père est décédé à son tour d'un stupide accident de noyade et je suis donc devenue orpheline de mes deux parents.

— Je suis désolée, murmura Siane.

— C'est ainsi... Je n'étais pas très proche de mon père, donc sa disparition ne m'a pas particulièrement affectée. J'ai vécu les sept années suivantes chez ma tante, qui n'avait pas vraiment envie de s'encombrer d'une nouvelle personne dans son foyer. Le jour de mes dix-huit ans, elle m'a conduite dans la forêt, avant de m'abandonner à mon sort. Fort heureusement, Elysane m'a choisie pour intégrer Ërendor et c'est depuis ce jour que j'y étudie pour devenir Passeuse d'âmes. C'est pour cette même raison qu'elle t'a emmenée jusqu'ici, afin que tu suives toi aussi la formation. Malheureusement, la loi qui vient de passer ne pouvait pas plus mal tomber pour toi. Normalement, nous pouvons circuler en toute liberté entre la ville et le domaine, mais comme tu l'as certainement compris, les portes ont dû être fermées précipitamment pour des questions de sécurité. Je crains que nous soyons en train d'entrer dans une période critique pour notre communauté. Quelle tristesse, quand on y pense...

Au point où elle en était, ce n'était pas ce détail qui perturbait Siane. Non, ce qui la bouleversait, c'était de ne pas parvenir à saisir pourquoi jamais personne ne lui avait parlé de tout ça. Pour Ravenna, elle comprenait, la tenancière n'étant concentrée que sur sa taverne. Mais Alex, qui semblait pourtant proche de Thaddeus ? Et, surtout, pourquoi Seraphina n'avait-elle jamais mentionné les Passeuses d'âmes, notamment après le décès de son époux ? Elle devait se douter que c'était une éventualité pour sa fille, si jamais il lui arrivait à son tour quelque chose. Certes, elle était tête en l'air, mais pas au point d'oublier de se préoccuper de l'avenir de ses enfants. La jeune femme décida de poser la question à Miriel, qui aurait peut-être un élément de réponse pour l'éclairer.

— Je ne connais pas Alex, donc il m'est difficile de comprendre pourquoi il ne t'a pas prévenue. En revanche, pour ta mère, il y a peut-être une explication. Les Passeuses d'âmes ne font pas l'unanimité au sein de la population. Certains individus, comme ma tante, en sont de fervents défenseurs. Pour eux, les cérémonies d'accompagnement sont essentielles et le respect qu'ils ont pour les différents temples est très important. D'autres, au contraire, les voient comme des intermédiaires indésirables entre la vie et la mort, voire des sorcières qui méritent le bûcher. Peut-être que tes parents n'aimaient tout simplement pas les Passeuses d'âmes et que c'est pour cette raison qu'ils ont fait le choix de ne pas t'en parler ?

— J'imagine, mais même s'ils étaient contre les pratiques d'Ërendor, ils auraient pu me laisser la possibilité de me faire une opinion par moi-même ! On dirait presque qu'ils ont tout fait pour que je ne découvre pas leur existence…

— Ça, nous ne le saurons jamais, malheureusement. La seule chose que nous pouvons faire, c'est émettre des hypothèses pour essayer de comprendre le passé…

Siane se renfrogna, fâchée contre ses parents, contre son enfance, contre tous ceux qui l'avaient maintenue dans l'ignorance. Elle rumina un long moment, tandis que Miriel la regardait d'un air désolé. La jeune femme était tellement contrariée qu'elle préféra changer de sujet pour ne pas laisser sa colère prendre le dessus.

— Comment font les Passeuses d'âmes pour accompagner les morts ? demanda-t-elle à son interlocutrice. Juste en tenant la main et en prononçant des paroles réconfortantes ?

Miriel étudia Siane avec étonnement, et quand elle réalisa que celle-ci ne plaisantait pas, elle éclata d'un rire franc. Son visage s'éclaira, redonnant quelques couleurs à sa peau très pâle.

— Tu vois, Elysane a bien fait de t'amener ici de force… Tu vas avoir beaucoup de choses à apprendre !

Siane ne comprenait pas ce qu'il y avait de risible dans sa question, mais elle décida de passer outre, tant la joie de Miriel était communicative. Elle sourit à son tour, de plus en plus intriguée. Même si cela lui crevait toujours le cœur de ne pas avoir eu l'opportunité de retrouver son frère, elle se rendait bien compte qu'elle ne pouvait rien changer à sa situation pour le moment. Elle décida donc de commencer à s'intéresser à son environnement, puisque de toute façon elle n'allait pas rester indéfiniment à ruminer dans son lit. Sa colère était encore un peu présente, mais ce n'était pas juste de la faire subir à la pauvre Miriel, qui n'avait rien demandé.

La chambre dans laquelle les deux jeunes femmes se tenaient était simple et confortable. Des plantes avaient été disposées çà et là, tandis qu'un joli minéral aux couleurs irisées diffusait une lumière légère depuis un petit bureau, ajoutant une atmosphère apaisante à l'espace. Un lavabo en céramique blanc se trouvait dans un coin, surmonté par un miroir et quelques étagères en bois. Des ustensiles avaient été rangés dessus et Siane aperçut une brosse à cheveux et une tasse à la poignée ébréchée. Des rideaux fins encadraient une fenêtre assez grande, permettant à la lumière naturelle de filtrer doucement dans la pièce tout en préservant l'intimité. L'ensemble de la chambre dégageait une atmosphère chaleureuse et accueillante, invitant Siane à se sentir chez elle dans ce nouvel environnement.

Remarquant que ses forces étaient désormais complètement revenues, la jeune femme décida qu'il était temps d'aller voir à quoi ressemblait le domaine des Passeuses d'âmes. Lorsqu'elle tenta de se lever de son lit, Miriel lui tendit la main pour l'aider d'un geste amical.

— Ta migraine va mieux ? lui demanda-t-elle avec empathie.

— Comment sais-tu que j'avais mal à la tête ? répondit Siane. Je suis certaine de ne pas l'avoir mentionné…

— C'est parce que je suis capable de ressentir tout ce qui traverse ton corps. Tu découvriras bientôt que chaque Passeuse d'âmes a un don, qu'elle doit développer au fil du temps. J'ai toujours su que j'avais une connexion particulière avec les émotions des gens et j'ai déjà beaucoup travaillé pour affiner mes compétences depuis mon arrivée à Ërendor. J'ai hâte de voir comment mon don va évoluer dans les trois années qu'il me reste à étudier !

Avec un rapide calcul, Siane réalisa que l'apprentissage pour devenir Passeuse d'âmes durait cinq ans. *J'aurai fini à vingt-trois ans*, songea-t-elle, avant de repousser au loin cette idée, horrifiée. Allons, jamais elle n'accepterait de s'engager pour une telle durée dans une formation qu'on cherchait à lui imposer ! Au fond de son cœur brûlait la flamme indomptable de la liberté et il était hors de question qu'on décide de sa vie à sa place, alors que les retrouvailles avec son frère n'avaient jamais été aussi proches. Elysane pourrait utiliser tous les arguments possibles pour convaincre Siane, devenir Passeuse d'âmes ne serait jamais sa priorité.

Lorsqu'elle atteignit la porte de la chambre, la jeune femme posa sa main au ralenti sur la poignée, avant de la tourner d'un geste tremblant. Contre toute attente, elle atterrit directement dans une jolie clairière noyée au milieu des arbres. Ce qu'elle avait cru n'être qu'une simple pièce était en réalité une petite maison en plein cœur de la forêt. Tout autour, d'autres charmantes demeures se cachaient entre les feuillages, tel un village de fées qu'on aurait posé là dans le plus grand des secrets.

— C'est vraiment mignon, commenta Siane, les yeux écarquillés. J'avoue que je ne m'attendais pas à cela…

— Et encore, tu n'as rien vu ! Ici, c'est l'endroit où on dort et où on étudie, quand on a envie d'être seules. Mis à part le chant des oiseaux, tu découvriras bientôt à quel point c'est calme pour se ressourcer.

Siane hocha la tête en signe d'acquiescement,

remarquant à quel point le contraste avec le quartier de la taverne était absolument saisissant. Là-bas, le bruit incessant de la rue, des disputes et des bagarres entre ivrognes résonnait constamment, créant une atmosphère d'agressivité perpétuelle. À Ërendor, au contraire, le silence et la tranquillité semblaient régner en maîtres, offrant un havre de paix reposant.

— Je suis certaine que tu te plairas dans notre village ! reprit Miriel. D'ailleurs, la maison dans laquelle tu te trouvais, c'est celle où tu pourras t'installer pour toute la durée de ton séjour à Ërendor.

Cette dernière phrase fit sursauter Siane. *Une maison rien qu'à moi ? Vraiment ?* Stupéfaite, elle détailla d'un œil nouveau la petite demeure qui lui appartenait, apparemment. Elle était réellement jolie, avec ses fleurs multicolores plantées tout autour de la porte et sa grande fenêtre aux volets en bois. Mais la jeune femme n'eut pas la possibilité de s'attendrir plus longtemps, car une voix distante l'interrompit dans sa contemplation.

— Je suis désolée d'avoir dû en arriver à cet extrême, mais je ne pouvais pas faire autrement pour te convaincre de rejoindre Ërendor…

En reconnaissant l'intonation de celle qui venait de parler, Siane se renfrogna aussitôt, horriblement fâchée. Et lorsqu'elle se retourna pour découvrir la Gardienne des cristaux, son antipathie monta encore d'un cran. Elysane, contrairement aux excuses qu'elle venait de prononcer, ne semblait pas regretter un seul instant son acte. Son regard n'était pas malveillant, mais une telle sévérité y transparaissait qu'on aurait pu croire qu'elle était gravée dans la pierre. Comment pouvait-elle rester si insensible après ce qu'elle avait fait ? Siane s'efforça de garder son calme, mais ses mains tremblaient de frustration.

— Je dois sortir d'ici pour retrouver mon frère, annonça-t-elle sans ambages.

— C'est impossible, les portes sont désormais fermées.

— Je suis certaine qu'il doit y avoir une solution…

— J'ai bien peur que non. L'accès au domaine d'Ërendor est condamné.

Un frisson traversa le corps de Siane, la faisant légèrement vaciller. Était-il possible qu'elle n'ait réellement aucun moyen de retourner à Silverdale ? Même si elle était fortement intriguée par tout ce que Miriel lui avait raconté, elle n'arrivait pas à digérer le fait que ce n'était pas elle qui avait pris la décision de rester. Une nouvelle bouffée de colère l'envahit et, pour ne pas dire des choses qu'elle regretterait par la suite, elle fit demi-tour et se précipita vers la petite maison qu'on lui avait attribuée. Elle claqua la porte tellement fort derrière elle que les murs en tremblèrent légèrement. Siane se jeta sans réfléchir sur son lit, bouleversée. Elle ne parvint à retenir ses larmes que quelques instants, avant que celles-ci ne lui échappent de manière incontrôlable. Quel avenir pouvait-elle avoir ici, alors qu'on lui avait déjà volé son passé ?

SERAPHINA

— Tais-toi, tu me casses les oreilles à la fin ! Tu vois bien que ça ne m'intéresse pas !

Seraphina resta bouche bée face aux propos grotesques de Balric. Comment pouvait-il être indifférent aux nouvelles robes qu'elle venait de dénicher, alors qu'elle avait lutté si âprement pour en obtenir un bon prix ? De rage, la jeune mère attrapa tous ses achats, qu'elle avait étalés sur le lit conjugal, et les jeta au sol afin de bien montrer son mécontentement. Son époux étira ses longs bras pour se détendre, avant de se laisser tomber avec un grognement de satisfaction sur le matelas ainsi libéré.

— Peut-on savoir pourquoi tu es si fatigué ? s'agaça Seraphina face à tant de lassitude.

— Parce que la journée a été difficile…

— Ah bien sûr, il y a de quoi être épuisé quand on a fait la fête toute la nuit en buvant sans pouvoir s'arrêter !

— Je n'ai pas fait la fête, contrairement à ce que tu crois. Thaddeus m'a confié une mission assez compliquée…

— Ah, on y revient ! Thaddeus, les Passeuses d'âmes,

Ërendor, on dirait qu'il n'y a que ça qui compte ! Et tes enfants, alors ?

Balric se renfrogna à ces mots, conscient qu'une nouvelle dispute à propos de leurs jumeaux était en train de se préparer. Oui, c'est vrai, il ne s'occupait jamais de sa famille, il n'en avait pas le temps, et encore moins l'envie. Avoir des enfants avait été l'idée de Seraphina, jamais la sienne. Du jour où ils étaient nés, il n'avait su que faire de ces deux petites choses, qui ne faisaient que pleurer pour réclamer à manger. En grandissant, Draven était devenu plus ou moins intéressant, ce qui n'était pas du tout le cas de Siane, qui était bien trop intrépide au goût de son père. Pour éviter au maximum le contact avec eux, Balric s'était donc plongé corps et âme dans les missions qu'on lui confiait, et le reste du temps il sortait se détendre dans des tavernes en buvant souvent un peu trop.

— Dis, tu m'écoutes ?! piailla Seraphina.

La jeune mère, fatiguée du désintérêt affiché par son époux, pointa un doigt accusateur dans sa direction, avant de l'apostropher.

— Je te préviens, Balric, et cette fois-ci je veux que ce soit bien clair pour toi : jamais, je dis bien jamais, je ne te laisserai parler de ces sorcières de Passeuses d'âmes à Siane et Draven !

— Ce ne sont pas des sorcières, tu le sais tout autant que moi…

— Peu importe ! Elles ont ruiné ta vie, la mienne et celle de nos enfants. Regarde un peu ce que tu es devenu, à force de les côtoyer !

Seraphina poursuivit ses récriminations, mais déjà Balric ne l'écoutait plus. En un sens, il était d'accord avec son épouse, cela ne servirait à rien de tout expliquer à leurs enfants pour l'instant. Ils étaient bien trop jeunes pour comprendre et auraient tout le temps de se faire une opinion en grandissant. Sentant une immense lassitude s'emparer de lui, Balric fixa le plafond, prêt à s'endormir après la longue journée qu'il venait de passer. Voyant que ses paroles glissaient sur son mari, Seraphina attrapa une robe au sol et la froissa entre ses mains, sans parvenir à calmer les tremblements de rage qui la secouaient. Ce n'était pas encore ce soir que le couple trouverait un terrain d'entente, bien trop déchiré par le sujet controversé d'Ërendor. Toutefois, la jeune femme savait qu'elle devrait pardonner rapidement les écarts de son époux, consciente du train de vie que celui-ci lui offrait. Une seule peur inquiétait Seraphina, finalement : qu'un malheur arrive à Balric en raison de son lien avec les Passeuses d'âmes.

Chapitre 7

Sans même s'en rendre compte, Siane dormit jusqu'aux premières lueurs du jour suivant. Lorsqu'elle émergea péniblement de son sommeil, ses yeux étaient tellement gonflés d'avoir pleuré qu'elle eut du mal à ouvrir les paupières. Sa nuque était douloureuse et ses épaules toutes crispées. Aussi raide qu'un automate, elle s'extirpa du lit et se dirigea en traînant des pieds vers le petit lavabo pour tenter de se rafraîchir les idées. Elle remarqua que quelqu'un avait déposé un pichet d'eau à son intention, ce qui faillit relancer son flot de larmes. Pour une fois, ce n'était pas de la tristesse, mais la reconnaissance de voir que quelqu'un s'était occupé d'elle pendant son sommeil. Jamais Ravenna ne s'était intéressée à son cas et elle eut du mal à croire que ce geste bienveillant lui avait été destiné.

Lorsqu'elle se sentit à peu près propre, la jeune femme avisa le petit bol que Miriel lui avait apporté la veille et la vue du bouillon froid lui donna immédiatement la nausée. Pourtant, elle avait une faim dévorante, mais elle savait que rien ne passerait tant sa gorge était serrée par l'émotion. Ravalant un haut-le-cœur, Siane se dirigea vers la porte avant de sortir dans la clairière. Tout le village était encore endormi et, comme l'avait mentionné Miriel, une douce tranquillité régnait entre les arbres. Seuls quelques chants d'oiseaux perçaient parfois le silence, redonnant à la jeune femme quelques forces bien méritées.

L'heure matinale ne pouvait être qu'une bénédiction pour Siane. Si personne n'était réveillé, c'était peut-être le moment idéal pour visiter le domaine d'Ërendor, loin des regards curieux de toutes celles qui y vivaient. Peut-être pourrait-elle même essayer de trouver les fameuses portes menant vers l'extérieur, ce qui lui permettrait alors de s'échapper de cette prison dorée. À cette perspective, la jeune femme s'élança sans réfléchir, consciente qu'elle devait profiter de la moindre seconde du répit providentiel qui s'offrait à elle. L'occasion de rejoindre Silverdale était trop belle et elle ne se représenterait peut-être plus jamais.

Une quarantaine de maisonnettes, toutes aussi charmantes les unes que les autres, étaient nichées parmi les arbres. À l'extrémité du village se dressait une demeure légèrement plus grande, probablement celle d'Elysane. Siane l'évita soigneusement et poursuivit son chemin en silence. Après quelques minutes de marche, réalisant qu'aucun autre bâtiment ne se profilait dans la forêt, la jeune femme comprit qu'elle devait avoir pris la mauvaise direction. Elle fit donc demi-tour pour traverser le village dans l'autre sens, mais parvint rapidement à la même conclusion : peu importe où elle marchait, elle ne voyait que les petites maisons. Alors qu'elle repassait une fois de plus devant la demeure d'Elysane, une voix douce la fit sursauter en l'interpellant.

— Ah, je te cherchais ! J'ai trouvé ta chambre vide et je me suis doutée que tu devais être partie à la découverte du village…

Miriel se tenait entre deux arbres, les premiers rayons du soleil venant éclairer ses cheveux d'un blond doré. Contrairement à la première fois où elle l'avait vue, Siane remarqua que son visage était beaucoup plus apaisé. On ne pouvait dire si c'était l'assurance d'être en sécurité à Ërendor ou le fait d'avoir pu passer une bonne nuit, mais les traits détendus de Miriel montraient à quel point elle était ici dans son élément.

— Je me suis réveillée très tôt, expliqua Siane. Je voulais en profiter pour découvrir les alentours, mais je n'ai rien vu de plus que ce village. Où est-ce que vous étudiez ? Il n'y a pas une sorte de réfectoire pour les repas ?

— Bien sûr que si ! C'est juste que tu n'as pas pu les voir puisque tu n'as pas encore changé de dimension…

Changé de dimension ? Qu'est-ce que cela pouvait bien vouloir dire ? Les deux jeunes femmes se dévisagèrent, tandis qu'un frisson d'incompréhension glissait d'un regard à l'autre. Siane sentit une boule se former dans sa gorge à l'idée que la vie à Ërendor était peut-être bien plus énigmatique que ce qu'il lui avait semblé au premier abord. Ce doute n'échappa pas à Miriel, qui lui envoya un geste d'apaisement.

— Nous devons attendre le réveil d'Elysane pour que tu puisses découvrir notre réalité de tes propres yeux, reprit-elle d'un ton rassurant. Elle seule peut t'autoriser à franchir les portes menant aux différentes dimensions du domaine d'Ërendor.

Tout était tellement confus pour Siane qu'elle ne sut que répondre. Mis à part accorder sa confiance, que pouvait-elle faire d'autre ? Au-delà du mystère qui planait autour d'elle, la perspective de se retrouver une nouvelle fois en présence de la Gardienne la dérangeait profondément. Il semblait que la Passeuse d'âmes était ici non seulement la dirigeante, mais également la détentrice de secrets jalousement protégés.

— L'attente risque d'être longue si Elysane a quelques urgences à gérer avant le petit-déjeuner, reprit Miriel. Je te propose d'aller nous installer devant ma maison, nous verrons bien à quel moment elle sortira de chez elle pour te permettre de franchir les portes.

Siane haussa les épaules, avant de suivre la seule personne qu'elle connaissait à Ërendor. Elle ne pouvait pas encore vraiment dire que Miriel était son amie, mais elle ressentait une vive sympathie pour cette jeune femme qui cachait une puissance insoupçonnée sous son masque de fragilité. Cela lui fit penser aux deux facettes de la personnalité de Jórga, qu'elle avait seulement rencontré la veille et qui lui manquait déjà. Elle était certaine qu'en sa présence, la situation aurait été tout de suite moins compliquée. *Tu es stupide*, songea-t-elle, *tu le connais à peine !* Malgré tout, elle sentait que le jeune homme aurait été son meilleur allié dans le chamboulement qui était en train d'agiter sa vie en tous sens.

Après s'être installées à même le sol, les jambes croisées, les deux femmes se mirent à bavarder sans attendre. Siane raconta son enfance, le décès de son père, celui de sa mère et les années horribles qu'elle avait passées chez Ravenna. Elle ne fit pas mention de ses projets de fuite avortés tant ceux-ci lui paraissaient désormais futiles. Miriel, quant à elle, narra sa vie jusqu'à son arrivée à Ërendor, mais ne donna aucune précision sur la formation qu'elle suivait actuellement. Cela ne fit qu'attiser la curiosité de Siane, qui s'en voulait d'être si partagée sur la situation dans laquelle elle se trouvait, entre colère et intérêt grandissant.

Une demi-heure se déroula ainsi, au rythme des confidences échangées. Petit à petit, tandis que Siane et Miriel continuaient leur discussion, des femmes de tous âges sortirent progressivement des maisons. Cela ne pouvait être que les Passeuses d'âmes, certaines encore en formation alors que d'autres étaient déjà confirmées. De loin, il était difficile de les distinguer avec leurs longues robes blanches aux étoiles brodées, aussi Miriel expliqua-t-elle à Siane que la différence principale venait du bijou soutenant la perle sur leur front. Les apprenties, comme Miriel, portaient une simple chaîne en argent, tandis que les Passeuses d'âmes plus âgées, comme Elysane, possédaient un bijou aux motifs travaillés.

Plus le temps avançait, plus Siane était impressionnée par ces présences silencieuses qui patientaient calmement dans la forêt. Personne n'était venu se présenter à elle et elle n'osait pas bouger, de peur de se faire remarquer. Au moment où elle allait demander à sa compagne si elle pouvait retourner se cacher dans sa chambre, celle-ci se renfrogna en apercevant quelqu'un qui marchait d'un pas décidé dans leur direction.

— Ah, zut, voilà Lyona…

Au vu de la réaction d'antipathie qui s'était emparée de Miriel, il était évident qu'elle n'appréciait pas du tout la personne qui était en train d'approcher.

— Tiens donc, commenta la fameuse Lyona lorsqu'elle parvint à la hauteur des deux jeunes femmes. Il semblerait que nous ayons une nouvelle recrue ! Tu ne nous présentes pas, ma petite Miriel ?

— Tu sais très bien que ce n'est pas mon rôle, répliqua celle-ci d'un ton glacial. C'est toujours Elysane qui le fait lors d'une cérémonie d'introduction.

— En temps normal, oui, mais elle est visiblement très occupée ce matin, avec les événements de ces derniers jours et la fermeture des portes…

D'un geste gracieux, Lyona se tourna vers Siane et lui attrapa la main pour la serrer. Elle n'était pas particulièrement jolie, mais elle dégageait un charme indéniable qui ne laissait personne indifférent. Elle se tenait bien droite, les épaules en arrière pour mettre en avant sa poitrine, son visage encadré de beaux cheveux bruns qui lui descendaient jusqu'au bas du dos. La perle qu'elle portait à son front était plus grosse que celle de Miriel, mais tout de même plus petite que celle d'Elysane. Siane se demanda si la taille de ce bijou dépendait du niveau de compétences des Passeuses d'âmes.

— Je m'appelle Lyona, se présenta un peu trop chaleureusement celle-ci. Je suis en dernière année et je suis la tutrice de Miriel… Enfin, quand elle veut bien accepter de se faire aider !

Siane hocha la tête, mais aucun son ne parvint à sortir de sa gorge lorsqu'elle tenta de répondre. La tension qui électrisait l'air était tellement violente qu'elle en avait perdu ses mots. Lyona se rendit compte de sa gêne et elle éclata de rire en levant son visage vers le ciel, ses longs cheveux la suivant dans son sillage.

— Je comprends que tu sois un peu impressionnée, déclara-t-elle. Il faut dire que ce n'est pas vraiment la bonne personne qui t'a accueillie dans notre domaine... Lorsque tu voudras vraiment découvrir qui sont les Passeuses d'âmes, je te conseille de te tourner vers moi. Je serai ravie de répondre à toutes tes questions !

Lyona lança un clin d'œil à Siane, avant de se détourner avec un sourire narquois. À peine se fut-elle éloignée que Miriel frappa violemment le sol du pied, ses mâchoires serrées trahissant une colère bouillonnante.

— Quelle peste, celle-là ! s'indigna-t-elle. Je n'arrive pas à croire qu'elle ait eu le toupet de se présenter à toi de cette façon !

— Qui est-ce ?

— Mon horrible tutrice, à mon grand désespoir.

— C'est-à-dire ?

— C'est ainsi que l'on nomme les personnes qui accueillent les nouvelles arrivées. Tu ne l'as peut-être pas encore compris, mais Elysane m'a désignée comme tutrice pour toi. Je suis désormais en charge de te faire découvrir le domaine et de t'introduire auprès de notre groupe de Passeuses d'âmes. Je te promets que je vais essayer de te guider avec un peu moins de prétention que n'a pu le faire Lyona avec moi !

Ces mots surprirent grandement Siane, qui n'avait pas du tout réalisé le rôle que Miriel devait jouer à ses côtés. Était-ce pour cette raison que celle-ci l'avait accompagnée depuis la veille ? Ou bien sentait-elle aussi qu'une belle amitié était en train de naître ? Peu importe, la jeune femme était reconnaissante d'avoir quelqu'un sur qui compter dans cette nouvelle situation.

— On dirait que tu détestes vraiment Lyona, remarqua-t-elle. Pourquoi ?

— Oh, c'est une longue histoire, faite de jalousie et d'incompréhension. La seule chose qui me console d'avoir hérité d'une telle tutrice, c'est qu'elle a bientôt l'âge de devoir choisir entre l'ombre et la lumière. Si les rumeurs que j'ai entendues sont vraies, il me semble que je devrais être débarrassée d'elle pour un bon moment !

— Qu'est-ce que tu veux dire par là ?

— C'est encore un des éléments que tu apprendras lors de la formation pour devenir Passeuse d'âmes. J'avoue que c'est assez obscur pour moi pour l'instant, car ce n'est qu'à la fin de la troisième année qu'on nous explique réellement ce qui nous attend. La seule indication que je peux te donner, c'est que chaque femme d'Ërendor doit faire un choix à l'issue des cinq années d'apprentissage.

Une fois de plus, Siane sentait qu'une foule de détails lui était cachée. Pour elle, qui avait toujours été très curieuse en plus d'être aventurière, ce doute ne pouvait que stimuler son imagination. Elle se rendit tout à coup compte que, complètement prise dans sa discussion avec Miriel, elle n'avait pas pensé à son frère un seul instant. Elle se sentit tellement coupable qu'elle se promit de se ressaisir pour bien garder en tête son objectif de le retrouver.

— Ah, ça y est ! s'exclama Miriel. Elysane vient de sortir ! C'est pas trop tôt !

En effet, la Gardienne se tenait sur le seuil de sa porte et, déjà, toutes les Passeuses d'âmes se dirigeaient vers sa maison. Malgré ses réticences, Siane n'eut pas d'autre choix que de suivre sa compagne en direction du petit attroupement qui s'était formé. Rapidement, un groupe d'une quarantaine de personnes attendit en silence qu'Elysane leur transmette ses instructions. La dirigeante s'éclaircit la voix, une émotion indéfinissable transperçant son regard froid.

— Mes chères amies, annonça-t-elle, comme vous avez pu le constater, l'heure est grave. Pour la première fois depuis l'existence d'Ërendor, j'ai dû prendre la lourde décision d'en condamner les portes. Par conséquent, je vous informe que toutes les activités prévues pour ce jour sont suspendues et que nous passerons les prochaines heures à prier pour nos compagnes qui ont disparu par la main des hommes.

En entendant ces paroles, Siane prit soudain conscience qu'elle n'avait pas encore réellement mesuré l'ampleur des événements. Autour d'elle, de nombreuses larmes coulaient sur des visages aux traits marqués par une fatigue profonde. Elle comprit alors la douleur qui étreignait les femmes présentes, lesquelles avaient sans doute perdu leurs amies les plus proches. Même Miriel, qui n'avait pas laissé transparaître d'émotion particulière lors de leur discussion, était désormais en train de pleurer. C'est dans un silence baigné de souffrance que le groupe se dispersa et que chaque Passeuse d'âmes rejoignit sa maison. Siane suivit de nouveau sa compagne, faute de mieux. Bien qu'attristée par le sort tragique des pauvres innocentes qui avaient été pourchassées, elle devait bien admettre qu'elle se sentait comme une étrangère au milieu de toutes ces femmes qu'elle ne connaissait pas et dont elle ne partageait pas pleinement la peine.

Lorsqu'elles furent arrivées devant la maison de Miriel, celle-ci la regarda d'un air désolé.

— Je m'excuse, mais ça ne sera pas aujourd'hui que tu découvriras les différentes dimensions d'Ërendor… Je vais devoir m'enfermer pendant les prochaines heures pour prier, au lieu de rester avec toi comme je l'aurais souhaité.

— Ne t'inquiète pas, la rassura Siane, je trouverai bien comment m'occuper…

Mais la jeune femme, après avoir quitté Miriel, commença à douter de ses propres paroles. Comment passer le temps dans un village inconnu où il n'y avait rien à faire et sans personne avec qui parler ? Elle retourna tout de même dans sa chambre, saisit le petit ruban de Seraphina et s'allongea sur son lit, à défaut d'une meilleure idée. Alors qu'elle soupirait d'ennui, une lueur bleutée provenant de l'extérieur attira tout à coup son attention. La jeune femme se redressa, intriguée, avant de s'approcher de la fenêtre. À travers le verre, elle aperçut avec stupeur des particules lumineuses flottant gracieusement dans tout le village.

Le cœur battant, Siane se précipita vers sa porte, qu'elle ouvrit immédiatement. Au-dehors, les paillettes brillaient intensément, illuminant la clairière de façon incroyable. Elles semblaient avoir une vie propre, se rassemblant et se dispersant sans cesse afin de composer des motifs complexes. La jeune femme tendit la main, fascinée par la beauté du spectacle. Les particules, comme conscientes de sa présence, virevoltèrent autour de ses doigts avant de s'élever à nouveau dans les airs. Alors qu'elle avançait, tentant de suivre ces lumières magiques, Siane réalisa que ces paillettes formaient parfois le contour de silhouettes éthérées. Leurs formes délicates flottaient, s'entrelaçaient, puis se dissipaient avant de renaître dans un ballet hypnotique. Tout d'abord perplexe, Siane fut tout à coup frappée par une évidence. Aussi étrange que cela puisse paraître, elle avait face à elle une sorte de danse, le souvenir des esprits des Passeuses d'âmes disparues rappelées à Ërendor par les prières de leurs compagnes.

Captivée par cette vision, Siane marcha entre les maisons sans prêter attention à la direction que prenaient ses pas. Ce n'est que lorsqu'elle s'aperçut qu'elle se trouvait devant la demeure d'Elysane qu'elle sursauta, brisant aussitôt le charme de l'instant. Les paillettes s'évanouirent sans un bruit et la clairière se retrouva plongée dans sa quiétude habituelle, comme si rien ne s'était passé.

Siane resta quelques secondes figée, incapable de savoir si elle venait de rêver ou de vivre ce moment hors du temps. Ce n'est que lorsqu'elle se remit en mouvement qu'elle remarqua que la porte de la Gardienne était entrouverte, comme une invitation silencieuse à franchir le seuil de la maison. La jeune femme, le cœur battant la chamade, prit un instant pour réfléchir, avant de finalement se décider à jeter un coup d'œil à l'intérieur de la pièce sombre. Dans la semi-pénombre, accroupie devant un autel fleuri et les cheveux défaits, Elysane était en train de pleurer. Siane eut tellement honte de sa curiosité mal placée qu'elle faillit faire demi-tour en courant, mais la Gardienne lui fit un signe pour l'inciter à entrer. Après s'être redressée, il lui fallut quelques minutes pour recomposer son visage de sévérité, tandis qu'elle époussetait sa tenue pour se redonner contenance. Enfin, après un temps infini, elle s'approcha de Siane pour placer sa main sur son front, comme elle l'avait déjà fait auparavant. La jeune femme se recula instinctivement, effrayée par l'idée d'être replongée dans les limbes de l'inconscience.

— N'aie crainte, le tranquillisa Elysane, je ne te veux aucun mal. Je voulais juste m'assurer que tu avais fini par accepter ma décision.

— Ce n'est pas le cas ! ne put se retenir de répliquer sèchement Siane.

— En es-tu certaine ? Ce n'est pourtant pas ce que m'indique ton âme…

Siane détourna le regard, déstabilisée par les paroles énigmatiques de la Gardienne. Elle savait qu'elle devait rester sur ses gardes, mais une part d'elle-même se demanda si Elysane pouvait avoir raison. Des deux possibilités qui se présentaient sur son chemin de vie, laquelle était vraiment celle qu'elle avait envie de suivre ? Camper sur ses positions et affirmer son indépendance, ou se laisser emporter par la curiosité, au risque de perdre le contrôle sur sa propre destinée ?

CHAPITRE 8

La maison d'Elysane était plus grande que celle de Siane, mais surtout beaucoup plus luxueuse. Au vu de la décoration soignée, des meubles confortables et des cristaux qui avaient été joliment installés, on pouvait deviner que la Gardienne vivait ici depuis de nombreuses années. L'autel devant lequel elle s'était agenouillée était constitué d'un bouquet de fleurs roses, d'un magnifique minéral d'un vert transparent et, surtout, d'une statuette argentée de femme. Les formes de celle-ci étaient généreuses, tout comme le sourire qui illuminait son visage. Afin d'adoucir l'ambiance qu'elle sentait tendue, Elysane la prit entre ses mains avec un immense respect avant de la montrer à Siane.

— Sais-tu qui est cette personne ?

— Je… je n'en ai aucune idée.

— C'est Séléné, la déesse de la Lune, celle qui a créé les Passeuses d'âmes. Notre monde lui doit tout, et bien plus encore. C'est grâce à elle que notre rôle est si essentiel depuis la nuit des temps. Il se dit même que c'est à son initiative que les hommes ont construit les différents temples de Silverdale. Chacun est associé à un minéral, comme tu as pu le remarquer. Veux-tu voir ceux du Temple d'Émeraude ?

Sans même s'en rendre compte, Siane s'était intéressée plus qu'elle ne l'aurait souhaité aux paroles d'Elysane. Celle-ci avait bien ciblé la personne qui lui faisait face, sachant pertinemment qu'elle s'ouvrirait si sa curiosité était stimulée.

— Je veux bien, si c'est possible..., concéda la jeune femme.

À ces mots, la Gardienne attrapa la petite clef qui pendait à son cou, avant de la glisser dans la serrure d'un joli meuble en bois. Tandis qu'elle en sortait le coffre en argent récupéré chez Thaddeus, Siane eut le temps d'apercevoir plusieurs éclats gris, comme si d'autres trésors avaient été cachés dans le tiroir. En voyant le regard en biais de son interlocutrice, Elysane prit quelques instants pour lui expliquer.

— Dans ce meuble sont conservés tous les coffres de Silverdale. Ce sont les biens les plus précieux de notre communauté et, fort heureusement, ils sont tous ici, en sécurité. Seul celui du Temple d'Émeraude devait être récupéré. Je ne remercierai jamais assez Thaddeus d'avoir eu la présence d'esprit d'arriver au plus vite dès que l'incendie a commencé !

Siane retint son souffle, tandis qu'Elysane s'apprêtait à ouvrir le couvercle du coffre. Celle-ci le fit avec lenteur, au grand désespoir de la jeune femme qui bouillonnait désormais d'impatience.

— Tiens, regarde, murmura la Gardienne, tandis

qu'elle prenait délicatement une pierre d'un vert profond dans sa paume. Chacune de ces émeraudes représente une histoire, un moment sacré dans la longue existence des Passeuses d'âmes. Elles sont le cœur même de notre héritage, une connexion directe avec la puissance de Séléné. C'est elle qui nous les a transmises à chacun des événements majeurs pour notre communauté. Ne sont-elles pas merveilleuses ?

Jamais, de sa vie, Siane n'avait vu de pierres précieuses, même si elle en avait déjà entendu parler. Elle devait bien admettre qu'elle ne s'était pas attendue à une telle pureté, ni à une telle beauté dans ces facettes taillées à la perfection. Elle saisit doucement l'émeraude et sentit immédiatement une vague de chaleur la traverser, alors qu'elle se connectait à la sagesse ancienne que celle-ci renfermait.

— C'est magnifique, murmura-t-elle, les yeux brillant d'admiration.

— Nous possédons sept coffres comme celui-ci, chacun correspondant à un minéral et à un temple de Silverdale : rubis, saphir, émeraude, améthyste, topaze, opale et jade. Comme tu le découvriras bientôt par toi-même, le chiffre sept est hautement symbolique pour notre communauté. C'est pour cette raison qu'Ërendor est divisé en sept dimensions, chacune ayant ses propres spécificités. C'est un peu complexe au premier abord, je te l'accorde, mais dès demain nous pourrons explorer le domaine et tu comprendras mieux ce que j'essaye de t'expliquer.

D'un hochement de tête, Siane montra qu'elle serait patiente, même si une furieuse envie de découvrir tout ce qui l'attendait la chamboulait complètement. Au fond d'elle, la jeune femme justifiait cet intérêt grandissant par le fait de vouloir avoir toutes les clefs en main pour prendre sa décision. Refusant de voir l'image de son frère qui se délitait de plus en plus dans son esprit, Siane reprit la discussion.

— Pourquoi le coffre se trouvait-il dans le Temple d'Émeraude ? S'il est si précieux pour les Passeuses d'âmes, n'aurait-il pas dû rester à Ërendor comme les autres ?

— C'est une excellente question, pour laquelle il y a une réponse toute simple. Si ces minéraux sont une relique sacrée pour notre communauté, ils le sont également pour les habitants de Silverdale et de toutes les villes environnantes. Une fois par an, nous sortons un des coffres afin de l'exposer dans le temple correspondant. En général, nous le laissons un mois pour que le peuple puisse se recueillir devant la vitrine où nous l'installons. Si tu étais descendue dans la Salle du Dernier Repos avant l'incendie, tu aurais pu voir ce coffre bien protégé derrière une vitre épaisse.

— N'avez-vous pas peur des vols ? s'étonna Siane. Mon ancien quartier n'est pas connu pour être particulièrement sécurisé…

— Bien sûr que si, mais c'est une longue tradition chez les Passeuses d'âmes et nous ne pouvons y déroger. Fort heureusement, nous n'avons jamais eu d'incident à déplorer. Il faut croire que la population est frileuse à l'idée de s'attaquer aux biens de celles qui font le pont entre la vie et la mort.

— À ce propos, avança Siane d'un air faussement détaché, que faites-vous exactement pour accompagner les personnes sur le point de décéder ?

— Je comprends ton envie d'en savoir plus, mais personne ne te répondra ici tant que tu n'auras pas obtenu ta perle.

— Ma perle ? Je vais en avoir une, comme Miriel et vous ?

— Bien sûr, c'est indispensable si tu deviens un jour une Passeuse d'âmes ! Mais avant cela, il va falloir que tu fasses ton choix une fois pour toutes et que tu l'assumes complètement. Si jamais tu décides de chercher ton frère, je ne pourrai rien y faire et tu resteras simplement ici le temps que je puisse ouvrir de nouveau les portes. Mais ce n'est pas ton destin, et t'y opposer serait une grossière erreur à mon sens.

— Parce que je suis orpheline de mes deux parents et que pour cette raison je dois impérativement rejoindre votre communauté ?

— Non. Parce que je vieillis et que tu es la personne que je pressens depuis des années pour me succéder.

— Mais vous me connaissez à peine !

— C'est là que tu te trompes, Siane... Je surveille ton évolution depuis le jour où ta mère est décédée. Pourquoi penses-tu que j'ai envoyé Alex s'occuper de toi dans la taverne de cette horrible Ravenna ? Le pauvre, endosser ce rôle de cuisinier n'a pas été une mince affaire pour lui au début, crois-moi !

— Alex n'est pas réellement cuisinier ?!

Siane ne savait pas ce qui la surprenait le plus parmi toutes ces révélations. Qu'Elysane la connaisse déjà, qu'Alex ne soit pas qui il avait toujours prétendu être ou qu'on ait pensé à elle pour prendre la direction d'un groupe de femmes dont elle n'avait jamais entendu parler auparavant ?

— Tu as encore beaucoup de choses à découvrir, reprit la Gardienne, mais je crois que je t'en ai assez dit pour aujourd'hui. Tu peux retourner dans ta chambre, maintenant.

— Mais…

— Miriel te fera visiter les différents niveaux d'Ërendor dès demain matin, ne t'inquiète pas. Elle en profitera pour te présenter au reste de notre communauté, puisqu'avec tous ces événements nous n'avons pas pu faire de cérémonie d'introduction. Pour l'heure, je pense qu'un repas a dû être servi dans toutes les maisons et tu devrais aller manger, car je suis certaine que tu dois être affamée. Tu pourras fermer la porte derrière toi afin que je puisse me remettre à mes prières.

Elysane, de son ton sévère, venait de congédier Siane en quelques mots. Celle-ci ne put que capituler, vaincue par le regard intransigeant de celle qui lui faisait face. La Gardienne n'était pas méchante, comme on aurait pu le penser au premier abord, mais elle devait gérer le domaine d'une main de maître si elle voulait s'assurer que tout fonctionnait parfaitement. Probablement investie de cette responsabilité depuis de nombreuses années, Elysane prenait son rôle très au sérieux et Siane ne pouvait que se plier à ses ordres dictés d'une voix distante.

En quelques minutes, la jeune femme se retrouva dans sa petite maison, attablée devant une soupe de légumes, une omelette aux champignons sauvages et un pain qui sentait délicieusement bon. Elle mangea avec voracité, trouvant l'ensemble excellent. Il y avait également un fromage au lait de brebis qui la laissa fort songeuse. Comment les Passeuses d'âmes allaient-elles pouvoir se nourrir désormais, si les portes du domaine avaient effectivement été fermées ? Mais Siane n'eut pas le temps de réfléchir à cette question, car un cri déchirant retentit depuis l'extérieur. Quelqu'un tambourina avec violence contre sa fenêtre avant de s'éloigner en hurlant.

La jeune femme se releva brusquement, inquiète. En un instant, elle se retrouva sur le seuil de sa maison, avant de s'apercevoir que toutes les Passeuses d'âmes s'étaient réunies au pied d'un arbre immense situé au centre du village. Elle les rejoignit à toute allure, afin de comprendre ce qui les avait mises dans un tel état.

— Il est trop tard pour changer de dimension ! s'exclama une voix, non loin de là.

— Oui, nous ne pouvons plus toucher aux portes ! répondit quelqu'un d'autre. Ils arrivent !

Mais de qui parlent-elles ? Siane voyait bien que les visages étaient terrifiés et qu'elle était la seule à ne pas en connaître la raison. Alors qu'elle sentait à son tour une bouffée d'angoisse l'envahir, une main amicale se posa sur son épaule.

— Ah, te voilà ! souffla Miriel, rassurée.

— Que se passe-t-il ?

— Les soldats du roi ont trouvé le passage secret chez Thaddeus !

— Et qu'est-ce que cela veut dire pour nous ?

— Qu'ils vont découvrir dans quel lieu de la forêt nous nous cachons…

C'est sur ces mots qu'Elysane arriva en courant auprès des Passeuses d'âmes, serrées les unes contre les autres pour se protéger. Elle paraissait horrifiée, et Siane ne put s'empêcher de remarquer à quel point elle semblait différente de la personne avec qui elle avait discuté à peine vingt minutes auparavant. Avant même que la dirigeante ne prenne la parole, une jeune femme cria la question que toutes se posaient intérieurement :

— Sommes-nous en danger ?

À peine eut-elle prononcé ces mots qu'une explosion illumina l'ensemble de la forêt.

— Par Séléné..., murmura Miriel.

Des hommes en uniforme, armés jusqu'aux dents, surgirent d'un coup entre les petites maisons, prêts à fondre sur les Passeuses d'âmes. Au vu de l'agressivité dont ces attaquants faisaient preuve, il était certain que les pauvres femmes n'avaient aucune chance de s'en sortir vivantes. Siane ne put retenir un cri de terreur, avant de réaliser avec stupéfaction qu'aucun soldat ne parvenait à les voir. Dans des hurlements de rage, ils sillonnaient l'espace entre les arbres, armes au poing, menaçants. Ils savaient pourtant qu'ils étaient au bon endroit et ne comprenaient donc pas comment ces horribles sorcières avaient pu leur jouer un si mauvais tour. Miriel se pencha vers son amie et lui chuchota l'explication.

— Le passage secret de chez Thaddeus les a amenés jusqu'au lieu précis d'Ërendor, mais nous ne sommes pas dans la même dimension. Ils sont encore dans la réalité, alors que nous sommes cachées derrière les portes fermées du domaine. S'ils ne connaissent pas l'incantation pour les faire apparaître, nous sommes sauvées.

Siane, tendue du sommet de son crâne jusqu'à la pointe de ses orteils, ne parvint pas à comprendre les propos de Miriel. Comment était-il possible que, dans un même lieu, différentes dimensions se superposent ? Pourtant, c'était bien ce qui se produisait, comme elle pouvait le constater de ses propres yeux. Les soldats transperçaient les corps des Passeuses d'âmes en courant, sans même se rendre compte qu'elles étaient bien présentes. Siane dut lutter pour garder son équilibre face à cette réalité déconcertante. Chaque geste, chaque son semblait appartenir à deux mondes distincts et pourtant fusionnés. Miriel, observant son désarroi, tenta de l'apaiser.

— Ce phénomène est bien connu à Ërendor, il est appelé l'Entrelacement. C'est grâce à lui que nous pouvons circuler entre sept niveaux sur un lieu unique, à partir de la puissance d'énergies très anciennes. Aie confiance, Elysane a tout fait pour que personne d'extérieur ne puisse trouver les portes en cas de danger.

Siane aurait voulu pousser un soupir de soulagement, mais la bataille ne faisait malheureusement que commencer. À la suite des soldats du roi avaient dû s'engouffrer dans le passage tous ceux qui voulaient protéger Ërendor. Ceux-ci étaient dans la même réalité que les soldats, et du sang se mit bientôt à couler au pied du groupe de femmes. C'était un combat inégal, perdu d'avance, désespéré. Et tandis que Siane assistait, impuissante, à l'assassinat de pauvres innocents, un nouveau choc l'ébranla sans crier gare.

À une dizaine de mètres d'elle, Jórga se battait contre un soldat du roi. Elle cria le nom de son compagnon, alors même qu'elle savait pertinemment qu'il ne pouvait pas l'entendre. Lorsqu'une épée transperça brusquement le bras de ce dernier, Siane crut défaillir. Jamais, de toute sa vie, elle ne s'était sentie aussi inutile.

Envahie par un immense sentiment d'impuissance, elle vit un soldat plaquer Jórga au sol afin de lui lier les mains dans le dos sans aucun ménagement. Le jeune homme se tordit de douleur, vaincu par la force de son assaillant, et lorsqu'il aperçut son propre père, Thaddeus, également aux mains des autorités, il tomba dans un état de semi-conscience. Siane assista à toute la scène, complètement désemparée.

La bataille se poursuivit encore quelques minutes, jusqu'à ce que tous les survivants aient été capturés. Conscients que, par une sorcellerie qu'ils maudirent en crachant au sol, ils ne pourraient pas trouver les Passeuses d'âmes, les soldats se retirèrent en emportant leurs prisonniers. La forêt se vida petit à petit dans la réalité, laissant le groupe de femmes sauves dans leur dimension. Le choc psychologique n'en était pas moins terrible et lorsque le silence revint, on n'entendit plus que des pleurs incessants.

Le reste de la journée vit s'imprimer un traumatisme profond au cœur de chaque Passeuse d'âmes. Plusieurs corps, abandonnés aux charognards, jonchaient le sol à différents endroits. Profitant d'un moment où personne ne la voyait, Siane s'approcha d'un jeune homme vivant certainement ses derniers instants. À pas de loup, elle vint s'accroupir à côté de lui et lui chuchota quelques mots de réconfort. Tandis qu'elle passait sa main à travers le corps transparent, un bruit dans son dos la fit sursauter.

— Pauvre jeune homme…, se désola Miriel. Et dire qu'il a perdu la vie alors même que nous étions en sécurité.

— Il n'est pas encore mort, répondit Siane, pleine

d'espoir. Peut-être que…

— Il lui reste moins d'une minute à vivre. Il n'y a rien à faire, malheureusement.

— Comment le sais-tu ?

— Parce que je ressens dans tout mon corps sa souffrance et son envie de s'en libérer. Je le perçois grâce à mon don, mais tu verras que savoir prédire le moment exact de la mort est un des points que nous étudions pour devenir Passeuses d'âmes. À partir de la quatrième année, on nous enseigne comment reconnaître quand le dernier souffle est sur le point d'être expiré.

— Mais c'est horrible ! s'exclama Siane. Je ne veux pas apprendre une chose pareille !

— Et pourtant, c'est essentiel. Nous mourrons tous un jour, toi, moi, nos familles, les habitants de Silverdale, le monde entier. Quoi de plus beau, alors, que quelqu'un puisse nous accompagner dans ce moment de transition ?

Miriel se redressa avant de s'éloigner, laissant Siane seule avec ses doutes et ses questions. Celle qui la tourmentait le plus était de savoir si elle aurait pu prédire le destin tragique de Seraphina. Si elle avait été Passeuse d'âmes à ce moment-là, aurait-elle réussi à protéger sa mère ? À peine avait-elle formulé intérieurement ces pensées qu'elle sentit la vie s'échapper de l'homme allongé à ses côtés. Elle ne pouvait ni lui fermer les yeux, ni recouvrir son corps qui serait bientôt froid. Le seul acte qu'elle pouvait accomplir était de prier pour le salut de son âme, ce qu'elle fit pendant presque une demi-heure, retenant ses larmes comme elle le pouvait.

Lorsque Siane se releva, les membres engourdis, elle

s'aperçut que les cadavres étaient en train de disparaître progressivement de la dimension d'Ërendor, emportés dans un crépitement de paillettes argentées. Tout autour, le village était vidé de ses habitantes, chacune étant rentrée chez elle pour se coucher après le tumulte de la journée. Le calme qui régnait désormais contrastait de manière macabre avec les hurlements poussés quelques heures plus tôt. Siane marcha en direction de sa chambre, épuisée mais certaine qu'elle pourrait à peine fermer l'œil de la nuit. La scène dramatique qu'elle avait vécue et les propos déstabilisants de Miriel venaient d'ajouter encore plus de profondeur au débat intérieur qui faisait rage en elle.

CHAPITRE 9

Siane en était sûre, c'était la voix de Seraphina qui venait de la tirer de son sommeil. Contre toute attente, lorsqu'elle ouvrit les yeux, elle n'était plus à Ërendor, mais dans une petite maison charmante plongée dans la pénombre. Les murs de la chambre étaient couverts de tapisseries anciennes et une odeur de bois vieilli, mêlée à celle des cendres froides, flottait dans l'air. Siane se redressa lentement, observant les poutres du plafond et les meubles rustiques qui lui rappelaient étrangement quelque chose. Elle n'aurait pu dire où elle se trouvait, mais elle avait pourtant l'impression de reconnaître un lieu familier. Cela lui faisait penser à l'ancienne demeure de ses parents, mais en plus modeste, avec une atmosphère chaleureuse qui la réconforta immédiatement. Dans un coin de la pièce, une respiration sifflante retint tout à coup son attention. Celle-ci provenait d'une silhouette allongée dans un lit, plongée dans un sommeil profond.

Une force irrésistible attira Siane vers la personne qui dormait, et c'est presque poussée par une main invisible qu'elle fit les quelques pas qui la séparaient du lit en bois. Après s'être assurée que personne d'autre ne se trouvait dans la pièce, la jeune femme attrapa du bout des doigts le coin du drap et le souleva tout doucement, le plus discrètement possible. Elle poussa alors un tel cri en découvrant l'identité de l'homme allongé qu'elle crut un instant avoir réveillé tous les habitants du quartier. C'était Draven, son frère disparu, qui dormait profondément.

Siane n'eut pas le temps de réfléchir, car la porte de la chambre s'ouvrit brusquement, libérant le passage à un homme roux portant de lourdes armes. La jeune femme se recula rapidement, mais comprit bien vite que cela n'était en réalité pas nécessaire. Comme lors de l'attaque d'Ërendor par les soldats du roi, l'inconnu ne parvenait pas à déceler sa présence.

Réveillé cette fois-ci en sursaut, Draven se redressa prestement dans son lit et Siane put découvrir entièrement son visage. Les traits de son frère n'avaient pas beaucoup changé depuis le temps qu'ils ne s'étaient pas vus. Cheveux bruns, yeux foncés, taches de rousseur, la jeune femme avait l'impression de se regarder dans un miroir. Pourtant, Draven dégageait une aura néfaste qu'elle capta immédiatement, tandis que son cœur battait à tout rompre. Elle n'aurait su dire d'où venait le malaise qu'elle ressentait, mais elle comprit à quel point son frère n'était plus le même que celui qu'elle avait perdu.

— Debout, Draven, c'est maintenant !

— Mais ça devait être demain ! s'exclama le jeune

homme, les traits encore tirés par le sommeil.

— Je sais, mais les plans viennent de changer. Allez, prépare-toi !

Sans réfléchir, Draven sauta hors de son lit, s'habilla en un éclair, avant de se saisir d'une magnifique épée extrêmement travaillée. Même si Siane n'était pas physiquement présente, elle sentait à quel point elle vivait un instant crucial de la vie de son frère.

— On va au palais comme prévu ? demanda celui-ci à son compagnon.

— Pas tout de suite, répondit l'homme précipitamment. Nous avons d'abord rendez-vous au Temple d'Émeraude, le temps que tout le monde arrive. Arthos nous attend déjà là-bas.

— Beurk, je déteste cet endroit, je déteste ces Passeuses d'âmes et je déteste encore plus tout ce qu'elles y font ! J'ai comme l'impression qu'elles vont se dresser sur notre chemin ce soir…

— Ne t'inquiète pas, ça fait trois ans qu'elles ne sont plus sorties de leur repaire. Je ne vois pas pourquoi elles viendraient se mêler de notre coup d'État.

— Je n'en sais rien, mais j'ai l'horrible sensation qu'une de ces sorcières est en train de me coller à la peau, répondit Draven, crachant au sol quasiment au pied d'une Siane tétanisée.

Enfin prêt, il sortit de la chambre au pas de course sans un regard en arrière. Dès que les deux hommes eurent franchi la porte, leur image disparut progressivement et la jeune femme fut renvoyée sans transition à Ërendor. Elle se réveilla en sursaut, pétrifiée par le cauchemar qu'elle venait à l'instant de faire. Il lui fallut quelques minutes pour que son cœur arrête de battre violemment dans sa poitrine et qu'elle puisse s'asseoir au bord de son lit afin de reprendre ses esprits. Les images du rêve tournoyaient furieusement dans sa tête, alors que l'obscurité de la nuit enveloppait encore sa maison.

Lorsqu'elle se sentit un peu mieux, Siane se leva avec un besoin impérieux de se dégourdir les jambes, espérant que cela l'aiderait à chasser les derniers vestiges de la vision qui l'avait étreinte. Elle traversa la pièce à pas feutrés, ses pieds nus effleurant le sol froid de sa chambre. En passant devant la fenêtre, elle jeta un regard vers l'extérieur, où la lueur argentée de la lune baignait paisiblement le paysage nocturne. Cette vision du calme inondant le village aurait pu apaiser la jeune femme, mais une anxiété persistante continuait pourtant de la troubler. Les paroles échangées entre les deux hommes, la personnalité sombre de Draven, ses propos sur les Passeuses d'âmes et le crachat quasiment à ses pieds, tout cela résonnait encore dans son esprit avec une force troublante.

Après avoir bu un verre d'eau, Siane retourna vers son lit, songeuse. Que signifiait exactement ce qu'elle venait de vivre ? Était-ce seulement le fruit de son imagination, ou bien y avait-il un sens plus profond derrière ces visions d'une autre dimension ? La jeune femme patienta un moment, tentant de repousser au loin l'idée d'aller réveiller Elysane pour lui raconter ce qu'elle venait de découvrir. Elle se sentait stupide de prêter tant d'attention à un simple rêve, mais elle ne parvenait toutefois pas à se défaire de l'étrange impression que c'était important. Était-ce une raison suffisante pour se retrouver face au regard sévère de la

Gardienne en pleine nuit ? Elle batailla donc un long moment avec elle-même, avant que l'agitation de ses pensées et le besoin de partager cette expérience ne finissent par l'emporter sur ses craintes.

Siane se leva de son lit avec détermination, chassant tout doute de son esprit pour ne plus reculer devant sa décision. Elle sortit de sa chambre en silence, veillant à ne réveiller personne sur son passage. La situation était déjà bien assez compliquée pour ne pas avoir à justifier pourquoi elle marchait en pleine nuit, pieds nus, dans le village. Arrivée face à la porte de la maison de la dirigeante, elle hésita un instant, puis frappa doucement.

— Elysane ? chuchota-t-elle, espérant ne pas la tirer de son sommeil trop brusquement. C'est moi, Siane. Est-ce que je peux entrer ? J'ai quelque chose d'important à vous dire.

La jeune femme attendit quelques secondes, retenant son souffle, avant d'entendre la voix endormie de la Gardienne lui répondre depuis l'intérieur de la chambre.

— Oui, entre, murmura Elysane. Qu'est-ce qu'il se passe ?

Siane ouvrit la porte lentement, laissant un mince rayon de lune pénétrer doucement dans la pièce. Elle avança avec précaution, avant de se diriger vers le lit où Elysane était encore allongée. Consciente de l'absurdité de la situation, elle prit une profonde inspiration, puis se lança dans le récit du rêve troublant qui venait de s'insérer dans son sommeil. Elle n'omit aucun détail, même ceux qui lui faisaient de la peine, comme le comportement détestable de Draven.

— Vous savez, finit-elle par conclure, en vous racontant tout ça, je me dis que j'ai été stupide de vous réveiller pour si peu. C'était peut-être juste un cauchemar et…

— À Ërendor, tous les rêves ont leur raison d'être, la coupa net Elysane. Ils sont une fenêtre ouverte sur la réalité, et bien souvent porteurs de messages de la plus haute importance. Je n'ai jamais vu quelqu'un recevoir une vision qui ne se soit pas concrétisée par la suite.

— Vous pensez que ce que j'ai vu pourrait se produire… dans l'avenir ?

— Non seulement je le crois, mais j'en suis même intimement convaincue. D'après ce que tu m'as dit, il va y avoir un coup d'État auquel Draven va participer.

— Ça me paraît fou !

— Et moi, ce qui m'inquiète, c'est que d'après les paroles de l'ami de ton frère, les Passeuses d'âmes ne vont pas sortir d'Ërendor pendant au moins trois ans.

— Mais enfin, c'est impossible !

— Au contraire, je pense que c'est ce à quoi nous devons nous préparer…

Elysane semblait très impactée par ce que Siane venait de lui partager. La jeune femme était désormais convaincue d'avoir pris la bonne décision en réveillant la Gardienne, mais elle savait qu'ainsi, elle s'exposait à la question ultime concernant son avenir. Avec tout ce qu'elle venait de vivre en l'espace de quelques jours, était-elle prête à faire le bon choix ? Voyant la profonde réflexion dans laquelle Siane était plongée, Elysane sentit que c'était le moment opportun pour agir. Elle prit une grande inspiration avant d'attraper la main de celle-ci entre ses paumes ridées.

— Je pense que tu as désormais toutes les clefs en toi pour prendre ta décision en ton âme et conscience,

Siane. Tu connais notre lieu de vie, nos objectifs, nos contraintes, les dangers qui nous guettent et ce qui t'attend si tu retournes à Silverdale. Tu as vu ton frère, qui n'est sans doute plus le même que celui que tu as perdu. Si tu veux malgré tout le rejoindre, je trouverai toujours un moyen de t'ouvrir très brièvement les portes pour que tu puisses sortir d'Ërendor. La décision doit venir du plus profond de ton cœur sans te préoccuper du reste. Je ne te poserai cette question qu'une seule fois, alors prends tout le temps nécessaire à la réflexion : souhaites-tu t'engager pour devenir Passeuse d'âmes ?

L'image terrible de Draven traversa l'esprit de Siane, tel un courant impétueux emportant tout sur son passage. Qu'était-il arrivé au petit garçon qui découvrait le roi avec des étoiles dans les yeux ? Comment la vie avait-elle pu l'amener à dégager une telle aura de négativité ? Certes, il avait perdu ses deux parents dans des circonstances effroyables, mais la jeune femme partageait le même passé et était pourtant devenue une bonne personne. Malgré le lien indéfectible qui unirait pour toujours les jumeaux, Siane sentit au plus profond d'elle-même un appel qui ne cessait de prendre de l'ampleur. Ces allers-retours entre son cœur et sa raison devaient désormais s'arrêter. Une fois les mots tant attendus prononcés, il serait impossible de revenir sur sa décision, et ce fut cette certitude qui lui donna la force de formuler les paroles suivantes.

— Si vous m'acceptez à Ërendor, je suis prête à y rester pour intégrer la formation de Passeuse d'âmes. Je serais honorée d'unir mes forces à toutes ces femmes qui ont fait le choix d'accompagner chacun vers la mort.

Elysane hocha la tête, une seule fois, pour valider

cette décision. Comme toujours, il était difficile de déchiffrer sur son visage ce qu'elle pensait réellement, mais Siane n'était pas dupe. Sous les traits sévères de la Gardienne ne pouvait se lire que du soulagement.

— Si tout est dit, nous pouvons retourner nous coucher, annonça la dirigeante. Dès demain matin, Ërendor reprendra son rythme habituel autant que possible après les événements tragiques que nous venons de traverser. Je demanderai à Miriel de t'accompagner pour te faire visiter le reste du domaine et t'introduire officiellement auprès de nos compagnes. Maintenant que ta décision est prise, tu dois avoir hâte de découvrir ce qui t'attend !

Siane acquiesça, le cœur plus léger, mais toujours consciente de la gravité de son choix. Peu importe l'évolution de Draven, il resterait à jamais son frère, celui qui l'avait suivie partout comme une ombre pendant leur enfance. L'amour ne se décide pas, et peut encore moins se contrôler. La jeune femme ne perdait pas de vue sa volonté de le retrouver un jour, mais elle devait simplement accepter que cela se ferait dans un avenir plus lointain que ce qu'elle avait imaginé.

Lorsque Siane rejoignit sa petite maison, qu'elle pouvait désormais considérer comme lui appartenant réellement, l'obscurité autour d'elle ne semblait plus aussi oppressante. Pour la première fois depuis l'incendie du Temple d'Émeraude, elle dormit profondément, sans qu'aucun nouveau rêve ne vienne troubler son repos. Elle savait que les Passeuses d'âmes avaient vécu en peu de temps les événements les plus dramatiques de leur histoire, et la perspective de se joindre au chemin de résilience qu'elles allaient devoir emprunter confortait à chaque instant un peu plus la jeune femme dans sa décision.

Le lendemain matin, le domaine d'Ërendor s'éveilla doucement sous la lumière accueillante du soleil levant. Siane se réveilla tôt, impatiente de commencer sa nouvelle vie. Miriel l'attendait déjà devant la porte de sa propre maison, prête à lui faire découvrir tous les secrets de ce lieu incroyable. Après s'être embrassées avec effusion, les deux femmes s'étudièrent pendant quelques instants.

— Elysane m'a raconté ton rêve, expliqua Miriel sans la lâcher du regard. Je suis désolée d'apprendre que tu as été déçue par le comportement de ton frère, mais j'avoue que je suis heureuse de savoir que tu restes ici. Je n'ai jamais été tutrice de ma vie et c'est un grand honneur pour moi d'avoir été choisie pour t'accompagner !

Siane répondit par un sourire, soulagée de constater qu'elle pouvait déjà compter sur une alliée. Certes, Miriel paraissait fragile avec sa petite constitution, mais c'était sans aucun doute parce qu'elle n'avait pas encore pleinement pris conscience de la force qui se cachait en elle. Si les portes du domaine restaient bel et bien fermées pour trois ans, elle aurait tout le temps d'apprendre à prendre confiance en elle. Siane savait qu'elle pourrait l'aider dans cette aventure et cette perspective la mettait en joie. Si son arrivée à Ërendor s'était déroulée de la plus terrible des façons, elle était désormais déterminée à tirer le meilleur parti de cette expérience.

— Par où commençons-nous la visite ? demanda-t-elle à son amie.

— Par la cuisine, bien sûr ! s'exclama Miriel. Tu n'as pas faim, toi ?

— Si, évidemment ! Mais où se trouve-t-elle ? Je n'ai vu aucune porte pour nous mener en dehors du village.

— C'est parce qu'il te manque l'incantation pour la faire apparaître. Je ne peux pas encore te la donner, car tu dois d'abord obtenir ta perle. Cela signifie que pour le moment, tu dois toujours te déplacer dans Ërendor avec une Passeuse d'âmes si tu ne veux pas te retrouver coincée dans la mauvaise dimension sans aucune possibilité d'en changer !

Sans même attendre de réponse, Miriel s'avança avec hâte en direction de la maison d'Elysane. Siane, au comble de l'excitation, peinait à suivre le rythme de son amie. Elles dépassèrent la demeure de la Gardienne sans s'en préoccuper, afin de rejoindre deux arbres centenaires, aux troncs massifs et noueux, qui se dressaient majestueusement à la lisière du village. Leurs branches entrelacées formaient une arche naturelle et Siane comprit que le secret des dimensions d'Ërendor se cachait là. Comment avait-elle pu passer à côté d'une telle évidence ?

— C'est ici ! s'exclama Miriel. Ce passage nous permet de nous rendre dans les différents niveaux, mais également de sortir du domaine pour rejoindre la réalité. Ce sont ces portes que les soldats du roi n'ont pas réussi à trouver hier.

— À quelle distance sommes-nous de Silverdale ? demanda Siane, intriguée.

— À seulement quelques kilomètres au nord.

— Quelques kilomètres ?! Mais comment Elysane a-t-elle pu me transporter jusqu'ici lorsqu'elle m'a endormie de force ?

— C'est parce qu'il y a en réalité deux façons de rejoindre Ërendor. Le chemin le plus habituel pour les Passeuses d'âmes est de marcher depuis Silverdale, puisque nous connaissons l'emplacement exact de l'entrée du domaine. Un sort très ancien repousse depuis toujours ceux qui souhaitent s'aventurer dans notre forêt et jamais personne n'avait pu s'approcher d'Ërendor jusqu'à présent. Comme il est en plus nécessaire de connaître l'incantation pour faire apparaître les portes, nous avons toujours vécu dans un lieu extrêmement protégé. La deuxième façon de rejoindre notre village est d'emprunter le passage secret chez Thaddeus, car il nous permet d'arriver précisément au niveau des portes.

— C'est comme ça que j'ai atterri ici, n'est-ce pas ?

— Absolument. C'était la première fois que je prenais ce chemin depuis que je suis chez les Passeuses d'âmes et c'est dommage que tu n'aies pas pu voir ce qu'il s'est passé, car c'était très impressionnant. Lorsque nous nous sommes élancées dans le passage secret, nous sommes directement arrivées ici, avalant les kilomètres en un instant. Je ne sais pas quel sort se cache là-dessous, mais c'est vraiment étrange !

— Comment les soldats du roi ont-ils pu le découvrir ? Si cette voie est si importante, n'aurait-elle pas dû être mieux cachée ?

— Eh bien, j'avoue que c'est une question que je ne cesse de me poser depuis l'attaque... J'ai toujours cru que Thaddeus menait une vie simple de bourgeois à Silverdale afin d'éviter les soupçons sur ses véritables activités. En réalité, j'en viens à me demander s'il n'était pas surveillé depuis longtemps… Quoi qu'il en soit, c'est vraiment problématique que le passage secret ait été découvert, car cela veut dire que l'emplacement exact d'Ërendor a été localisé et donc que notre communauté n'a plus qu'une seule barrière pour garantir sa sécurité. C'est pour cette raison qu'Elysane a fait le choix de condamner les portes d'Ërendor. Nous ne pouvons plus sortir désormais, mais normalement plus personne ne peut y entrer.

— Et comment fait-on exactement pour changer de dimension ? demanda Siane. On doit simplement passer entre les arbres en prononçant l'incantation ?

— Oh non, c'est bien plus magique que ça ! Regarde…

Miriel ferma les yeux, concentrée, puis murmura une série de mots à peine audibles. Lentement, une lueur argentée apparut, avant que des particules lumineuses ne se mettent à se regrouper, formant les contours d'une porte aux bordures légèrement floues. Celle-ci semblait flotter dans les airs entre les branches entrelacées des deux arbres, donnant l'impression qu'elle n'était qu'à moitié présente dans la réalité. Graduellement, des motifs complexes, semblables à des filigranes argentés, apparurent sur la surface vaporeuse. Siane observa ce spectacle avec émerveillement alors que la forme de la porte se précisait lentement devant elle, comme si elle émergeait de l'essence même de la nature environnante.

— C'est incroyable ! s'extasia-t-elle, la voix étranglée par l'émotion.

— C'est surtout très pratique pour changer de dimension ! plaisanta Miriel. Allez, ferme la bouche et suis-moi… La découverte du domaine d'Ërendor t'attend !

Mue par une folle envie d'aventures, Siane reprit ses esprits et fit quelques pas en direction de la porte, que son amie venait de franchir avec impatience. Dans une étincelle de magie, la silhouette de celle-ci avait déjà disparu, volatilisée dans les airs comme une ombre aspirée par la lumière. Siane savait qu'il ne fallait pas trop réfléchir à ce phénomène, de peur de ne pas oser avancer, aussi ne prit-elle même pas la peine d'inspirer avant de s'élancer, tête baissée et le cœur battant à tout rompre. Lorsqu'elle franchit les deux battants immatériels, un tourbillon de paillettes argentées l'enveloppa immédiatement. La jeune femme se laissa emporter, prête à découvrir ce qui l'attendait dans les différentes dimensions d'Ërendor.

DRAVEN

— Maman ?! Siane ?!

De l'eau ruisselait sur le visage de Draven, autant par ses larmes qu'en raison de la pluie qui s'abattait violemment sur Silverdale. Perdu dans la contemplation du couronnement de Roderick, il ne s'était pas méfié de l'orage qui menaçait de mettre fin aux festivités de façon brutale. Tout s'était enchaîné très vite ensuite, à partir du moment terrible où le blason du roi avait été dévoilé. Le jeune garçon avait poussé un cri déchirant en reconnaissant la façon dont son père avait été assassiné, mais il n'avait pas eu le temps de s'y attarder, car un brusque mouvement de foule l'avait entraîné à une dizaine de mètres de là. Lorsque sa cheville avait heurté une pierre, alors qu'il tentait de se protéger de tous ceux qui couraient en l'ignorant, il n'avait pu retenir un hurlement de douleur. Complètement affolé, aveuglé par la pluie battante, il s'était alors aventuré en boitant dans une direction au hasard, ne se doutant pas un seul instant que ce mauvais choix l'éloignait en réalité de sa mère.

Draven erra pendant un temps interminable, blessé et

désorienté dans cette ville qu'il connaissait très mal. Personne ne s'intéressait à lui, chacun étant affairé à retrouver ses proches perdus lors du mouvement de foule. Le petit garçon avançait péniblement, chaque pas étant une épreuve tant sa cheville gonflée lui faisait mal. À intervalle régulier, il criait les noms de Seraphina et de sa sœur, espérant qu'elles l'entendraient malgré la distance qui les séparait certainement.

— Maman ?! Siane ?! Où êtes-vous ?!

Soudain, quand Draven crut apercevoir une silhouette familière au loin, son cœur bondit d'espoir dans sa poitrine.

— Maman !

Le garçon se précipita en avant, ignorant la douleur lancinante de sa cheville. Ce n'est que lorsqu'il arriva à quelques mètres qu'il réalisa que ce n'était pas Seraphina, mais une femme inconnue, tout aussi apeurée que lui. Désemparé, Draven recula, ses forces l'abandonnant petit à petit. Il s'appuya contre un mur, alors que les larmes se mêlaient à la pluie sur son visage. Il ne savait plus où chercher ni quoi faire, chaque instant qui passait rendant la situation un peu plus désespérée.

— Tu es perdu, petit ?

Draven releva les yeux et découvrit un homme à l'allure bourrue, qui se présenta comme un forgeron vivant non loin de là. Cet homme, nommé Bran, aida le petit garçon à retourner à l'endroit où il avait perdu sa mère, et ensemble, ils finirent par retrouver son corps abandonné. Ce qui suivit ne fut qu'une succession de moments flous et douloureux pour Draven : l'enterrement de Seraphina, la recherche désespérée de Siane, et enfin, son entrée en apprentissage dans la forge de son sauveur. Celui-ci excellait dans son art et, bien vite, son protégé développa à son tour de solides compétences. Toutefois, ce ne furent pas les seuls enseignements que Draven tira de son adolescence…

Bran détestait au plus haut point les Passeuses d'âmes, les accusant de tous les maux qui s'abattaient sur Silverdale. Grand partisan des révoltes contre ces sorcières, le forgeron se fit de plus en plus souvent accompagner par son apprenti lorsqu'il s'attaquait à tout ce qui touchait à Ërendor. Draven grandit dans cette haine, mais ce n'est que lors d'un événement tragique que son aversion envers les Passeuses d'âmes fut définitivement scellée.

À l'âge de dix-sept ans, Draven tomba fou amoureux d'Ilona, la fille d'un marchand qui passait régulièrement à la forge de Bran. Cette ravissante rousse aux courbes prometteuses captiva immédiatement le regard de l'adolescent, qui manquait cruellement d'amour depuis le décès de sa mère. Il se raccrocha à elle comme à une bouée de sauvetage, espérant qu'elle pourrait combler le vide laissé par son passé d'orphelin. Une belle complicité naquit rapidement entre les deux amants, jusqu'à ce qu'un soir, cette romance s'assombrisse brusquement.

Alors qu'elle se rendait à un rendez-vous avec Draven, Ilona fit une mauvaise chute à cheval dans les rues glissantes de Silverdale. Elle fut aussitôt ramenée dans sa famille, inconsciente suite à un choc trop violent à la tête, et s'enfonça progressivement dans un coma profond. Draven resta au chevet de sa petite amie pendant une semaine, dormant à peine, complètement désemparé de la voir s'éteindre à petit feu. Tout s'emmêlait dans son esprit : le coup de sabot qui avait tué sa mère, la chute à cheval d'Ilona, la violence de ce qui lui arrivait, l'injustice, l'incompréhension.

Lorsqu'ils se rendirent compte que la fin était proche, les parents d'Ilona firent venir une Passeuse d'âmes à son chevet. Si chacun savait qu'il était trop tard, Draven n'en avait pas encore pris conscience, empêtré dans l'espoir que les sorcières d'Ërendor maîtrisent un sort capable de repousser l'appel de la mort. Il avait suffi de onze petits mots, juste avant qu'Ilona ne ferme les yeux définitivement, pour faire basculer Draven dans la haine : « Je ne peux plus rien faire pour elle, je suis désolée. »

Rejetant cette nouvelle souffrance, le jeune homme se forgea une carapace d'acier, accusant les Passeuses d'âmes d'avoir volontairement refusé de ramener Ilona à la vie. Cette conviction l'enferma dans une spirale de ressentiment, le poussant à voir en elles les coupables du décès de sa bien-aimée. Draven décida alors de s'engager pleinement aux côtés de Bran, déterminé à participer à la chasse à ces meurtrières, persuadé que la destruction de leur pouvoir était l'unique façon de protéger ceux qui restaient.

Les Passeuses d'âmes ne furent pas les seules cibles de la haine de Draven. Au fil des années, alors que les lois oppressives de Roderick s'abattaient sur le peuple, sa rancœur envers le roi grandit chaque jour un peu plus. Conscient du rôle de ce dernier dans la disparition de son père, il commença à rejoindre des réunions secrètes, qui lui permirent de rencontrer Arthos et d'élaborer progressivement un plan pour se venger. Lorsque le coup d'État fut décidé, il était prêt à endosser le rôle qui lui avait été attribué. Cependant, ce que beaucoup de ses proches ignoraient, c'était qu'il avait également décidé que le nom de Draven resterait gravé dans l'histoire de Silverdale. De Roderick ou des Passeuses d'âmes, à quelle cible s'attaquerait-il en premier ?

CHAPITRE 10

Dès que Siane eut franchi la porte, un monde nouveau s'ouvrit à elle. Elle eut la surprise de se retrouver exactement dans le même lieu que précédemment, mais dans un tout autre décor. À l'endroit où se situait auparavant la clairière, des arbres avaient été coupés pour libérer un espace de taille conséquente. Ici avait été construit un bâtiment en pierre tout en longueur, dont la porte d'entrée était encadrée par deux géodes grandioses aux incroyables teintes violacées. Malgré son austérité et son âge avancé, le vieux réfectoire dégageait une impression de dignité et de tranquillité, qui intimida tout de suite Siane. Juste à côté, une petite maison servait sans aucun doute de cuisine, au vu de la fumée qui s'échappait de sa cheminée. Ainsi, c'était ici que la soupe de la veille avait certainement été préparée, dans ce bâtiment ayant vu passer tant de générations de femmes. Le contraste entre la majesté du réfectoire et l'agitation dans la cuisine était saisissant.

— Commençons par prendre le petit-déjeuner, proposa Miriel. Ensuite, je te ferai visiter les niveaux inférieurs…

Siane acquiesça, encore surprise d'avoir la chance de découvrir ce lieu extraordinaire. Alors qu'elle se dirigeait vers l'entrée du réfectoire, elle aperçut au loin un arbre qu'elle reconnut immédiatement grâce à la forme très spécifique de ses branches. C'était celui qui se trouvait à côté de sa maison, dans la dimension du village, et qui existait encore dans ce niveau malgré le changement de décor. Cette superposition, cet « Entrelacement » comme l'avait appelé son amie, était tout simplement incroyable.

En quelques instants, les deux femmes pénétrèrent dans le bâtiment. La pièce où elles atterrirent impressionna tellement Siane qu'elle ne put retenir un hoquet de stupéfaction. Le plafond voûté, soutenu par de robustes piliers de pierre, donnait une sensation de grandeur et de solennité à la pièce. Des tables massives en bois vieilli étaient disposées en rangées ordonnées au centre de la salle, accompagnées de bancs rustiques portant les marques d'un usage répété. Des torches nichées dans des supports en fer forgé répandaient une lumière tamisée, créant une atmosphère chaleureuse et accueillante malgré l'austérité des murs en pierre. Une vingtaine de personnes partageaient déjà un petit-déjeuner, et quand elles aperçurent Siane, elles lui firent un signe de la main pour l'inviter à s'installer à leurs côtés. La jeune femme ne se fit pas prier, même si elle se sentait légèrement intimidée par la situation.

Siane aurait voulu poser mille questions, mais elle

compris bien vite que son impatience devait être contenue. À Ërendor, chaque parole, chaque geste, avait son importance. Le calme était le maître mot, aussi dut-elle le respecter et manger en silence. Au mieux échangea-t-elle quelques sourires tandis qu'elle croquait dans une pomme, consciente qu'elle aurait beaucoup à apprendre pour se conformer aux codes de cette société qu'elle découvrait à peine. Vingt minutes plus tard, les deux amies se retrouvèrent de nouveau devant l'entrée du réfectoire, avant d'apercevoir au loin la silhouette de Lyona qui franchissait les portes du domaine.

— Ha ha, gloussa Miriel, elle s'est sûrement réveillée trop tard et doit sauter le petit-déjeuner !

Siane sourit, avant de constater que la tutrice de sa compagne avait déjà disparu.

— Où est-elle passée ? demanda-t-elle, éberluée.

— Elle a changé de plusieurs dimensions d'un coup. Elle descend dans les niveaux les plus profonds d'Ërendor, là où nous n'avons pas encore le droit d'aller.

— C'est-à-dire ?

— Comme je te l'ai expliqué, il y a sept dimensions dans notre domaine. Le tout premier, c'est celui de notre village. Le deuxième, là où nous nous trouvons actuellement, c'est le réfectoire et les cuisines. Les deux niveaux suivants, où nous allons nous rendre maintenant, sont destinés au potager, à l'élevage de nos animaux, ainsi qu'à nos salles de classe. Ce n'est qu'à partir de la quatrième année que l'on peut prétendre découvrir les cinquième et sixième dimensions. Et de ce que j'ai entendu dire, la toute dernière n'est accessible qu'à celles qui ont choisi l'ombre.

— Que veux-tu dire par là ? Tu as déjà mentionné ce

choix entre l'ombre et la lumière sans me l'expliquer.

— Je t'avoue que je ne sais pas exactement de quoi il s'agit et que je ne répète que les rumeurs que j'ai entendues par hasard. Ce qu'il se passe à l'issue de notre formation dans les niveaux inférieurs est l'un des secrets les plus protégés à Ërendor, jalousement gardé par les Passeuses d'âmes confirmées. Je crois que sur ce point-là, il va falloir que nous fassions toutes les deux preuve de patience…

Miriel s'élança en direction de la porte, bientôt suivie par Siane. Celle-ci aurait voulu dire qu'elle en avait justement marre d'attendre, qu'elle était pressée de tout découvrir, maintenant qu'elle avait pris sa décision. Mais il faut croire qu'elle devait être patiente, car jamais personne ne répondait vraiment à ses questions.

La descente vers le troisième niveau se passa exactement de la même façon pour la jeune femme, après qu'un tourbillon argenté l'eut enveloppée pour l'emporter sans aucune possibilité de résistance. Comme l'avait expliqué Miriel, c'était dans cette dimension que se trouvaient un immense potager, des arbres fruitiers et de nombreux animaux laissés en liberté non loin de là. Poules, chèvres et même quelques chevaux se baladaient dans une jolie prairie qui semblait sans fin. Les couleurs étaient éclatantes, d'un mélange harmonieux de vert, de rouge et de jaune, comme si la nature elle-même avait décidé de montrer toute sa splendeur en un seul lieu. Parmi tous ces détails merveilleux, ce qui surprit le plus Siane fut de découvrir que les petits bouts de roche qui jonchaient le sol n'étaient pas de simples cailloux, mais de véritables pierres précieuses aux teintes chatoyantes.

— Quel endroit magnifique ! chuchota-t-elle à demi-mot, craignant presque de briser la magie de l'instant.

Miriel sourit, ses yeux pétillant de malice.

— C'est le fruit de générations de dévouement et de travail acharné, répondit-elle avec fierté. Ici, nous avons appris à vivre en harmonie avec la nature, à prendre soin d'elle comme elle prend soin de nous. C'est un équilibre fragile, mais essentiel, que les Passeuses d'âmes gèrent d'une main de maître depuis la nuit des temps.

— Où sont les arbres entre lesquels se trouvaient nos maisons dans le village ? Je croyais que nous étions toujours dans la même forêt…

— C'est le cas, répondit Miriel, mais plus nous nous enfonçons dans les profondeurs d'Ërendor, plus nous nous détachons de la réalité. Les arbres de la forêt disparaissent, tandis que les minéraux prennent une place de plus en plus importante. Ce n'est d'ailleurs pas la seule différence, comme tu auras peut-être l'occasion de le constater. Par exemple, à partir de ce niveau, le climat n'est plus tout à fait le même qu'à Silverdale. S'il y pleut, il peut faire un temps mitigé ici et un grand soleil à l'étage inférieur. Je ne peux pas te le confirmer, mais il semblerait même que dans les niveaux qui nous sont interdits, l'alternance entre le jour et la nuit soit différente.

— C'est tout de même fascinant… Jamais je n'aurais imaginé qu'il puisse exister un lieu pareil !

— Je te comprends, moi aussi j'ai été surprise à mon arrivée ici ! Et puis, c'est comme tout, on finit par s'habituer. Tu verras que dans quelque temps, plus rien ne te semblera étonnant.

— Qui s'occupe des animaux et du potager ?

demanda Siane, intriguée. Ça doit exiger un entretien fou et une sacrée organisation pour réussir à fournir de quoi manger à toutes les Passeuses d'âmes !

— Nous fonctionnons par roulement, chacune de nous ayant à un moment ou à un autre ce rôle-là. C'est comme pour les cuisines, l'entretien des bâtiments ou la transmission du savoir. Tout le monde participe à la gestion d'Ërendor afin que nous puissions être en autosuffisance.

— Tu veux dire que si Elysane maintient les portes fermées, nous pourrions vivre ainsi, sans avoir besoin de rejoindre l'extérieur ?

— Oui, c'est ça. Les Passeuses d'âmes ont fait le choix il y a longtemps de ne pas dépendre des autres. Tu sais, notre communauté a beaucoup souffert par le passé. Parfois nous avons été honorées, parfois on nous a jetées au bûcher comme des sorcières. Il est très important que nous puissions nous adapter à l'évolution du monde et nous en protéger le cas échéant. C'est pour cette raison que ce niveau est aussi bien entretenu. Nous avons compris depuis longtemps que notre survie dépend de notre capacité à respecter et à préserver ce qui nous entoure, en attendant que l'orage passe.

— Tu crois vraiment que le nouveau décret contre les Passeuses d'âmes sera annulé dans le futur et que tout reviendra à la normale ?

— Oui, bien sûr ! Il va juste falloir faire preuve de patience. Tu sais, la vie n'est qu'un éternel recommencement. Les rois meurent, les lois changent, les mentalités aussi. Ce n'est qu'une mauvaise passe pour nous et la seule chose que nous pouvons faire, c'est prier pour qu'elle ne dure pas trop longtemps. Allez, suis-moi… Nous devons maintenant découvrir les salles de classe, puisque tu vas y étudier la majorité de ton temps dans les prochaines années !

Siane hocha la tête, essayant d'assimiler tout ce que Miriel venait de lui expliquer. Plus son amie lui transmettait des informations, plus elle ouvrait des portes menant vers des questions plus larges encore. Le sujet semblait intarissable, surtout pour la jeune femme qui avait passé toute son adolescence entre les mêmes quatre murs de la taverne.

La descente vers le niveau inférieur se déroula comme précédemment et Siane en fut moins impressionnée cette fois-ci. Miriel avait sans doute raison : il était possible de s'habituer à tout, même à l'extraordinaire. Certes, elle évoluait toujours dans un monde dont elle n'avait jamais soupçonné l'existence auparavant, mais elle sentait que c'était un univers qu'elle était petit à petit en train d'apprivoiser.

Le niveau des salles de classe possédait une atmosphère particulière, une ambiance à la fois studieuse et excitante. La végétation était encore une fois différente, bien loin de celle de la première dimension. De nouveaux arbres aux feuilles argentées étaient apparus et, sur chaque tronc, on pouvait apercevoir des minéraux incrustés dans l'écorce, comme s'ils en dessinaient les lignes sinueuses. Leurs racines ne se contentaient pas de s'enfoncer dans le sol, mais elles émergeaient également à la surface, s'entrelaçant pour former des chemins naturels dans la forêt. Ici, tout était plus impressionnant que dans les niveaux supérieurs : les plantes étaient bien plus grandes, le ciel bien plus sombre et l'odeur des fleurs bien plus présente. Sur le sol, un tapis de mousse d'un vert éclatant s'étalait entre des petites maisons en bois qui auraient pu ressembler à celles du village, à un détail près qui frappa immédiatement Siane. Elle ne put s'empêcher de s'approcher pour toucher un des murs de sa main tremblante.

Sur chaque maison, des fresques représentant l'histoire d'Ërendor ornaient les façades de manière grandiose. Chacune d'entre elles semblait raconter un récit, oscillant entre les périodes de persécutions et celles de paix et de prospérité pour les Passeuses d'âmes. Ces peintures, superbement détaillées, montraient des scènes parfois difficiles de bûchers, tandis que d'autres dépeignaient des rituels sacrés, illustrant les épreuves et les triomphes qui avaient forgé l'identité de cette communauté.

— C'est magnifique…, murmura Siane, le souffle coupé.

Sur un des murs d'une maison légèrement plus grande que les autres, une fresque captivante dominait l'espace. Elle représentait la fondatrice du groupe des Passeuses d'âmes, Séléné. La déesse de la Lune avait été dessinée dans toute sa majesté, flottant au-dessus d'un paysage nocturne baigné par une lumière argentée. Ses longs cheveux noirs, parsemés d'étoiles, ondulaient comme une rivière sombre. Elle portait une robe diaphane qui semblait se fondre dans les rayons lumineux autour d'elle. La fresque était entourée par une inscription gravée dans le bois : « Guidées par Séléné, nous trouvons la lumière dans l'obscurité, la force dans l'adversité et la paix dans l'unité. » L'ensemble de ce tableau était un véritable chef-d'œuvre, captivant tous ceux qui le regardaient par sa beauté et son symbolisme profond.

— Tout est là, souffla Miriel à son amie en lui désignant les murs des petites maisons. Des milliers d'années de la vie des Passeuses d'âmes, qui relaient nos traditions depuis un nombre incalculable de générations.

Siane s'approcha de la fresque, fascinée par les détails minutieux et l'émotion qu'elle dégageait. Elle pouvait presque sentir la présence apaisante de Séléné, comme si la déesse elle-même veillait sur le groupe de femmes.

— Regarde ici, murmura Miriel en pointant du doigt des symboles gravés à côté de l'inscription. Chaque petit point que tu vois a été inscrit pour représenter une Passeuse d'âmes, au moment où elle a reçu sa perle. C'est sa tutrice qui le grave dans le bois pour signifier le cycle perpétuel de l'accompagnement. Quand ça sera ton tour, à la fin de ta cérémonie, je serai ici pour l'imprimer de manière symbolique auprès de Séléné.

Siane sourit à son amie, reconnaissante. Qu'elle était heureuse que Miriel la guide sur ce chemin ! Elle avait hâte d'obtenir sa perle et de pouvoir commencer la formation dans ces salles de classe chargées d'histoire. D'après ce qu'elle avait compris, la cérémonie pourrait se dérouler dès le lendemain, et cette perspective diffusait un sentiment de joie profonde dans tout son être. Toutefois, un dernier doute subsistait en elle et elle décida de le partager avec Miriel.

— Ma question va sans doute te paraître bizarre, mais je crois que c'est dû à la perspective de passer les cinq prochaines années ici. Vous… vous ne vous ennuyez jamais à Ërendor ? J'avoue que je n'ai pas pu mettre le nez dehors depuis mes neuf ans et il est un peu difficile pour moi de me dire que je vais de nouveau me retrouver enfermée pour une durée indéterminée…

— Ta question est au contraire tout à fait pertinente, et je dois admettre que je me la suis posée ces derniers jours. Jusqu'à présent, ce n'était pas un problème, puisque nous divisions notre temps entre ici et nos différentes missions à Silverdale. Bien sûr, à mon niveau, je n'ai pas encore réellement accompagné les hommes vers leur dernier repos, mais j'avais déjà un rôle pour trouver certaines ressources qui manquaient à Ërendor. C'est d'ailleurs pour cette raison que je me suis retrouvée coincée en dehors du domaine lorsque la loi est passée. Elysane m'avait chargée d'aller chez un apothicaire, et ce n'est que parce que j'ai eu la présence d'esprit de me rendre chez Thaddeus que je n'ai pas été attrapée. Donc, jusqu'à présent, nous étions toutes bien occupées en fonction de nos compétences. Il est vrai que la donne vient de changer, pas à notre avantage, malheureusement.

— Je vois, répondit Siane. C'est dommage, j'aurais bien aimé découvrir un peu plus Silverdale… De toute façon, je suppose que je vais être bien occupée avec tout ce que j'ai à apprendre ces prochaines années !

— En effet, concéda Miriel, et tu verras, le temps passera plus vite que tu ne le penses ! Notre emploi du temps sera bien rempli, et chaque journée nous rapprochera un peu plus de notre liberté… j'espère.

C'est sur cette perspective en demi-teinte que les deux jeunes femmes terminèrent la visite de cette dimension, avant de rentrer dans celle du village. Le reste de la journée se déroula ainsi, alors que Miriel présentait son amie à chaque nouvelle personne qu'elles rencontraient. Si l'accueil fut toujours chaleureux, Siane sentait que son arrivée perturbait une situation déjà bien assez complexe comme ça. Elle ne pouvait s'empêcher de se dire que, avec la fermeture des portes, elle était sans doute la dernière personne qui intégrerait Ërendor avant fort longtemps. Cela lui donnerait-il une position particulière, celle qui serait toujours en retard par rapport au savoir et à l'expérience des autres Passeuses d'âmes ? D'ailleurs, pourrait-elle commencer sa formation tout de suite ou devrait-elle attendre le début d'une nouvelle année d'apprentissage, où elle serait seule dans son niveau ? Siane décida de reporter toutes ces questions à plus tard, tentant plutôt de retenir tous les prénoms des personnes que Miriel lui présentait. Lorsque le soir arriva, les deux amies se séparèrent avec effusion, pressées de découvrir ce que la cérémonie d'obtention de la perle, prévue le lendemain, allait leur réserver.

Siane rentra tard dans sa petite maison, fatiguée mais heureuse. Elle attrapa le ruban bleu de Seraphina, avant de se mettre au lit sans attendre. Après avoir plaqué le souvenir contre son cœur, elle le porta à ses lèvres pour l'embrasser tendrement.

— J'aimerais tellement que tu puisses me voir, maman, murmura-t-elle avec une vive émotion dans la voix. Je suis sûre que tu serais fière de moi…

Siane ferma les yeux, laissant ses pensées dériver vers les souvenirs de son enfance. L'insouciance de Seraphina lui manquait cruellement, tout comme le frère qu'elle avait perdu et qui semblait avoir changé à tout jamais. Après avoir essuyé quelques larmes et envoyé au loin ses regrets, elle finit par s'endormir le cœur en paix. Elle savait que, peu importe le chemin que prendrait sa vie, elle avait trouvé à Ërendor le soutien qui lui avait tant fait défaut pendant des années. Sa place était ici, auprès de ces femmes dévouées, prêtes à lui enseigner tout ce qu'elles savaient. Désormais, plus rien d'autre ne comptait pour Siane que cette mission qu'elle allait bientôt partager avec les Passeuses d'âmes.

CHAPITRE 11

Siane se réveilla aux aurores, bien trop rongée par l'impatience pour réussir à terminer correctement sa nuit. C'était le grand jour pour elle, celui où elle allait officiellement obtenir sa perle et intégrer le groupe des Passeuses d'âmes. Elle avait conscience que ce n'était pas le moment idéal, après les drames des jours précédents, mais la vie s'était organisée ainsi et elle ne pouvait rien faire pour y remédier.

Le cœur battant, la jeune femme sortit de sa chambre et inspira un grand bol d'air frais. Le village était encore endormi, ce qui était tout à fait normal au vu de l'heure matinale. Elle s'assit donc à même le sol, le dos contre le mur en bois, prête à prendre son mal en patience le temps que tout le monde se réveille. Un quart d'heure s'écoula ainsi, puis un deuxième. Le soleil commençait à monter dans le ciel, mais personne ne semblait disposé à sortir des maisons. Après avoir attendu cinq minutes de plus, Siane se décida à aller frapper à la porte de

Miriel. Peut-être était-il plus tard que ce qu'elle imaginait et que les Passeuses d'âmes étaient déjà descendues à l'étage inférieur pour prendre leur petit-déjeuner ?

Lorsqu'elle se rendit compte que son amie ne lui répondait pas, la jeune femme entreprit de faire le tour du village pour regarder à travers les différentes fenêtres. Après quelques minutes d'investigation, elle dut se rendre à l'évidence : le lieu de résidence était entièrement désert, vidé de ses habitantes. Il ne lui restait plus qu'à aller vérifier la maison d'Elysane, sans grand espoir. Aussi, quelle ne fut pas sa surprise quand elle aperçut la porte de la dirigeante grande ouverte, celle-ci se trouvant assise à son bureau en train d'écrire sur un petit carnet.

— Elysane ? appela doucement Siane. Est-ce que vous savez où sont passées les…

Mais la Gardienne, à ces mots, ne releva même pas la tête. C'était comme si la jeune femme était invisible et que ses paroles traversaient l'espace inutilement. Cette dernière ne sut dire si Elysane l'ignorait volontairement ou si elle ne l'entendait tout simplement pas, mais la scène était vraiment étrange. Après quelques minutes de ce manège, pendant lesquelles Siane tenta désespérément de se faire remarquer, elle finit par ressortir de la maison, complètement abattue.

Après avoir fait un nouveau tour dans le village, elle dut se rendre à l'évidence, le cœur brisé. Le jour même de la cérémonie où elle devait devenir Passeuse d'âmes, elle se retrouvait seule, sans personne pour l'accompagner. Tout en traînant des pieds, Siane s'approcha des deux arbres centenaires où se trouvaient les portes pour descendre dans les différentes dimensions. N'ayant pas encore obtenu l'incantation, elle ne pouvait les faire apparaître, ce qui la condamnait à être coincée dans le village pour une durée indéterminée.

La jeune femme soupira, puis retourna s'asseoir devant sa maison, les genoux repliés contre sa poitrine. Rapidement, elle perdit toute notion du temps, ce qui la contraria fortement. Son estomac commençait à gronder de faim et rien n'avait été laissé à son intention pour qu'elle puisse se sustenter. Ce qui l'étonnait le plus, c'était que Miriel aussi avait disparu. N'étaient-elles pas amies, toutes les deux ? Siane avait cru pouvoir compter sur sa tutrice, mais visiblement, elle s'était trompée. Qui pouvait bien avoir si peu de cœur pour la laisser ainsi se ronger les sangs ?

Après un temps interminable, Siane se décida à retourner voir Elysane, au cas où un miracle se serait produit pendant son absence. Cette fois-ci, la Gardienne était en train de prier à genoux devant son autel, les yeux fermés. Prononcer son nom ne servit à rien et la jeune femme n'était pas assez téméraire pour oser lui toucher l'épaule. Posé sur le bureau, le carnet était ouvert à la même page que précédemment, comme une invitation à être lu. Siane s'en approcha pour y jeter un coup d'œil, mais elle eut la mauvaise surprise de découvrir une écriture dans une langue ancienne qu'elle ne connaissait pas. Décidément, rien n'était fait pour l'aider dans cette situation inextricable.

De retour dans sa chambre, affamée, la jeune femme se demanda quelle instruction elle n'avait pas comprise concernant ce jour de cérémonie. Il est vrai que Miriel était restée assez vague sur cet événement, ce qui avait à peine interpellé Siane, qui s'était dit qu'on lui expliquerait tout en temps voulu. Visiblement, on lui avait plutôt caché la vérité, sans qu'elle ne parvienne à en saisir la raison profonde. Tout à coup, une autre interprétation lui traversa l'esprit : les Passeuses d'âmes pouvaient-elles être en danger, ce qui justifierait alors leur absence ? Cette pensée inquiéta brusquement la jeune femme, avant qu'elle ne réalise qu'elle s'était trompée. Si cela avait été le cas, Elysane n'aurait pas pu l'ignorer.

N'y tenant plus, Siane fouilla dans les petits meubles de sa chambre pour essayer de trouver de la nourriture afin d'apaiser la faim qui lui tiraillait le ventre. Lorsqu'elle s'aperçut que ses recherches étaient infructueuses, elle partit d'un pas décidé en direction de la maison de Miriel. Peut-être que son amie, ou du moins celle qu'elle avait cru être son amie, avait gardé quelque chose à manger au fond d'un de ses tiroirs. Lorsqu'elle pénétra dans la chambre, la jeune femme entreprit de tout vérifier, jusqu'à ce que son regard soit attiré par un détail invisible de prime abord. Du coin d'un meuble ancien dépassait une enveloppe qu'elle découvrit être à son nom. Le cœur battant, soulagée de constater qu'on ne l'avait pas complètement oubliée, elle récupéra un petit papier à l'intérieur qui contenait deux mots, l'un écrit au-dessus de l'autre : le premier était dans la même langue que celle qui avait été tracée dans le carnet d'Elysane, tandis que le second était le mot « ouvrez ». Mue par une soudaine inspiration, Siane retourna en courant vers la maison de la Gardienne, son enveloppe à la main. Très vite, elle comprit qu'elle avait vu juste et en ressentit un tel soulagement qu'elle faillit se mettre à pleurer : le mot en langue inconnue était écrit à la fois sur le papier et dans le carnet, et elle en avait la traduction exacte sous les yeux dans sa propre langue.

— Je sais ! s'exclama-t-elle au comble de l'excitation. C'est un texte codé et il faut que je trouve la signification de chaque mot pour le déchiffrer !

À ce moment-là, un bruissement discret se fit entendre dans la chambre, comme si quelqu'un avait légèrement bougé. Cela ne pouvait être qu'Elysane, pourtant toujours plongée dans ses prières, les yeux fermés. Siane se pencha vers la Gardienne et, même si elle n'aurait pu l'affirmer tant l'apparition fut brève, elle crut déceler un mince sourire lui éclairant le visage. Peu importe si c'était le cas, la jeune femme décida d'y voir un signe, l'ultime validation de l'idée qui venait tout juste de la traverser. Enfin elle était sur la bonne piste, après avoir tant pataugé depuis le début de la matinée !

L'heure suivante, Siane chercha dans chaque recoin du village les enveloppes qui avaient dû y être cachées. Certaines avaient été placées sur un lit, d'autres sous un tapis, et elle en trouva même entre les racines d'un arbre ou derrière des buissons. À chacune de ses découvertes, elle courait vérifier combien il lui en manquait pour pouvoir déchiffrer tout le texte. Quand elle se fut assurée d'avoir récupéré toutes les enveloppes, elle les assembla tel un puzzle, avant de lire à voix haute les quatre lignes les plus importantes du domaine :

Par les Voiles d'Ërendor,
Sous le Regard de Séléné,
Ouvrez les Portes des Mondes
Pour laisser les Passeuses traverser.

Comme par magie, Siane entendit un craquement au-dehors et en comprit immédiatement la signification. Entre les deux arbres centenaires, les portes crépitant de particules argentées venaient d'apparaître, et c'est presque sans un regard en arrière que la jeune femme s'élança pour rejoindre le niveau inférieur. Son soulagement en retrouvant le réfectoire fut inimaginable, lui arrachant presque une larme tant la situation l'avait angoissée. Un repas consistant avait été laissé à son intention et même si le lieu était vide, Siane avait retrouvé toute sa confiance envers les Passeuses d'âmes. Ce qu'elle vivait n'était qu'une épreuve pour obtenir sa perle, et non un abandon comme elle l'avait imaginé. Elle venait de recevoir la précieuse incantation, difficilement certes, mais l'essentiel était qu'elle y soit arrivée. Siane engloutit sa nourriture à toute allure, ne prenant même pas le temps de savourer les bons plats qu'on lui avait préparés pour qu'elle puisse se remettre de ses émotions.

La première pensée qui lui vint une fois son repas terminé fut de se rendre immédiatement dans les niveaux inférieurs. À coup sûr, Miriel et les autres Passeuses s'y trouvaient pour lui remettre sa perle, qu'elles lui donneraient en la félicitant d'avoir résolu l'énigme avec brio. Sentant qu'elle avait fait le plus difficile, c'est le cœur léger que Siane prononça de nouveau l'incantation entre les deux vieux arbres. Comme elle s'y était attendue, les portes apparurent devant elle et elle s'y engagea sans se poser de questions. Elle était emplie d'une telle confiance que la chute fut à la hauteur de sa déception.

La dimension du potager était entièrement vide,

comme si tout ce qu'elle y avait découvert la veille n'était en réalité qu'une illusion. Où étaient les poules, les chèvres, les pierres précieuses et les arbres fruitiers ? Où étaient les couleurs qui égayaient cet environnement agréable ? Il ne restait plus que la plaine infinie, d'une teinte grise identique à la monotonie du ciel.

— Il y a quelqu'un ? demanda Siane à voix haute, bien qu'elle connaisse déjà la réponse.

Évidemment, rien ni personne ne se manifesta, mais la jeune femme avait décidé de ne pas se laisser abattre cette fois-ci. Maintenant qu'elle savait qu'on était en train de la tester, il suffisait qu'elle découvre rapidement la clef de l'énigme à résoudre pour atteindre enfin la perle qui devait l'attendre quelque part. Seulement… Comment repérer un indice quand on se trouve dans une plaine morne, sans aucun détail auquel se raccrocher ? Après quelques instants de réflexion, Siane en arriva à la conclusion qu'elle devait peut-être sauter cette dimension afin de rejoindre la suivante, celle des salles de classe. Plus cette idée se dessinait dans son esprit, plus elle lui semblait logique, et c'est d'un geste décidé qu'elle se campa entre les deux arbres pour prononcer l'incantation qui lui permettrait d'avancer.

Par les Voiles d'Ërendor,
Sous le Regard de Séléné,
Ouvrez les Portes des Mondes
Pour laisser les Passeuses traverser.

Lorsque les paillettes familières apparurent, un petit sourire se dessina sur le visage de la jeune femme. L'attente interminable du matin l'avait fortement contrariée et elle était heureuse de savoir qu'elle n'allait pas avoir à revivre un tel moment d'impatience. Toutefois, un sentiment étrange lui fit rapidement comprendre que quelque chose n'allait pas. Au lieu de voir les portes se matérialiser comme d'habitude, les deux arbres s'effacèrent dans un tourbillon argenté, emportés par le passage vers une autre dimension. Siane poussa un cri de stupéfaction, mais la transformation de la scène ne faisait en réalité que commencer. À quelques mètres d'elle, sur sa droite, une nouvelle arche aux contours flous apparut, avant de disparaître quand elle tenta de s'en approcher. Il en fut de même sur sa gauche, puis derrière elle, puis dans n'importe quelle direction. Peu importe où le regard de la jeune femme se posait, des portes se matérialisaient, avant de s'évaporer.

— Allons bon ! s'exclama Siane. Qu'est-ce que c'est encore que cette histoire ?

Quoi qu'elle fasse, quoi qu'elle tente, les portes se jouaient d'elle entre mille paillettes argentées. Plus elle se précipitait vers le passage imaginaire, plus ces voiles translucides disparaissaient en la narguant. La jeune femme comprit bien vite qu'elle ne pouvait avancer vers le niveau inférieur, mais également qu'elle ne pouvait revenir en arrière, vers le village. Elle était coincée ici, et tant qu'elle ne trouverait pas la clef de cette énigme, elle était condamnée à tourner en rond dans ce paysage d'éternité.

Contenant avec peine une nouvelle bouffée d'angoisse, Siane réalisa qu'elle devait tout faire pour rester lucide et que seule la persévérance lui permettrait d'atteindre son objectif. Elle ferma les yeux, inspirant profondément pour calmer son esprit et essayer de se concentrer. Elle tenta de se remémorer les maigres indices qu'elle avait accumulés jusque-là, cherchant une quelconque logique dans ce chaos. Le fait que les portes disparaissent à son approche signifiait peut-être que la solution ne résidait pas dans l'action physique, mais dans une réflexion plus profonde à laquelle elle devait impérativement se raccrocher.

Au bout de quelques minutes, une idée surgit dans son esprit : et si les portes étaient des miroirs de ses pensées et de ses émotions ? Chaque fois qu'elle essayait de les atteindre avec une certaine frustration, celles-ci s'évanouissaient à la hauteur de son impatience. Peut-être devait-elle adopter une autre méthode, celle de l'analyse et de la sérénité ?

Siane prit une grande inspiration, se concentrant sur un profond sentiment de calme qui, elle l'espérait, pourrait remplacer le bouillonnement intérieur qui l'agitait. Lentement, elle ouvrit les yeux et regarda autour d'elle, tandis qu'elle murmurait une fois de plus l'incantation. Les particules argentées apparurent entre les deux arbres immatériels, mais cette fois, elle ne fit aucun geste brusque dans leur direction. Elle les observa avec une curiosité douce, sans essayer de les atteindre. L'image persista, alors pas après pas, elle s'en approcha en silence.

Tandis qu'elle avançait sa main le plus lentement possible vers ce qu'elle espérait être son salut, un bêlement inattendu transperça l'air à ses côtés. Le sursaut qui secoua Siane fit instantanément s'évaporer les portes, mais elle ne s'en préoccupa pas le moins du monde. Non loin de là, l'image d'une chèvre était apparue, derrière une barrière qui devait se trouver à cet endroit même dans la réalité de cette dimension. Réfléchissant à toute allure, tentant de conserver le calme qu'elle avait réussi à diffuser en elle, la jeune femme détailla l'animal sans comprendre. Avait-elle réussi à faire réapparaître une partie de ce niveau en maîtrisant les pensées qui envahissaient son esprit ?

Tout en réfléchissant à cette question, une illumination frappa Siane : le monde autour d'elle, la plaine grise, les portes inatteignables, tout n'était en réalité qu'une immense illusion. Elle avait la force, le pouvoir même, de faire apparaître ce qu'elle visualisait dans sa tête. Pour la première fois de son existence, elle touchait du bout du doigt à quel point elle pouvait façonner la vie dans laquelle elle souhaitait évoluer. Cette révélation fut un enseignement puissant qui la suivrait sans aucun doute lors de sa formation.

Siane savait ce qu'il lui restait à faire : calmer son esprit, se focaliser, visualiser la dimension du potager à l'image de ce qu'elle avait découvert la veille jusqu'à ce que tout reprenne sens. Lorsqu'elle aperçut une poule, puis un cheval et un arbre fruitier, un immense soulagement s'empara de la jeune femme, qui voyait enfin une issue heureuse à cette nouvelle épreuve. Toutefois, faire apparaître cette dimension n'était pas aussi simple que cela en avait l'air et Siane conclut sa visualisation en dégoulinant de sueur, tant elle avait eu besoin de se concentrer. Jamais, de sa courte vie, elle ne s'était doutée de la puissance de son esprit, mais aussi des efforts que cela lui demanderait d'apprendre à le maîtriser.

Les portes d'Ërendor se tenaient toujours fièrement entre les deux arbres centenaires et cette fois-ci, lorsqu'elle s'en approcha, rien ne changea. La jeune femme hésita tout de même un moment à rejoindre le niveau inférieur tant elle appréhendait ce qu'elle allait y découvrir. Elle savait qu'elle ne pouvait pas reculer, mais la perspective d'être traversée par une nouvelle vague d'émotions ne l'enchantait guère. Elle avait tant oscillé entre mille états d'âme depuis son réveil qu'elle craignait de devoir affronter la nouvelle épreuve qui l'attendait certainement.

Alors qu'elle se balançait d'un pied à l'autre, Siane sentit une présence réconfortante dans son dos, comme si des dizaines de mains la câlinaient à distance. Elle se retourna brusquement, mais eut la surprise de se découvrir seule. Pourtant, elle en était sûre, les Passeuses d'âmes étaient là, veillant sur elle depuis le lieu où elles se trouvaient, l'encourageant à rassembler ses forces afin de franchir une fois de plus les portes d'Ërendor. Leur soutien se manifestait par une chaleur douce qui enveloppait son corps et apaisait son esprit, comme pour lui montrer qu'elles ne l'avaient jamais quittée depuis son réveil. Une voix presque inaudible glissa un message à son oreille pour la rassurer : « Les émotions aussi ne sont qu'une illusion, Siane. Ne laisse pas tes peurs te contrôler. »

Ce murmure, bien que subtil, insuffla à la jeune femme une force inébranlable. Il portait la sagesse des âges et l'assurance des âmes qui avaient traversé maintes épreuves au cours de leur existence. Siane inspira profondément, laissant ces mots se dissoudre dans tout son être au rythme de sa respiration. Les doutes qui l'avaient assaillie se dissipèrent peu à peu, remplacés par un regain de courage bienvenu. Elle savait maintenant qu'elle n'était pas seule, que les Passeuses d'âmes veillaient sur elle et la guidaient dans son cheminement.

Forte de cette nouvelle assurance, Siane fit un pas en avant entre les milliers de particules argentées. La quatrième dimension, celle des salles de classe, l'attendait pour une ultime épreuve. La jeune femme sentait qu'il n'y avait plus qu'un combat à mener et que celui-ci serait sans aucun doute le plus difficile. Elle avait obtenu l'incantation, avait réalisé à quel point le monde extérieur pouvait être illusoire face à la puissance de son esprit, il ne lui restait donc plus qu'à découvrir quel enseignement elle aurait à tirer pour enfin être acceptée dans le groupe des Passeuses d'âmes.

CHAPITRE 12

Si Siane avait anticipé le fait que l'arrivée dans la quatrième dimension n'allait pas être une mince affaire, elle ne s'était à aucun moment attendue à atterrir dans un épais brouillard qui coupait toute visibilité. Les salles de classe étaient impossibles à voir et la jeune femme se demanda même si elle ne se trouvait pas dans une nouvelle réalité alternative. Elle finit par se convaincre qu'elle était au bon endroit et qu'elle allait devoir avancer sans savoir où elle posait les pieds.

La brume d'un blanc laiteux était si dense que chaque pas plongeait Siane dans une mer de coton. Les sons environnants étant étouffés, il ne restait qu'un silence oppressant qui s'insinuait par chaque pore de sa peau pour lui enserrer la gorge. Elle avança avec prudence, ses mains tendues devant elle pour tâter le chemin. Elle devait absolument retrouver une des petites maisons, même s'il était extrêmement difficile de s'orienter dans un tel brouillard. Plus d'une fois, elle faillit trébucher en raison des racines ou des cailloux qui jonchaient le sol, lui arrachant quelques jurons qu'elle grommela avec frustration. Après un temps interminable, ses paumes rencontrèrent enfin la structure familière du bois, mais elle ne parvenait toujours pas à se situer. Quelle salle de classe était-ce, parmi l'ensemble des maisons de cette dimension ?

Après avoir tâtonné un long moment et vraisemblablement fait le tour de la bâtisse, Siane eut l'horrible impression de revenir à son point de départ. L'angoisse ressentie le matin même recommença à lui comprimer la poitrine et elle dut lutter quelques instants avec ses émotions pour ne pas se mettre à pleurer. Pour un peu, elle aurait renoncé de bonne grâce à récupérer sa perle si cela lui avait assuré de se sortir au plus vite d'un tel cauchemar… Alors qu'elle se sentait glisser dans le désespoir, tentant comme elle pouvait de se remémorer les mots de réconfort des Passeuses d'âmes, une lueur apparut enfin à une vingtaine de mètres de là où elle se trouvait, timide et vacillante.

Siane pensa tout d'abord que c'était un simple jeu de son imagination, un reflet trompeur dans le brouillard mouvant. Mais la petite lumière persistait, scintillant doucement comme une étoile solitaire. Ce n'était qu'un éclat minuscule qui tranchait avec la densité opaque de la brume environnante, mais malgré tout, un regain d'espoir gonfla le cœur de la jeune femme. Si jamais on lui demandait un jour de décrire cette journée, la première chose qui lui viendrait à l'esprit serait ce mélange explosif d'émotions qui s'était emparé d'elle et qui allait d'un extrême à l'autre en fonction de ses découvertes. Elle savait bien que ce n'était qu'une illusion, mais elle n'était pas encore en mesure d'avoir un tel recul sur tout ce qui traversait son âme.

À tâtons, Siane se sépara du réconfort solide du bois pour repartir dans la brume, un pas hésitant après l'autre. Pour ne pas perdre courage, elle fixait la petite lueur sans la lâcher du regard, glissant ses pieds sur le sol, indifférente aux obstacles qui menaçaient de la faire trébucher. Lorsqu'elle pensa être suffisamment près, elle avança sa main vers la lumière qui peinait à se détacher dans l'épaisseur du brouillard. Ses doigts rencontrèrent une petite boîte en velours ouverte, dans laquelle se devinait une forme ronde semblable à la pleine lune, à la texture lisse et soyeuse.

— Oh mon dieu ! s'écria-t-elle. C'est ma perle !

Aussitôt, un attrait irrésistible s'empara de la jeune femme, comme si elle retrouvait ce qui lui avait toujours appartenu. Elle se visualisa avec son bijou ornant son front, dans sa longue robe blanche aux milliers d'étoiles argentées. Enfin, elle allait devenir une Passeuse d'âmes ! Est-ce que ça avait été si difficile que ça, au fond ? Pas vraiment, il avait suffi de décoder un puzzle et de forcer son esprit à recréer la réalité, rien de bien compliqué si on y pensait véritablement. Siane faillit lâcher un petit rire de soulagement, un ricanement, même, comme pour se moquer gentiment de la montagne qu'elle s'était faite du chemin la menant jusqu'à sa perle. Allons, il ne restait plus qu'à s'en saisir pleinement et tout redeviendrait comme avant !

Parfois, lorsqu'on a le cœur léger et empli d'espoir, il faut quelques instants pour se rendre compte que les choses ne se passent pas comme on les imaginait. Si Siane avait cru être arrivée au bout de ses épreuves, c'était qu'elle n'avait aucune idée que le moment qui l'attendait était en réalité le plus difficile de tous, celui où elle allait découvrir qu'à Ërendor, elle devrait mourir à elle-même.

Cela commença par des flashs, des images floues qui apparurent dans l'esprit de Siane tandis que ses doigts maintenaient une certaine pression sur la perle. Elle se vit enfant, cachée dans un recoin de sa chambre, tremblant de peur à l'idée que son père vienne s'en prendre à elle, alors qu'il rentrait tout juste, ivre mort d'une de ses virées nocturnes. Elle repensa à ce jour où il l'avait attrapée par les cheveux pour la tirer dehors sous une pluie battante, sans aucune raison apparente. Il l'avait maltraitée physiquement et psychologiquement pendant de nombreuses années, alors que Draven n'avait droit qu'à ses faveurs. Tandis que les jeunes années de Siane refaisaient surface, d'autres scènes difficiles lui revinrent en mémoire. Où étaient passés la gaieté frivole de sa mère ou l'amour infini qu'elle avait partagé avec son frère ? De ces bulles de bonheur, il ne restait rien, et chaque souvenir qui se matérialisait était aussi triste que violent.

N'y tenant plus, Siane relâcha son contact avec la perle, mais même si elle eut quelques secondes de répit, le processus était irrémédiablement enclenché. Image après image, elle revécut les étapes les plus difficiles de ses jeunes années, jusqu'au jour sinistre de la mort de Seraphina. Si cet événement avait été terrible à vivre à l'époque, son souvenir fut encore plus effroyable. Siane regardait la scène d'un point de vue extérieur et cette distance rendait ce moment glacial, complètement vide de sens. C'était comme si on imposait à la jeune femme cette épreuve pour lui rappeler qui elle était et d'où elle venait, lui remettant bien sous les yeux tout ce qui était arrivé de moins glorieux dans son existence.

La suite vint frapper Siane en plein cœur, tandis qu'elle se débattait pour se défaire de ses souvenirs qui lui collaient à la peau autant que le brouillard environnant. Après son enfance difficile vinrent les années de solitude de son adolescence, où elle avait dû apprendre à survivre par elle-même. Les visages des personnes qu'elle avait rencontrées, certaines bienveillantes, d'autres cruelles, défilèrent devant ses yeux bouleversés. Elle revit ses différentes tentatives de fuite avortées, la perte de tout son argent, son travail sans relâche afin de parvenir à s'extirper de la taverne de Ravenna.

Au fur et à mesure que Siane s'enfonçait dans son passé, la lueur de la perle augmentait progressivement dans l'épaisseur du brouillard. On aurait dit un miroir inversé, comme si cette lumière se gorgeait de la noirceur qui se diffusait dans tout le corps de la jeune femme. Après un temps interminable, celle-ci se revit à son arrivée à Ërendor, alors qu'elle était envahie par une colère sourde contre le monde entier, et en particulier contre Elysane. Elle revécut la longue réflexion qui l'avait amenée à accepter son entrée chez les Passeuses d'âmes, couronnée par le rêve déstabilisant qu'elle avait fait de Draven. Ce n'est qu'à partir de ce moment-là que les images commencèrent à s'apaiser, libérant enfin la pression qui pesait si fortement sur ses épaules affaissées.

Alors que les derniers souvenirs se percutaient dans son esprit, Siane se rendit compte que sa vision sur sa propre vie était doucement en train de changer. Avoir revécu toutes ces scènes lui avait fait prendre conscience de ce qu'elle ne souhaitait plus, de ce qu'elle n'autoriserait plus à entrer dans son univers. Son père, Ravenna, les intendantes de la taverne, l'enfermement forcé, c'était fini tout ça. Ce fut à cet instant précis que la jeune femme se promit de ne plus jamais se laisser malmener et que le chemin qu'elle choisirait de prendre désormais ne pourrait lui être dicté par personne. Petit à petit, elle ne se vit plus comme une victime de son histoire, mais comme une artisane de sa propre renaissance. Elle comprit que chaque âme qu'elle guiderait vers l'autre rive porterait en elle un fragment de cette transformation. Mourir à elle-même signifiait embrasser pleinement ce qu'elle était devenue, afin de pouvoir offrir aux autres cette paix qu'elle avait conquise en se purifiant de son passé.

Comme par enchantement, le brouillard épais se mit progressivement à disparaître, laissant la place aux petites maisons en bois contenant les salles de classe d'Ërendor. Siane ne s'en rendit pas tout de suite compte, alors qu'elle gisait sur le sol, recroquevillée dans un geste de protection. Il fallut attendre qu'une main amicale vienne lui frotter l'épaule pour qu'elle redresse doucement la tête, encore un peu sonnée par les événements.

— Tu as réussi, lui souffla Elysane avec un grand sourire. Prends ton temps pour te relever, tu viens de vivre une journée difficile. Lorsque tu seras prête, tu pourras nous rejoindre pour la cérémonie.

Siane s'accorda quelques minutes de repos, des minutes rien qu'à elle, que personne ne pourrait lui voler. Elle avait l'impression d'avoir mûri de dix ans en quelques heures tant celles-ci avaient été riches d'enseignements. Rien que pour cela, elle savait qu'elle avait fait le bon choix en acceptant de rejoindre les Passeuses d'âmes. Ce qu'elle venait de vivre avait été difficile, mais n'était-ce pas en plongeant dans la noirceur qu'on ressortait apaisé dans la lumière ?

Lorsque la jeune femme esquissa enfin un geste, le brouillard s'était dissipé, laissant place à l'ensemble des Passeuses d'âmes qui attendaient son réveil avec bienveillance. Miriel s'approcha d'elle et lui tendit la main pour l'aider à se relever.

— Bienvenue chez les Passeuses d'âmes ! s'exclama-t-elle, tandis que Siane vacillait encore sur ses jambes. Je suis vraiment désolée de ne pas avoir pu te prévenir de ce qui t'attendait, mais c'est une expérience que tu devais vivre ainsi, seule avec tes doutes et ton passé. Nous avons toutes traversé cette étape et je te promets qu'on finit par s'en remettre.

— J'avoue que je ne m'attendais pas à ça en me levant ce matin… J'ai mal partout, comme si on avait broyé mon corps en tous sens.

— Je sais, je sens ta douleur dans tous mes membres. Si ça peut te rassurer, ça devrait vite passer, après une bonne nuit de sommeil.

— Et du coup, qu'est-ce que je dois faire maintenant ? Rentrer pour me reposer ?

— Tu plaisantes, j'espère ?! C'est le moment d'obtenir ta perle !

Ah oui, je suis bête…, songea Siane avec un sourire à peine perceptible. Elle avait tellement été chamboulée qu'elle en avait oublié le principal, le but de cette journée hors du commun. Pourtant, les Passeuses d'âmes vinrent rapidement la prendre en charge, lui apportant de l'eau et quelques fruits pour l'aider à récupérer des forces. Puis elles la déshabillèrent, lui lavèrent le corps avec un savon doux, tressèrent ses jolis cheveux bruns et la vêtirent de la longue robe blanche aux étoiles argentées. Siane se laissa faire comme une poupée, reconnaissante de tout l'amour qu'elle ressentait autour d'elle. Personne ne la jugeait, personne ne s'intéressait à son passé. Elle était qui elle était, avec ses forces et ses faiblesses, avec ses doutes et ses questions. L'unique élément qu'elle partageait désormais avec toutes ces femmes était cette résilience dont elles devaient faire preuve dans la mission de vie qui leur incombait.

Quelques instants plus tard, toutes les femmes se retrouvèrent dans la maison sur laquelle se déployait la fresque représentant Séléné. Contrairement à ce que Siane avait initialement pensé, ce bâtiment n'était pas une salle de classe, mais une pièce richement décorée où se tenaient les réunions des Passeuses d'âmes. De nombreuses bougies, disposées avec soin sur des candélabres en argent, avaient été allumées, tandis que le crépuscule de cette journée si importante était en train de tomber sur cette dimension. Elles projetaient leur lumière vacillante sur un ensemble de meubles en bois ancien, finement sculptés et incrustés de pierres semi-précieuses. Des fleurs fraîches, aux couleurs vives et aux parfums envoûtants, étaient disposées çà et là, ajoutant une touche de vie à l'atmosphère déjà enchanteresse de cette pièce incroyable. Tout avait été prévu pour la cérémonie de Siane, alors qu'elle avait cru toute la matinée qu'on l'avait oubliée.

Placée au centre de la pièce, la jeune femme se tenait debout, entourée par l'ensemble des Passeuses d'âmes plongées dans une seule et même prière. Elysane, drapée dans une magnifique robe de velours argentée, s'avança avec majesté vers la nouvelle recrue d'Ërendor. Entre ses mains, reposant sur un coussin de soie bleu nuit, se trouvait la perle qui ornerait bientôt le front de Siane.

— Chère Passeuse d'âmes, annonça la Gardienne, aujourd'hui, tu es appelée à embrasser ton destin. Cette perle symbolise non seulement ta nouvelle responsabilité, mais aussi le lien éternel entre le monde des vivants et celui de l'au-delà. Qu'elle soit pour toi une lumière dans les moments de doute et une source de force dans les épreuves.

Siane inclina respectueusement la tête, ses mains tremblant légèrement d'émotion. Elle ne parvenait pas à détacher son regard de la fine chaîne d'argent qui viendrait bientôt ceindre son front pour y soutenir la perle. Les gestes d'Elysane étaient lents, mais on sentait qu'elle maîtrisait parfaitement chaque étape de cette cérémonie, qu'elle avait sûrement dirigée de nombreuses fois depuis qu'elle était à la tête d'Ërendor. Tout doucement, la Gardienne saisit la chaîne entre ses mains expertes et vint la placer contre le front de Siane. Au moment même où la perle toucha la peau de la jeune femme, une douce chaleur se diffusa dans tout son corps, apaisant son esprit comme si une communion qui avait toujours existé venait d'être recréée.

— Par cette perle, poursuivit Elysane, tu es désormais liée aux âmes que tu guideras. Que ta lumière éclaire leur chemin et que ta sagesse les mène vers la paix. Puisses-tu toujours trouver la force et la compassion nécessaires pour accomplir ta mission…

À ces mots, les Passeuses d'âmes entamèrent une mélodie ancienne, un chant envoûtant qui sembla faire vibrer l'air lui-même. Siane ferma les yeux et laissa leurs voix l'envelopper, tandis qu'une nouvelle force inondait son esprit. La jeune femme prit tout son temps pour savourer cette sensation inconnue, se délectant de la connexion qui s'était établie avec sa perle. Lorsqu'elle ouvrit enfin les yeux, les femmes qui l'entouraient s'inclinèrent en signe de respect, reconnaissant enfin son entrée dans leurs rangs.

La lumière du jour avait désormais complètement disparu, plongeant la pièce dans une pénombre réconfortante. Siane sortit la dernière du bâtiment, sa main caressant le petit bijou qu'elle devrait désormais porter jusqu'à la fin de son existence. Tandis qu'elle franchissait lentement la porte, sans même un regard en arrière vers la pièce où les bougies avaient été soufflées, un détail attira tout de suite son attention. Sur sa droite, Miriel était en train de graver un point sous l'inscription honorant Séléné, les sourcils froncés par la concentration. Elle prit tout son temps pour accomplir cet acte hautement symbolique, qui clôturait la cérémonie d'obtention de la perle de la plus émouvante des façons. Lorsqu'elle eut terminé, Miriel sourit à son amie d'un air avenant.

— Et voilà, c'est fini ! Dès demain matin, je viendrai te chercher pour que tu puisses suivre tes premiers cours. Je n'ose même pas imaginer à quel point tu dois être impatiente !

Siane hocha la tête, soulagée. Elle avait réussi l'épreuve qu'on lui avait imposée et elle en avait tiré de riches enseignements en très peu de temps. Nul doute que la suite serait beaucoup plus facile, maintenant que le plus dur était derrière elle. Elle était en sécurité à Ërendor, entourée de femmes qui l'appréciaient et qui feraient tout pour la guider afin de devenir une excellente Passeuse d'âmes. Après tout, plus rien de terrible ne pouvait lui arriver désormais, n'est-ce pas ?

Miriel

— Comment t'appelles-tu ? demanda Elysane à la toute jeune femme qui lui faisait face.

— Miriel, répondit celle-ci, impressionnée de se retrouver en présence de la puissante Passeuse d'âmes dont elle avait tant entendu parler.

— Et tu viens d'avoir dix-huit ans, n'est-ce pas ?

— Oui, hier.

— Comment tes parents sont-ils décédés ?

— J'ai perdu ma mère à ma naissance et mon père s'est noyé lorsque j'avais treize ans.

— Hummm… Permets-tu que je sonde ton âme ?

Miriel ne parvint pas à répondre, bien trop excitée de voir qu'Elysane s'intéressait à elle. Aucun avenir ne l'attendant à Silverdale, il était impératif qu'elle soit acceptée à Ërendor, sous peine de s'orienter vers une vie bien sombre. La jeune femme laissa la Gardienne poser la main sur son front, le cœur battant à tout rompre. Cette dernière réfléchit longuement, semblant peser le pour et le contre d'accepter cette nouvelle recrue au sein du domaine.

Remarquant cette hésitation, Miriel se concentra de toutes ses forces sur les ressentis d'Elysane, qu'elle pouvait percevoir grâce à son incroyable don. Immédiatement, la Gardienne relâcha son contact, les sourcils froncés.

— Je te remercierais de ne pas utiliser ton pouvoir sur moi, Miriel. Je suis certaine que tu pourras devenir une grande Passeuse d'âmes si tu intègres Ërendor aujourd'hui, mais il va falloir que tu restreignes tes ambitions pour cela. Les qualités premières que nous recherchons dans notre communauté sont l'humilité et l'abnégation.

Miriel ne sut comment se positionner face à cette remontrance. Était-elle acceptée au sein d'Ërendor ou non ? Après quelques instants de réflexion, la Gardienne finit par hocher la tête, validant ainsi le fait que Miriel pouvait intégrer le domaine. La jeune femme dut se retenir de sauter de joie, bien consciente qu'on attendait d'elle une certaine retenue. À la place, elle sourit donc humblement, comme on le lui avait demandé. Toute sa vie, elle avait appris à courber la tête sous les coups de son père et cet exercice, si douloureux sur le moment, avait certainement été le plus formateur de son existence. Si intégrer les Passeuses d'âmes exigeait des sacrifices, elle savait désormais qu'elle était capable de tout surmonter. Elle saurait patienter, cela ne faisait aucun doute pour elle. Et qui sait, peut-être aurait-elle l'occasion un jour de montrer à tous l'incroyable étendue de ses compétences ?

CHAPITRE 13

Siane savait déjà qu'elle ne dormirait pas cette nuit-là et que ce n'était même pas la peine d'essayer. Éclairée par la petite lueur d'une bougie, elle tenait le ruban bleu de Seraphina dans une main, tandis qu'elle effleurait encore et encore le tissu doux de sa robe de Passeuse d'âmes de l'autre. Combien d'étoiles avaient bien pu être brodées par une main inconnue ? Plusieurs dizaines ? Ou des centaines ? La jeune femme touchait aussi de temps à autre sa perle, telle une énigme qui ornait son front. Où celle-ci avait bien pu être trouvée dans le domaine d'Ërendor ? Pourquoi lui avait-on précisément décerné celle-là et non une autre ? Tant de questions s'entrechoquaient dans sa tête qu'elle en avait le tournis, et c'est pour cette raison qu'elle se décida à sortir prendre l'air dans la pénombre de la nuit.

Le village était endormi autour d'elle, calme comme à son habitude. Qu'il lui paraissait loin, le moment où elle avait couru de maison en maison pour trouver les enveloppes ! Pourtant, c'était le matin même, mais cela aurait aussi bien pu être dans une autre existence. Alors qu'elle errait sans but, Siane se demanda si elle aurait un jour le courage d'aller découvrir ce qui se cachait au-delà de la lisière du village. Dans la dimension de Silverdale, elle tomberait forcément sur un petit hameau quelque part, avec des habitants qui avaient fait le choix de s'éloigner de la ville. Mais qu'en était-il ici, dans ce niveau isolé du monde ? L'idée de profiter de cette nuit de solitude pour repousser les limites de ce qu'elle connaissait effleura l'esprit de la jeune femme, avant qu'elle ne se rende compte qu'elle ne pouvait prendre un tel risque alors qu'elle venait tout juste d'intégrer le groupe des Passeuses d'âmes. Elle était certaine qu'Elysane n'apprécierait guère d'apprendre qu'elle avait fait preuve de velléité quand personne ne pouvait la surveiller.

Siane se balada donc le plus loin possible, tout en restant dans les limites du raisonnable. Elle tourna en cercle autour du village, se repérant parmi les arbres et conservant en ligne de mire une petite bougie qui se consumait devant la maison de la Gardienne. La jeune femme était tellement concentrée sur sa marche qu'elle ne se rendit pas tout de suite compte qu'une autre lueur lui parvenait sur sa droite. Lorsqu'elle le réalisa et qu'elle sentit l'odeur du bois brûlé, son sang ne fit qu'un tour. Quelqu'un, quelque part, avait fait un feu loin du village et Siane ne pouvait s'empêcher d'aller voir de quoi il s'agissait.

Elle avança lentement, non pas par peur de tomber mais plutôt parce qu'elle ne voulait pas faire sursauter la personne qu'elle découvrirait là. Pourtant, lorsqu'elle aperçut une silhouette familière penchée au-dessus des flammes, les bras tendus pour s'imprégner de toute leur chaleur, ce fut Siane qui ne put contenir un tressaillement de surprise. C'était Lyona, la tutrice de Miriel, celle qui paraissait tellement imbue de sa petite personne qu'elle l'avait immédiatement détestée. Comment faire pour retourner vers le village sans se faire remarquer ? Siane ne voulait surtout pas discuter avec elle et fit donc demi-tour le plus silencieusement possible, regardant bien où elle mettait les pieds pour ne pas faire craquer une branche solitaire.

— Tu crois vraiment que je ne t'ai pas entendue ? la coupa net la voix tranchante de Lyona. Tu peux t'approcher, tu sais, jusqu'à présent je n'ai jamais mordu personne…

Siane se figea sur place, gênée. Peut-être que Lyona ne l'avait pas encore reconnue et que, si elle s'éloignait à toute allure, la discussion en resterait là ? Ces quelques secondes d'hésitation furent celles de trop et elle n'eut d'autre choix que de se diriger vers le feu lorsque la Passeuse d'âmes l'appela par son prénom. Siane soupira en silence, se maudissant d'avoir eu la mauvaise idée de se balader en pleine nuit dans la forêt.

— Qu'est-ce que tu fais ici ? lui demanda Lyona sans préambule. Tu n'es pas fatiguée par ta journée ?

— Je n'arrive pas à m'endormir avec tous ces événements. Je me suis dit qu'une petite marche m'aiderait à penser à autre chose…

— C'est drôle, le jour où j'ai reçu ma perle, j'ai dormi comme un bébé la nuit suivante. J'étais tellement fière d'avoir réussi toutes les épreuves que plus rien ne pouvait me perturber !

À ces mots, Siane se recula, sur la défensive. Lyona était-elle en train d'insinuer qu'elle n'avait aucune raison d'être aussi tendue ? Mais, même si le regard de la Passeuse d'âmes n'était pas particulièrement sympathique, il n'était pas réellement méchant non plus. Siane inspira profondément afin de ne pas répondre trop sèchement. Elle savait qu'elle ne serait jamais proche de la tutrice de Miriel, mais qu'elle ne devait pas non plus se la mettre à dos dès les premiers jours.

— Et toi, pourquoi tu ne dors pas ? finit-elle par demander.

— Parce que toutes les nuits, je teste ma capacité à vivre dans la solitude. Dans moins d'un an, quand je devrai faire le choix entre l'ombre et la lumière, je veux être prête à parer à toutes les éventualités.

Ah, ah…, songea Siane. *Voilà encore une allusion à ce fameux choix à faire à la fin de la cinquième année.* Miriel n'avait tout d'abord pas voulu lui répondre à ce sujet, avant de lui avouer qu'elle n'y connaissait en réalité pas grand-chose. Lyona paraissait bien plus renseignée, et l'occasion était trop belle d'en apprendre davantage.

— Est-ce que tu peux m'expliquer ? demanda-t-elle. Maintenant que j'ai reçu ma perle, j'aimerais bien savoir ce que c'est que cette histoire d'ombre et de lumière…

Contrairement à ce que la jeune femme avait imaginé, Lyona ne se fit pas prier pour répondre. Elle semblait passionnée par le sujet et lorsqu'elle prit la parole, on aurait presque pu oublier sa tête bien droite et ses épaules tirées en arrière qui lui permettaient de se donner une certaine prestance. Ses mots étaient aussi percutants que des lames, accrochant d'emblée celle qui l'écoutait.

— Déjà, il y a sans doute quelque chose que tu as dû remarquer à Ërendor… As-tu compris pourquoi il n'y a aucune femme entre vingt-trois et trente ans ?

— Absolument pas, répondit Siane. Tu sais, personne n'a trop eu le temps de se présenter, vu que je suis arrivée pile au moment de l'attaque du domaine par les soldats du roi. J'ignore complètement l'âge des Passeuses d'âmes que j'ai rencontrées.

— C'est juste, et ce n'est peut-être pas plus mal que ce soit moi qui t'explique tout. Les autres auraient auréolé tout ça de mystère, ou alors elles t'auraient dit que tu étais trop jeune pour comprendre. Tu verras vite que je ne suis pas du genre à chipoter et que j'aime bien quand les choses sont énoncées clairement.

Lyona se pencha légèrement, avant de pointer du doigt Siane afin de la mettre en garde.

— Ce que je vais te partager doit malgré tout rester entre nous, confia-t-elle en baissant le ton. Ce n'est pas avant la fin de la troisième année qu'on le découvre dans son intégralité normalement, même si on entend parfois quelques rumeurs avant. Bon, j'avoue que je me fiche un peu de ce qu'on nous demande, car je pense que plus on est au courant tôt, mieux on peut s'y préparer.

Ce préambule surprit Siane, qui ne s'attendait pas à ce que Lyona lui fasse un jour une quelconque confidence. Pourtant, celle-ci était lancée, et l'éclair d'excitation qui lui traversa les yeux montra à quel point elle bouillonnait d'impatience de partager ce secret trop bien gardé.

— Les épreuves que tu as vécues aujourd'hui ont amorcé le début de ta formation, reprit-elle. Tu vas désormais étudier pendant cinq ans afin de devenir une excellente Passeuse d'âmes. Mais ce n'est que de la théorie tout ça, et ce n'est pas avec de belles phrases qu'on apprend réellement à accompagner les hommes vers l'au-delà. Il va falloir que tu t'imprègnes de ce savoir jusqu'au plus profond de ton être afin de pouvoir accomplir correctement ta mission. Malheureusement, cela ne peut se faire qu'en acceptant de lourds sacrifices, comme tu vas vite le comprendre.

Siane hocha la tête, captivée par les propos de Lyona. Celle-ci se rendit compte de la fascination de son interlocutrice, aussi laissa-t-elle planer ses mots quelques instants, avant de reprendre la parole à la limite du chuchotement.

— À la fin de ta troisième année, on va te demander de choisir entre l'ombre et la lumière, et de cet engagement moral va dépendre la suite. Si tu souhaites arrêter, il te suffit de choisir la lumière et tu pourras immédiatement repartir à Silverdale. Tu auras déjà acquis suffisamment de connaissances pour devenir guérisseuse auprès des habitants. Mais si tu acceptes de plonger dans l'ombre, alors tu pourras continuer à étudier, jusqu'à ce que tu confirmes ta décision à la fin de la dernière année. C'est un moment crucial dans la vie d'une Passeuse d'âmes, qui s'engage alors dans une épreuve pour prouver à toutes que sa volonté ne lui fera jamais défaut.

— Qu'est-ce que cela implique, exactement ? demanda Siane, au comble de la curiosité.

— Cela signifie de descendre dans l'ultime dimension d'Ërendor, qui est uniquement dédiée à cette étape. Pour pouvoir pleinement intégrer les savoirs acquis pendant son apprentissage, chaque jeune femme de vingt-trois ans doit s'isoler, seule, pendant pas mal de temps.

— Pas mal de temps ? s'inquiéta Siane. C'est-à-dire ?

— Pour obtenir le titre final de Passeuse d'âmes, nous devons nous enfermer dans notre solitude pendant une période de sept ans.

Siane crut tout d'abord qu'elle avait mal compris, mais au vu du regard que lui lança Lyona, elle s'aperçut qu'elle avait en réalité très bien entendu. L'idée lui parut tellement absurde, complètement déconnectée de la réalité de la vie d'une jeune femme, qu'elle en lâcha un petit ricanement. Qui accepterait de s'isoler pendant tant d'années en pleine force de l'âge ? Pourquoi Elysane ne l'avait-elle pas prévenue plus tôt de ce qui l'attendait réellement ? Même si cela l'empêchait d'obtenir le titre définitif de Passeuse d'âmes, il était absolument hors de question qu'on lui impose une telle épreuve ! Siane savait, au plus profond d'elle-même, qu'elle refuserait de s'enfermer et choisirait donc la lumière le moment voulu.

— Qu'est-ce que vous faites pendant sept ans ? demanda-t-elle, en prenant bien soin de ne pas s'inclure dans le groupe.

— On médite, on prie Séléné, on survit aux épreuves et on apprend à plonger en nous-mêmes afin d'en extraire nos ombres. C'est un sujet dont personne ne parle vraiment, tant chaque expérience est différente. Cela va dépendre de ta personnalité, de ton histoire, de tes forces et de tes faiblesses, ainsi que de ta capacité à te faire confiance. Pendant cet isolement volontairement choisi, on devient des adultes réfléchies et raisonnées, en quelque sorte.

— Mais cela ne te fait pas peur de te dire que tu vas

devoir rester seule pendant aussi longtemps ?

— Bien sûr que si, mais j'ai toujours voulu devenir Passeuse d'âmes et c'est un accomplissement pour lequel je suis prête à tout sacrifier. Tu sais, je n'ai jamais eu de père et ma mère est morte lorsque j'avais quatre mois. Je n'avais pas de famille, donc on m'a mise à l'orphelinat, d'où je me suis enfuie le jour de mes dix ans. J'ai vécu ensuite dans la rue dans des conditions tellement sordides que tes oreilles chastes n'aimeraient pas en entendre les détails. Ça a été une véritable seconde chance quand j'ai réalisé que je faisais partie du choix d'Elysane et crois-moi, je ne risque pas de la laisser passer…

Siane ne savait pas quoi penser de ces confidences, tant Lyona lui apparaissait sous un jour nouveau. La jeune femme arrogante avait complètement disparu, laissant place à une personne simplement blessée par la vie, tout comme elle. Finalement, toutes les deux avaient peut-être plus de points communs que ce qu'elles avaient cru au premier abord.

— Pourquoi dis-tu que tu as fait partie du choix d'Elysane ?

— Ne te souviens-tu pas du jour où elle est venue sonder ton âme en te touchant le front ? Aucune orpheline ne peut intégrer Ërendor si elle n'a pas été préalablement sélectionnée. Imagine, avec le nombre d'enfants qui perdent leurs parents dans les quartiers sordides de Silverdale, on ne s'en sortirait pas s'il fallait tous les prendre ! Elysane est capable de percevoir si nous possédons un don que nous pourrons apprendre à maîtriser à Ërendor.

L'esprit en ébullition, Siane fouilla dans sa mémoire

jusqu'à ce qu'un souvenir profondément enfoui refasse surface. Le jour où Seraphina était décédée, alors qu'elle s'était endormie à même le sol dans une rue qu'elle ne connaissait pas, elle avait en effet vaguement senti une main lui effleurer le front. À ce moment-là, terrassée de douleur, elle n'avait pas eu la force de chercher à comprendre ce qui lui arrivait. Était-ce Elysane qui, ayant appris que ses deux parents étaient morts, était venue sonder la personne qu'elle était ? Était-ce ce jour-là que la Gardienne l'avait choisie pour prendre sa succession, soi-disant en rapport avec ses dons exceptionnels ?

Siane se rendit progressivement compte que, entièrement focalisée sur l'opportunité de devenir Passeuse d'âmes, elle n'avait pas complètement réfléchi à tout ce que cela impliquait. Elle n'avait vu que le côté positif d'une belle communauté investie d'une mission, sans saisir tous les sacrifices qu'il lui faudrait ensuite faire. Elle voyait bien qu'elle n'avait pas la passion de Lyona ni la résilience de Miriel, elle qui n'avait jamais entendu parler de ce groupe avant le jour de ses dix-huit ans. Il lui semblait désormais qu'elle s'était lancée dans cette aventure sans prendre le temps de récolter toutes les informations nécessaires et, à cette réflexion, elle se tortilla sur place, mal à l'aise. Lyona perçut son trouble et, pour la rassurer, lui attrapa la main avec beaucoup de douceur. Par ce simple contact, Siane sentit à quel point son interlocutrice serait une grande Passeuse d'âmes à l'issue de ses sept années d'enfermement. Malgré son caractère prétentieux, elle était faite pour ça, jusqu'au plus profond de son être.

— Pourquoi vous ne vous entendez pas avec Miriel ?

demanda Siane, avant de plaquer sa paume sur sa bouche, gênée par sa propre audace.

— Ne t'inquiète pas, avec moi, tu as le droit de poser toutes les questions que tu veux. Le jour où elle est arrivée, cela faisait déjà deux ans que j'étudiais à Ërendor, et c'est pour cette raison qu'Elysane m'a choisie comme tutrice. Le problème, c'est que Miriel a la capacité de ressentir ce que vit la personne qui lui fait face. Et avec mon propre caractère et mes compétences de Passeuse d'âmes, cela ne peut malheureusement pas fonctionner correctement. Très vite, nous avons commencé à nous faire du mal mutuellement. Peut-être sommes-nous trop semblables l'une et l'autre, trop pleines d'ambition. Je sais que cela doit te surprendre que je définisse Miriel ainsi, mais je t'assure que tu dois te méfier de son air innocent. Elle dissimule des émotions très violentes que j'ai l'impression d'être la seule à avoir décelées…

En effet, Siane ne voyait pas du tout son amie comme Lyona la décrivait. Même si on sentait que celle-ci cachait une certaine force intérieure, elle était tout sauf ambitieuse, et c'était la dernière personne qu'on pouvait imaginer en train de blesser son prochain. Ceci dit, ce n'était pas à Siane d'intervenir dans ce conflit qui semblait diviser les deux jeunes femmes depuis des années. Si elle avait bien retenu une leçon de son passage chez Ravenna, c'était l'importance de ne jamais se mêler de ce qui ne la regardait pas.

— Tu devrais aller te coucher, conclut Lyona en lui lâchant la main. Il est déjà tard, tu as eu une journée difficile et dès demain matin, tu vas commencer tes premiers cours. Il faut absolument que tu sois en forme !

Siane hocha la tête, consciente qu'il était plus que temps de retourner dans sa maison. Une nuit épaisse se diffusait entre les arbres, enveloppant la forêt d'un voile aussi sombre qu'impénétrable. Les ombres dansaient sur le sol, animées par les faibles lueurs du petit feu de camp. Malgré les efforts des flammes vacillantes, une froideur perçante s'insinuait dans chaque recoin, rendant l'atmosphère presque palpable. Siane frissonna sans s'en rendre compte, autant d'émotion que de crainte face à cette obscurité intimidante.

— Et toi, tu ne rentres pas ? demanda-t-elle à Lyona, en se redressant.

— Non, car si la journée j'étudie sans relâche, le soir j'apprends à repousser mes limites. J'irai me coucher, ne t'inquiète pas, mais pas maintenant. À force de persévérance, j'ai compris jusqu'à quel point je pouvais tenir sans m'écrouler.

Les deux femmes s'examinèrent un moment du regard, tandis que les ombres dansaient sur leur visage. Si Siane ignorait ce que Lyona pensait d'elle, elle-même était en train de découvrir à quel point elle s'était trompée en écoutant les propos négatifs de Miriel. Au contraire, celle qui lui faisait face lui semblait plutôt être un modèle à suivre, malgré son assurance à la limite de l'impolitesse. Il en fallait, du courage, pour tenir un tel rythme de vie afin d'atteindre son objectif ! Siane sentait qu'elle aurait encore beaucoup à apprendre de Lyona, qui serait peut-être la seule à accepter de répondre sans filtre à toutes ses questions. Alors qu'elle allait s'éloigner, la Passeuse d'âmes la retint tout à coup par le bras.

— Une dernière chose, avant que tu ailles te coucher. Méfie-toi de la tranquillité apparente d'Ërendor. Rien n'est jamais parfait dans la vie, même si on pourrait le croire au premier abord. Elysane est une Gardienne puissante, qui parvient à maintenir un bel équilibre dans sa communauté, mais cela peut basculer à tout moment. Profite de la sérénité qui règne autour de nous pour l'instant, mais n'oublie jamais que l'être humain est fait d'autant de lumière que d'ombre…

Lorsque Siane se coucha un peu plus tard dans son lit, incapable de dire l'heure qu'il pouvait bien être, elle songea longtemps à la discussion qu'elle venait d'avoir avec Lyona. Trop d'informations tournaient désormais en boucle dans sa tête, la faisant osciller entre mille émotions contradictoires. Parmi tout ce qu'elle avait appris, ce qui l'obsédait le plus était ce fameux choix à faire à l'issue des cinq années. À quel moment pourrait-elle avouer à Elysane qu'il était hors de question qu'elle s'engage pour une telle durée d'isolement ? Si elle le disait maintenant, tout portait à croire qu'on lui demanderait gentiment de quitter Ërendor, ce qui était inenvisageable pour la jeune femme. Où pourrait-elle bien aller, alors qu'un tel univers s'était ouvert à elle ? Et si elle cachait sa décision, elle vivrait les prochaines années dans le déni et le mensonge. Le dilemme était cruel et Siane regretta d'avoir été trop curieuse en questionnant Lyona. Rester dans l'ignorance lui aurait permis de ne pas être embourbée ainsi, la veille du début de sa formation. C'est donc envahie par le doute qu'elle finit par s'endormir en admirant le courage des Passeuses d'âmes, qui avaient toutes une force qu'elle n'aurait sans doute jamais.

CHAPITRE 14

Lorsque Siane sortit de sa chambre le lendemain matin, Miriel l'attendait déjà, tout excitée.

— Tu es absolument superbe avec ta perle et ta robe ! s'exclama celle-ci en embrassant son amie. Comment te sens-tu pour ton premier jour en tant que Passeuse d'âmes ?!

— Un peu tendue, avoua Siane. La nuit a été courte, à vrai dire…

— Ne t'inquiète pas, tu vas commencer par aller voir Grilda, qui enseigne l'histoire d'Ërendor à toutes les jeunes femmes qui arrivent ici. Tu te rendras vite compte qu'elle a un rôle particulier dans notre domaine, puisqu'elle est à la fois la mémoire de notre communauté et la responsable des dimensions inférieures. Tu vas passer la journée avec elle, le temps qu'elle t'apprenne tout ce qu'il y a à savoir. Tu verras, c'est passionnant ! Je suis sûre que tu vas adorer !

Siane tenta de sourire, mais le cœur n'y était pas

vraiment. Elle suivit Miriel en silence, répondant simplement d'un hochement de tête à toutes les personnes qui lui souhaitaient une bonne journée. Après avoir rejoint le réfectoire, les deux jeunes femmes s'installèrent sur les bancs en bois pour prendre leur petit-déjeuner. Même si celui-ci était vraiment appétissant, entre des œufs bien frais et une salade de fruits colorée, Siane eut le plus grand mal à avaler ce qu'on avait glissé dans son assiette. Son estomac était aussi noué que sa gorge, si ce n'est plus, ce qui était un signe de stress profond chez elle. Décidément, les épreuves n'étaient pas toutes derrière elle, comme elle avait eu la naïveté de le croire…

Lorsqu'elle s'était réveillée le matin même, sa première pensée avait été de se dire qu'elle devait parler de son dilemme à Miriel, mais plus le temps passait, moins cela paraissait être une bonne idée. Sa douce amie semblait tellement dans son élément à Ërendor, prête à faire tous les sacrifices qu'on lui demandait, qu'elle ne comprendrait certainement pas pourquoi Siane pouvait hésiter. Celle-ci ravala donc ses doutes et attendit en se triturant les mains que Miriel termine enfin son petit-déjeuner.

Alors que toutes deux s'apprêtaient à quitter le réfectoire, Lyona débarqua en catastrophe dans cette dimension. Ses cheveux mal coiffés et son air encore endormi montraient qu'elle venait tout juste de se réveiller. Elle était sur le point de s'élancer vers le niveau inférieur lorsqu'elle aperçut Siane près de l'entrée. Elle retint donc son geste, avant de s'avancer pour venir saluer celle avec qui elle avait échangé la veille, sous le regard médusé de Miriel.

— Bonjour Siane ! lança Lyona, indifférente à la réaction de la Passeuse d'âmes. Est-ce que tu as finalement réussi à t'endormir hier soir ? J'ai beaucoup aimé discuter avec toi, j'espère que cela pourra se reproduire plus souvent !

Ces propos, prononcés de manière anodine, n'avaient en réalité rien d'innocent. Au vu de la tête que fit Miriel, tandis qu'elle dévisageait Siane les yeux écarquillés, il était clair que Lyona avait soigneusement choisi ses mots pour blesser celle dont elle était la tutrice. En un instant, l'ambiance se refroidit d'un cran. Que répondre à cette attaque indirecte qui ne concernait absolument pas Siane ?

— Je n'ai pas très bien dormi, finit par répliquer celle-ci, en posant la main sur le bras de son amie pour lui indiquer qu'il était temps de partir. Je suis désolée, mais nous devons rejoindre les salles de classe au plus vite. Grilda doit sûrement déjà m'attendre pour ma toute première leçon…

La discussion aurait pu s'arrêter là, mais c'était sans compter sur l'animosité qui s'était mise à grésiller dans les airs. Miriel semblait espérer un élément déclencheur pour s'engouffrer dans la brèche, ce qui ne tarda pas à arriver dès que Lyona reprit la parole.

— Tu as raison de te dépêcher, commenta celle-ci froidement. Il ne faudrait pas que tu sois en retard aujourd'hui, même si tu n'es pas accompagnée par la plus ponctuelle des personnes…

— Tu te moques vraiment de nous, Lyona ! gronda Miriel d'un ton acerbe. Tu arrives toi-même toujours après tout le monde le matin parce que tu es incapable de te réveiller !

— C'est parce que j'ai des choses importantes à faire la nuit, figure-toi !

— Évidemment ! Tu dois réviser tous tes cours puisque tu ne retiens jamais rien de ce qu'on essaye de faire rentrer dans ta petite tête la journée !

Siane assistait contre sa volonté à cette scène, aussi impuissante qu'horrifiée. Où était donc passée la douce Miriel, dont le visage angélique était traversé par un regard d'une férocité sans nom ? Lyona n'était pas en reste, se moquant éperdument de ce qu'on pensait d'elle. Siane savait très bien pour quelle raison la jeune femme était toujours en retard le matin, mais la défendre aurait signé la fin de sa complicité avec sa tutrice. *Quel cauchemar…*, songea-t-elle, scrutant les alentours pour voir si quelqu'un pouvait lui porter secours pour l'extraire de cette situation. Malheureusement, elles n'étaient plus que trois au réfectoire, toutes les autres Passeuses d'âmes ayant déjà rejoint leurs activités prévues pour la journée.

Nullement perturbée par les propos de Miriel, Lyona lui lança un sourire grinçant, prête à répondre. Siane aurait voulu se boucher les oreilles pour ne pas entendre les paroles qui allaient être dites, mais ce ne fut en réalité pas nécessaire. En face d'elle, Lyona venait de s'arrêter dans son élan, les yeux figés dans le vague, les lèvres grandes ouvertes sur des mots qu'elle ne parviendrait jamais à prononcer.

— Oh non ! s'alarma Miriel. Elle est en train d'entrer en transe… Tu dois absolument l'en empêcher !

Empêcher Lyona d'entrer en transe ? Mais qu'est-ce que… ? Siane fit un geste d'incompréhension, mais les deux jeunes femmes ne la voyaient déjà plus. Toutes deux semblaient être parties dans un autre monde, un lieu où on ne pouvait les atteindre tant leurs esprits s'étaient évadés. Tout doucement, les yeux toujours exorbités, Lyona se mit à trembler légèrement, avant que les spasmes agitant son corps ne s'accentuent progressivement. En face d'elle, Miriel commença à se recroqueviller sur elle-même, un éclair de douleur traversant son visage. Siane ne savait plus quoi faire, complètement désemparée par le brusque changement de comportement des deux Passeuses d'âmes. Elle avait beau hurler leurs prénoms pour tenter de les ramener à la réalité, aucune ne lui répondit, la laissant se ronger les sangs.

Les soubresauts qui agitaient Lyona se firent plus intenses, plus profonds, jusqu'à ce qu'ils s'arrêtent brutalement. Ses yeux semblaient voir au-delà du présent, plongés dans une vision lointaine qui l'attirait inexorablement.

— Elle… Elle donne un parchemin scellé à quelqu'un, dit-elle tout à coup, une goutte de sueur accrochée à sa tempe. Mais… Qu'est-ce qu'elle fait là ?

— Lyona, réveille-toi ! ordonna Siane. Tu es en train de faire un cauchemar !

— Elle en reçoit un à son tour…

— Lyona !

— Je ne… Attends… C'est un grand jour, elle a une robe blanche… Elle est à côté d'un très bel homme… Pourquoi… Par Séléné, c'est impossible !

Et aussi brusquement qu'elle était entrée en transe, Lyona revint à elle, pantelante. Aussitôt, Miriel reprit connaissance, les traits bouleversés. Toutes deux semblaient avoir partagé une scène qu'elles seules avaient vue, laissant Siane en dehors de toute compréhension. Elles se dévisagèrent un long moment en silence, haletantes, leurs yeux tirés par l'effroi.

— Qu'as-tu fait, traîtresse ? murmura Lyona, sa voix tremblante de colère.

Miriel, encore sous le choc de sa propre expérience et peinant à reprendre ses esprits, ne put que balbutier quelques mots incohérents. Siane, terrifiée par la tournure des événements, tenta de calmer Lyona avant que la situation ne dérape.

— Tout va bien, la tranquillisa-t-elle, alors qu'elle-même n'était que bouillonnement. Ce n'était qu'un mauvais rêve, rassure-toi…

Lyona, les yeux remplis de larmes de rage, ne quittait pas Miriel du regard.

— J'ai vu… J'ai vu ce que tu as fait… Comment as-tu pu nous trahir ainsi ?

— Non, ce n'est pas possible…, répondit Miriel, blême, en secouant la tête en tous sens. Jamais je n'oserais…

Mais Lyona était implacable, l'horreur de sa vision gravée dans son esprit. Siane, entre les deux ennemies, sentait la situation échapper à tout contrôle. La tension était palpable, chaque seconde semblant s'étirer dans l'éternité.

— Je vais de ce pas en parler à Elysane, lâcha Lyona en tournant les talons. Elle seule sera capable de trancher quant à ce qu'il adviendra de toi.

Sur ces mots prophétiques, la fière jeune femme s'éloigna au plus vite malgré sa démarche encore un peu hésitante, abandonnant derrière elle une véritable scène de désastre. Lorsque Siane sentit que Miriel avait à peu près recouvré ses esprits, elle se jeta sur elle pour tenter de comprendre.

— Mais enfin, que s'est-il passé entre toutes les deux ?! On aurait dit que vous étiez parties dans une autre réalité !

— Oh non, ce n'était pas une autre réalité, mais bien la nôtre, dans un futur plus ou moins proche. Lyona possède un don exceptionnel depuis sa naissance, que peu de Passeuses d'âmes ont la chance d'avoir. Parfois, sous le coup d'un choc comme lors de notre dispute, son esprit peut quitter son corps et attraper des bribes de l'avenir qui nous attend.

— Toi aussi tu étais dans cette sorte de transe, n'est-ce pas ?

— Non, c'est différent... Quand cela arrive à Lyona, je suis aussitôt impactée par ses émotions, plus ou moins violemment. Cette fois-ci, je dois avouer que c'était particulièrement intense !

Siane n'osa pas demander si c'était à cause de cette connexion profonde que les deux femmes se détestaient autant, aussi s'orienta-t-elle vers une nouvelle question qui lui brûlait les lèvres.

— Qu'est-ce que Lyona a découvert, à ton avis ? Pourquoi elle a parlé de toi comme ça ? On aurait dit que...

— Ça n'a aucune importance, la coupa Miriel. J'ignore ce qu'elle a imaginé, mais je pense qu'il ne faut lui accorder aucun crédit. D'ailleurs, je suis certaine qu'Elysane ne croira pas à ses affabulations. Je vais aller la voir tout de suite pour être sûre qu'il n'y a aucun malentendu à mon propos...

La discussion s'arrêta net, tandis que Miriel s'élançait

en direction des portes d'Ërendor. Siane resta un moment en arrière, complètement abasourdie. La scène de dispute, puis celle de transe n'avaient duré que quelques minutes, mais déjà elle sentait que rien ne serait jamais plus comme avant. De Lyona ou de Miriel, qui croire ? Elles s'accusaient mutuellement et, dans toute cette histoire, l'une devait forcément déformer la réalité. Il avait été question de trahison, mais de la part de qui ? Et pour quelle raison ?

Siane inspira un grand coup, encore sous le choc de la violence de l'affrontement. Miriel était partie dans une telle hâte qu'elle ne l'avait pas attendue pour l'accompagner jusqu'aux salles de classe. La jeune femme n'avait aucune idée de qui était Grilda, celle avec qui elle allait devoir passer la journée. Siane avait beau être une personne plutôt téméraire et capable de s'adapter à un nombre incalculable de défis, elle devait bien admettre qu'elle avait à peine eu le temps de souffler depuis son départ de la taverne de Ravenna. Là encore, elle allait devoir faire preuve de témérité pour oser se promener seule dans Ërendor afin de retrouver la fameuse Passeuse d'âmes.

À pas de loup, Siane s'approcha des deux arbres centenaires, ressentant un immense soulagement lorsqu'elle s'aperçut que les portes apparaissaient bien lorsqu'elle prononçait l'incantation. Elle avait au moins la satisfaction de voir que, grâce à la journée de la veille, elle pouvait désormais se déplacer librement dans le domaine. Focalisant toute son attention sur le niveau inférieur, la jeune femme franchit les paillettes argentées pour atterrir au plus près des salles de classe.

À sa grande surprise, cette dimension était vide,

toutes les Passeuses d'âmes vaquant déjà à leurs différentes occupations. Siane se demanda ce que chacune pouvait bien faire alors qu'elles n'avaient plus accès à Silverdale pour accomplir leur mission. Comment allaient-elles occuper leurs journées dans les prochaines années si le domaine restait ainsi condamné ? Elle-même aurait largement de quoi faire pendant tout ce temps en raison de sa formation, mais il était certain que les Passeuses d'âmes confirmées allaient devoir se réinventer, sous peine de mourir d'ennui en attendant l'ouverture des portes.

La jeune femme avança jusqu'aux petites maisons, heureuse de voir que le brouillard de la veille n'était plus qu'un mauvais souvenir du passé. Elle en profita pour jeter un regard à travers les différentes fenêtres et s'aperçut que plusieurs femmes étudiaient des manuscrits aux couvertures anciennes. Cette vision souleva d'allégresse le cœur de Siane. Y avait-il une bibliothèque à Ërendor, et si oui, où pouvait-elle bien se situer ? Cela faisait des années qu'elle n'avait pu assouvir sa soif de connaissances, les livres étant évidemment inexistants dans la taverne de Ravenna. Seraphina avait mis un tel point d'honneur à ce que ses enfants apprennent à lire que cela avait été un supplice pour sa fille d'en être privée pendant tant de temps.

Siane s'arracha à sa contemplation, de peur de se faire remarquer par les Passeuses d'âmes en train d'étudier. Alors qu'elle se demandait toujours où aller, une voix venue de nulle part la fit brusquement sursauter. Elle se retourna pour découvrir une toute petite femme au visage très ridé.

— Siane ? s'enquit celle-ci avec un sourire avenant.

— Oui, c'est moi.

— Enchantée, mon enfant ! Je suis Grilda, avec qui tu vas passer les prochaines heures. Miriel ne t'a pas accompagnée pour faire les présentations ?

— Non, elle était occupée et je lui ai dit que je pouvais m'en sortir seule, mentit Siane.

— Très bien, nous nous débrouillerons donc sans elle. Si tu es prête, tu peux me suivre jusqu'à la Salle du Recueillement.

— La Salle du Recueillement ?

— C'est le nom que l'on donne à la maison où est dessinée la fresque de Séléné, là où tu as reçu ta perle lors de ta cérémonie. Allons nous y installer, je t'expliquerai tout ça à ce moment-là.

Siane sourit à Grilda pour lui indiquer qu'elle était disposée à l'accompagner. Elle ne se souvenait pas d'avoir déjà vu cette Passeuse d'âmes depuis son arrivée, sachant qu'elle l'aurait à coup sûr remarquée, tant l'apparence de celle-ci était particulière. Grilda était de loin la plus petite personne que la jeune femme ait jamais rencontrée, ce qui était accentué par son dos voûté qui lui faisait perdre encore quelques centimètres. Sa peau était aussi ridée qu'un parchemin et chacun de ses gestes était d'une telle lenteur que Siane dut s'arrêter plusieurs fois pour l'attendre.

Il leur fallut près de cinq minutes pour parcourir la courte distance jusqu'à la maison et s'installer à une table préparée à leur intention. Siane profita de ce moment pour étudier plus en détail la pièce où sa cérémonie s'était déroulée. C'était un lieu relativement grand, capable de contenir l'ensemble des Passeuses d'âmes. Au vu de la richesse des meubles et du soin apporté à la décoration, c'était sans aucun doute un des endroits les plus importants d'Ërendor. Des fêtes s'y déroulaient-elles tout au long de l'année afin de célébrer les différents événements de la vie du domaine ? Comme son nom l'indiquait, la salle du Recueillement devait également être un lieu de communion, et la perspective de toutes les prières qui avaient dû y être récitées fit frissonner Siane.

Tout en attendant Grilda, qui triait des papiers posés sur la table, elle s'attarda quelques instants sur l'observation de cartes anciennes accrochées au mur, sur lesquelles avaient été dessinées les multiples dimensions d'Ërendor. Elle reconnut le niveau du village, celui du réfectoire, puis le potager et enfin les salles de classe. Ces quatre cartes étaient soigneusement alignées et on pouvait voir sur leur droite un large espace vide qui intrigua la jeune femme. Voyant son intérêt, Grilda entreprit de lui expliquer :

— Lorsque j'ai intégré le groupe des Passeuses d'âmes, les sept dimensions étaient affichées ici afin de nous montrer l'ensemble de notre domaine. Nous pouvions circuler de l'une à l'autre assez librement, même lorsque nous venions tout juste d'arriver à Ërendor. C'est Elysane qui a décidé d'interdire l'accès des trois derniers niveaux aux novices et de retirer les cartes les représentant, il y a un peu moins de trente ans.

— Pour quelles raisons ? ne put s'empêcher de demander Siane.

— Car elle s'en voulait d'avoir fait un choix regrettable en acceptant Isabela au sein d'Ërendor.

— Isabela ? Qui est-ce ?

— La femme de Thaddeus, celle qui a

malheureusement perdu la vie le jour du couronnement de Roderick.

Allons bon… ! songea Siane, éberluée. Que venait faire la mère de Jórga dans cette histoire ? Et surtout, était-elle vraiment décédée le même jour que Seraphina, ce qui pourrait expliquer l'élan de sympathie incompréhensible que Siane avait quasiment tout de suite ressenti pour Jórga ?

— Je suis désolée, s'excusa la jeune femme, mais je ne vois pas du tout le rapport entre ces cartes et la femme de Thaddeus.

— Cela fait partie de ce que tu vas découvrir avec moi aujourd'hui, puisque cela concerne intimement l'histoire d'Ërendor. Normalement, je reprends tout depuis le début afin d'expliquer le déroulé de manière chronologique, mais je vais faire une exception pour toi. Je sais que tu connais Thaddeus et je comprends donc que tu aies envie d'en apprendre un peu plus sur lui rapidement. Tu verras, ce n'est malheureusement pas un joli récit de vie comme on pourrait se l'imaginer…

Contrairement à ce qu'elle venait de dire, la Passeuse d'âmes ne se lança pas tout de suite dans ses explications, mais entreprit de se lever pour récupérer deux tasses de tisane qu'elle avait dû préparer juste avant de venir chercher Siane. Chacun de ses gestes était d'une telle lenteur que c'était à se demander si elle pourrait apporter les tasses avant que leur contenu ne soit entièrement froid, et s'il ne faudrait pas reporter au lendemain cette discussion tant attendue. Évidemment, à ce rythme-là, le fait d'avoir besoin d'une journée complète pour raconter l'histoire du domaine prenait tout son sens. Après un temps interminable, Grilda revint enfin s'asseoir en face de Siane, prête à se lancer dans le récit de ce nouveau mystère planant au-dessus d'Ërendor.

CHAPITRE 15

— Comme nous toutes, débuta Grilda, Isabela a eu l'opportunité de rejoindre Ërendor car elle était orpheline. Elle n'a jamais vraiment parlé de son enfance, mais j'ai l'impression que ça avait été une période très compliquée de sa vie, qui avait laissé de lourdes traces en elle. Est-ce pour cette raison qu'elle a très mal supporté son arrivée dans notre domaine ? Ou bien parce qu'Elysane a mal cerné sa personnalité lorsqu'elle a sondé son âme ? Quoi qu'il en soit, s'engager pour devenir Passeuse d'âmes fut une terrible erreur pour Isabela, car elle a souffert dès le jour où elle a reçu sa perle. Cela s'est traduit par un désespoir profond qui a duré des années, malheureusement.

— Mais pourquoi n'a-t-elle pas immédiatement arrêté quand elle a réalisé que cela ne lui convenait pas ? demanda Siane, intriguée.

— Parce que sa personnalité était complexe, oscillant d'un extrême à l'autre en fonction des événements. Je me souviens très bien du jour de son arrivée, elle était heureuse à l'idée d'intégrer notre communauté et elle a même passé les épreuves pour obtenir sa perle avec un certain succès. Cependant, le soir même, elle a pris pleinement conscience du choix qu'elle aurait à faire à l'issue de sa formation et cela l'a complètement déstabilisée. Je ne peux pas t'en dire beaucoup plus à ce sujet, car cela nous est désormais interdit. Il faut juste que tu saches que chaque Passeuse d'âmes doit vivre un défi supplémentaire pour être confirmée dans son rôle et que celui-ci peut être assez éprouvant.

Siane n'osa pas interrompre son interlocutrice, de peur qu'une parole malvenue ne lui échappe par erreur. Si Lyona n'avait pas vendu la mèche concernant ce choix terrible à faire, la jeune femme serait toujours dans l'ignorance et elle devait donc agir en conséquence. Par ailleurs, l'histoire d'Isabela faisait étrangement écho à la sienne, puisqu'elle-même avait rejeté en bloc l'idée de s'enfermer pour sept ans lorsqu'elle l'avait appris à la suite de l'obtention de sa perle. Consciente qu'elle ne devait surtout pas être démasquée, Siane sourit donc d'un air innocent pour inciter Grilda à continuer.

— Lorsqu'Isabela a appris ce qui l'attendait, reprit celle-ci, elle a fait une crise de panique absolument épouvantable. Elysane a tout tenté pour la rassurer, lui proposant même de rentrer à Silverdale le temps de se sentir prête à rejoindre les Passeuses d'âmes. Mais Isabela a refusé catégoriquement cette option et a voulu combattre son angoisse en choisissant de rester. Ce fut une grossière erreur de sa part, car elle a complètement nié ses doutes et ses peurs. Elle a donc commencé à étudier sur des bases fragiles qui l'ont poursuivie pendant cinq ans. Je peux t'assurer qu'elle a été courageuse de s'accrocher pendant aussi longtemps, alors que son cœur lui dictait de ne pas insister. Malheureusement, on sait très bien ce qu'il se passe lorsqu'on n'écoute pas son intuition…

Siane hocha la tête pour valider cette dernière phrase, bien consciente de la pertinence de cette remarque.

— Environ trois mois avant la fin de son apprentissage, Isabela est tombée gravement malade et est restée alitée pendant plusieurs semaines. Personne n'a jamais réussi à comprendre le mal qui s'était emparé d'elle, tant ses symptômes étaient variés. Ce n'est que le dernier jour, lorsqu'Elysane lui a formellement demandé de prendre une décision pour son avenir, qu'Isabela a fini par craquer.

— Est-ce qu'elle est rentrée à Silverdale ? s'enquit Siane.

— Oui, et c'est malheureusement là que les choses se sont complexifiées. C'était la première fois, de toute l'histoire d'Ërendor, qu'une Passeuse d'âmes avait suivi la formation complète avant de faire marche arrière au dernier moment. Évidemment, il y avait déjà eu des départs, mais cela s'était toujours fait au cours de la première année, quand les jeunes femmes se rendaient compte qu'elles avaient fait fausse route en rejoignant notre communauté. Le problème avec Isabela, c'était qu'elle avait acquis des connaissances qu'elle ne pouvait absolument pas partager avec le reste du monde. Son retour en ville a été extrêmement compliqué, car elle se sentait incomprise partout où elle allait. Les nombreuses crises d'angoisse qu'elle avait faites à Ërendor l'avaient énormément fragilisée et sa santé mentale a sérieusement commencé à vaciller. Elle est petit à petit devenue un poids pour son entourage, qui a eu la plus grande des difficultés à gérer ses différents états d'âme.

Cette dernière phrase impacta fortement Siane, qui repensa tout à coup au caractère si étrange de Jórga. Avait-il hérité de sa mère cette faiblesse de l'esprit qui le faisait passer de l'euphorie à l'apathie en quelques instants ? Ce qui surprenait le plus la jeune femme dans cette histoire était de comprendre comment Thaddeus avait pu épouser une personnalité aussi complexe. Comme si elle avait lu dans ses pensées, Grilda reprit son récit d'un air navré.

— Je vois bien que tu te poses des questions sur le lien qui a pu exister entre Isabela et son mari, mais avant de t'expliquer tout cela, il faut que tu comprennes le rôle qu'ont joué Thaddeus et ses prédécesseurs au fil du temps. Comme tu peux l'imaginer, gérer Ërendor ne peut pas reposer sur les épaules d'une seule personne, aussi solide soit-elle. Elysane n'a pas seulement pour mission d'assurer la sécurité des cristaux et de recruter les orphelines, mais elle doit également veiller à ce que le savoir des Passeuses d'âmes reste un secret bien gardé de notre communauté. Personne ne peut s'occuper de l'accompagnement des morts en toute légèreté, bien au contraire. Tu es encore trop novice pour le comprendre, mais notre rôle va bien au-delà de ce que tu peux te représenter et Elysane ne pourrait jamais s'assurer du bon suivi des règles si elle était seule à s'en occuper. C'est là que Thaddeus et certains de ses compagnons interviennent. Depuis Silverdale, des hommes ont de tout temps épaulé les représentantes d'Ërendor afin de s'assurer que les Passeuses d'âmes puissent accomplir leurs missions dans les meilleures conditions. C'est Thaddeus qui est à la tête de ce groupe, qui s'appelle les Veilleurs de l'ombre. Est-ce que tu as pu échanger avec lui à ce sujet lorsque tu l'as rencontré ?

— Très peu, répondit Siane. Je me souviens juste qu'il m'a dit qu'Elysane s'occupe de la mort alors que lui doit gérer la vie. C'est un peu son homologue masculin, si j'ai bien compris.

— C'est tout à fait ça. Par un heureux hasard, Thaddeus et Elysane ont chacun endossé leur rôle à quelques mois près, il y a plus de trente ans. Ils travaillaient donc ensemble depuis quelques années quand Isabela est arrivée à Ërendor. Lorsqu'elle a quitté le domaine et que son retour à Silverdale s'est si mal passé, les deux dirigeants ont dû réfléchir à une solution pour éviter tout débordement de sa part. Je pense que je n'ai pas besoin de t'expliquer le sacrifice que Thaddeus a dû faire pour garder cette jeune Passeuse d'âmes, abîmée par la vie, sous contrôle…

Lentement, Siane prit conscience du sous-entendu de Grilda, même si cela lui semblait complètement irréel. L'explication qui lui venait à l'esprit était tellement absurde qu'elle eut un mal fou à s'imaginer ce que cela pouvait vraiment signifier.

— Vous voulez dire…, hésita Siane, en cherchant ses mots. Cela paraît impossible, je ne vois pas comment Thaddeus aurait pu…

— Et pourtant, c'est bien ainsi que les choses se sont déroulées. Le Veilleur était encore jeune à l'époque et il a tout fait pour séduire Isabela afin de l'épouser. Je ne dis pas que ça n'a pas été un mariage d'amour au final, mais les premiers temps ont été très compliqués, comme tu peux te l'imaginer.

— Mais enfin, c'est horrible de se marier avec quelqu'un qu'on n'a pas réellement choisi !

— Oui, peut-être, mais je peux t'assurer que ça a été la meilleure des décisions. Au contact de Thaddeus, Isabela a trouvé un équilibre dont elle avait grandement besoin. Sous l'œil attentif de son mari, qui a pu surveiller ses agissements, elle a progressivement fini par s'apaiser. La naissance de Jórga a été le point culminant de cette période, lui permettant de laisser enfin derrière elle ses nombreuses crises d'angoisse et son esprit torturé.

— Comment est-elle décédée ? s'enquit Siane. Vous avez parlé du jour du couronnement de Roderick tout à l'heure. Est-ce qu'elle a eu un… accident ?

La jeune femme déglutit à cette idée, qui lui rappelait la triste disparition de Seraphina. Était-ce possible que tant de personnes aient perdu la vie en raison des mouvements de foule dus à l'orage qui s'était abattu sur Silverdale ? Mais contrairement à ce qu'elle avait imaginé, Grilda lui présenta une tout autre histoire.

— Ce n'est malheureusement pas un accident qui a ôté la vie à Isabela. Tu étais jeune à l'époque et il me semble que tu as toi-même vécu un drame ce jour-là, tu n'as donc pas dû être au courant de ce qu'il s'est réellement passé. Au moment même où l'orage s'est déclenché, alors que Roderick venait tout juste de présenter son nouveau blason, ses soldats se sont attaqués à certaines personnalités de Silverdale, qu'ils ont réussi à coincer dans des embuscades préparées à l'avance. Isabela a fait partie de ces victimes-là.

— Je ne comprends pas…, déclara Siane. Pourquoi

a-t-elle été la cible du roi ?

— Parce que Roderick, comme tu as pu le constater par toi-même, déteste tout ce qui touche à Ërendor. Il n'a pas pu s'en prendre directement à notre communauté, car il montait à peine sur le trône, mais il a voulu nous envoyer un message fort et c'est pour cette raison qu'il s'est attaqué à Thaddeus et à sa famille. Il savait que personne dans la ville ne ferait vraiment le lien avec les Passeuses d'âmes, alors que pour nous, c'était une évidence. La pauvre Isabela a été sauvagement assassinée de trois poignards plantés dans le cœur. Thaddeus a réussi à s'enfuir en sauvant Jórga, mais lors d'un ultime combat contre un de ses assaillants, il a reçu un coup d'épée dans le pied et c'est depuis ce jour qu'il porte une jambe de bois.

Toutes ces révélations glacèrent profondément Siane. Jamais elle n'aurait pu imaginer qu'un tel malheur s'était abattu sur ceux qui l'avaient si bien accueillie après l'incendie du Temple d'Émeraude. L'histoire d'Isabela et de sa famille était si triste qu'elle dut retenir une larme qui menaçait de lui échapper. Elle comprenait mieux désormais le caractère si difficile à cerner de Jórga, qui tout comme elle avait vécu un immense malheur le jour du couronnement du roi. Elle regretta de ne pouvoir être à ses côtés tant elle aurait aimé le serrer dans ses bras dans un élan de sympathie. Elle lui aurait chuchoté qu'elle comprenait sa douleur et que ce qu'ils avaient traversé était insurmontable pour deux jeunes enfants.

Le plus terrible dans tout le récit de Grilda était d'apprendre que la femme de Thaddeus avait été tuée de trois poignards dans le cœur, comme le propre père de Siane. Cela remettait en lumière cet assassinat, qui pouvait désormais être réévalué sous un nouvel angle. Balric avait-il pu être lié d'une manière ou d'une autre aux Passeuses d'âmes, ce qui expliquerait que Roderick s'en soit pris à lui de cette façon ? L'idée semblait absurde, mais la jeune femme ne pouvait toutefois pas la mettre complètement de côté. Qui sait ce qu'il s'était réellement passé pendant son enfance, loin de son regard innocent ?

Grilda, voyant que Siane luttait avec ses souvenirs, posa sa main sur son avant-bras afin de la ramener à la réalité.

— Notre conversation a dérivé bien loin, ma petite. Oublie tout ça pour l'instant, ce n'est pas la priorité pour toi. Sache juste que Roderick, qui avait cru fragiliser les Passeuses d'âmes au moment de son couronnement, a obtenu en réalité tout le contraire de ce qu'il avait espéré. Tous ceux qui ont eu vent du meurtre d'Isabela s'en sont profondément indignés, et c'est pour cette raison qu'il a dû attendre de nombreuses années avant de se confronter de nouveau à Ërendor. Je crois qu'il n'avait tout simplement pas pris en compte l'attachement des habitants envers leurs traditions les plus importantes… Mais c'est de l'histoire ancienne, tout ça, et je pense qu'il est temps désormais de réintégrer le présent !

Siane hocha la tête, mais elle n'avait pas fini de poser des questions pour autant. Elle voulait mener cette conversation jusqu'à son terme afin d'avoir toutes les clefs en main pour comprendre l'histoire récente d'Ërendor. Résolue à éclaircir ce mystère, elle entreprit de revenir au début de ces révélations, déterminée à découvrir ce qui avait poussé Elysane à retirer les trois dernières cartes représentant les différentes dimensions du domaine.

— Quel est le lien entre Isabela et les décisions prises par Elysane ? demanda-t-elle à Grilda.

— Ah oui, c'est un point que j'ai en effet oublié d'aborder. Lorsque notre Gardienne a vu l'impact que ses paroles avaient eu sur Isabela, elle a fait le choix de changer complètement l'organisation de l'enseignement dispensé à Ërendor. Désormais, les quatre premières dimensions sont les seules accessibles aux novices, ce qui est largement suffisant pour découvrir toutes les bases de notre savoir. À la fin de la troisième année, chacune passe désormais par un entretien assez poussé avec Elysane, qui demande un engagement moral afin d'avoir le droit de poursuivre. C'est à ce moment-là que la motivation des novices est analysée en profondeur, permettant de voir si elles ont les épaules assez solides pour continuer.

— Mais si on arrête, est-ce que ça veut dire qu'on a étudié pour rien ?

— Non, car pendant les trois premières années, on acquiert un savoir suffisant pour devenir guérisseuse à Silverdale. Je trouve que notre Gardienne a fait un choix judicieux en prenant cette décision, car ainsi les dimensions les plus importantes d'Ërendor sont préservées de toutes les personnes qui ne sont pas faites pour confirmer leur rôle en tant que Passeuses d'âmes.

À ces mots, le sang de Siane ne fit qu'un tour et elle dut se retenir pour garder un visage vide de toute émotion, malgré la bouffée de colère qui montait en elle. Comment Elysane pouvait-elle accepter l'idée que des novices se forment pendant aussi longtemps, alors que personne ne les avait prévenues qu'elles devraient ensuite s'enfermer pour une durée de sept ans ? La jeune femme aurait voulu se soulever contre cette injustice, mais elle était muselée par le fait de ne pouvoir trahir les confidences de Lyona. Elle ne put s'empêcher de penser à Miriel, qui ne savait pas encore très bien ce qui l'attendait, malgré les quelques rumeurs qu'elle avait entendues… Devait-elle prévenir son amie, afin que celle-ci poursuive sa formation en toute connaissance de cause ? Siane comprenait bien que l'histoire d'Isabela ne devait jamais plus se répéter, mais elle trouvait également scandaleux que la vérité soit cachée à tant de jeunes femmes.

Grilda se rendit compte qu'un certain malaise avait envahi son interlocutrice, même si elle ne pouvait en saisir les raisons profondes. Ne sachant quoi faire d'autre pour alléger l'atmosphère, elle entreprit alors de raconter toute l'histoire d'Ërendor depuis l'origine du domaine, et les deux heures suivantes se déroulèrent dans un long monologue auquel Siane ne répondit que par des hochements de tête distants. En réalité, elle était focalisée sur ce qu'elle venait d'apprendre, son esprit revenant sans cesse à la vie d'Isabela, qui avait fini de bien triste façon. Si l'entretien avec Elysane avait existé à son époque, serait-elle devenue une simple guérisseuse, qui n'aurait ni épousé Thaddeus, ni donné naissance à Jórga ?

Au rythme lent de Grilda, la journée se déroula ainsi, entrecoupée de quelques pauses pendant lesquelles Siane en profita pour aller se dégourdir les jambes. Le récit de la Passeuse d'âmes n'était pas inintéressant, mais ce n'était pas du tout ce que la jeune femme avait envie d'entendre à ce moment-là. Elle se força tout de même à prendre des notes par politesse, Grilda lui ayant tendu quelques feuilles de papier avec un sourire engageant. Lorsque l'après-midi toucha à sa fin, alors que Siane sentait qu'elle ne pourrait pas tenir une minute de plus face aux gestes désespérément lents de son interlocutrice, le tintement léger d'une clochette se fit entendre.

— Ah, c'est l'heure ! annonça Grilda. Chaque jour, c'est ce signal qui t'indiquera que les leçons sont terminées. Tu vas pouvoir rentrer chez toi pour te détendre un moment, avant de redescendre d'ici une heure pour dîner. Cela va être ton nouveau rythme, six jours par semaine. Nous sommes censées faire une pause sur notre jour de repos, mais de nombreuses Passeuses d'âmes continuent en général de travailler, tant elles sont passionnées par ce qu'elles font.

— Et qui va s'occuper de moi demain ? demanda Siane, en priant secrètement pour que ce ne soit pas Grilda.

— À partir de maintenant, ce sont Elyndra et Thalia qui seront tes enseignantes. Tu vas rejoindre le groupe des novices, où chacune étudie selon son niveau. Tu verras vite que, malgré notre vie en communauté, le chemin pour devenir Passeuse d'âmes est très solitaire, chacune étant plongée dans son propre travail.

— Que vais-je apprendre exactement ?

— Oh, tout un ensemble de choses très concrètes pour commencer ! Tu vas découvrir le fonctionnement du corps humain, le soin par les minéraux et les plantes, étudier les étoiles et comprendre comment elles évoluent dans le ciel... Pendant les trois prochaines années, tu vas surtout devoir t'intéresser à la vie qui nous entoure, tout en aidant à gérer la cuisine, le potager et les animaux. Ce n'est qu'à partir de la quatrième année que nous commencerons à t'enseigner tout ce qui touche à l'accompagnement de la mort, après ton entretien avec Elysane.

Siane hocha la tête, mais le sourire qu'elle affichait ne traduisait pas le tourbillon qui s'agitait au fond d'elle. Allait-elle réellement devoir étudier pendant trois ans avant d'oser avouer qu'elle avait choisi la lumière ? Le dilemme était cruel, entre trahir les confidences de Lyona et abandonner la formation maintenant, ou bien se taire et profiter de tout ce savoir qu'elle avait de plus en plus envie d'acquérir. Les traits tirés, elle se leva de sa chaise, complètement perdue dans ses interrogations. Grilda, se méprenant sur le trouble qu'elle décela chez la jeune femme, lui posa la main sur le bras dans un geste qui se voulait rassurant.

— C'est tout à fait normal que tu sois un peu impressionnée par ce que tu as vécu depuis ton arrivée ici, d'autant plus que tu as eu beaucoup de choses à assimiler dans des conditions particulièrement difficiles. Si cela peut te rassurer, nous sommes toutes passées par ces doutes, une fois l'euphorie d'avoir obtenu sa perle retombée. Mais ne t'inquiète pas, tu vas très vite te sentir chez toi à Ërendor, et quand le moment sera venu, tu ne te poseras même pas la question de savoir si l'aventure vaut la peine d'être continuée. Tu le sentiras au fond de ton cœur comme une évidence, tu verras !

Les propos de Grilda avaient beau avoir été prononcés avec entrain, cela ne suffit pas à alléger le poids qui pesait sur les épaules de Siane. Non, son cœur ne lui dicterait pas de rester, elle en était certaine. Il était hors de question qu'elle répète l'histoire d'Isabela, qui n'avait pas su s'arrêter tant qu'il était encore temps. Elle allait rester les trois prochaines années, puisqu'elle s'était engagée auprès d'Elysane. D'ici là, la situation aurait sûrement évolué à Silverdale et ainsi, lorsque la Gardienne la convoquerait pour discuter de la suite, elle lui annoncerait sa volonté de partir. Cela ne pourrait pas lui être refusé, pas après le triste sort qui s'était abattu sur l'épouse de Thaddeus. Siane deviendrait alors guérisseuse dans la cité qui l'avait vue naître, même si elle sentait que cette perspective ne la comblait pas entièrement. C'est sur cette décision un peu bancale que la jeune femme sortit de la Salle du Recueillement, prête à cacher aux Passeuses d'âmes ses véritables intentions.

Elyndra

— Puis-je vous parler, Elysane ?

La Gardienne releva la tête, surprise de ne pas avoir entendu qu'on venait de frapper à sa porte. Dans l'entrebâillement se dessinaient les traits familiers d'Elyndra, l'une des deux enseignantes de Siane.

— Oui, bien sûr, entre…

La Passeuse d'âmes se glissa dans la maison d'Elysane et s'approcha du bureau où cette dernière travaillait. Elle semblait hésitante, peu sûre de ce qu'elle venait partager. Avait-elle rêvé la scène de la veille ou l'avait-elle déformée à force d'y réfléchir toute la nuit ?

— Je suis désolée de vous déranger, annonça-t-elle, mais j'aimerais vous parler de Siane.

— Y a-t-il un problème avec sa formation ?

— Non, pas du tout ! Cela ne fait que deux semaines qu'elle étudie avec moi, mais je n'ai aucun doute qu'elle maîtrisera rapidement les connaissances des trois premières années. Elle est intelligente, elle comprend vite et n'hésite pas à poser des questions

si besoin.

— Alors, qu'est-ce qui t'amène ?

— Eh bien... Ma maison n'est pas très loin de celle de Siane, et vous savez à quel point j'ai du mal à m'endormir le soir. Je l'entends donc souvent gémir dans son sommeil, comme si elle faisait sans cesse des cauchemars...

— Ce ne sont pas des cauchemars, mais des visions qu'elle reçoit pendant qu'elle dort. Je pense qu'elle n'est pas encore capable de bien les appréhender, ce qui fait qu'elle s'en souvient à peine à son réveil.

— C'est ce que je me disais, c'est pour ça que je ne me suis pas inquiétée. En revanche, un phénomène étrange s'est produit hier soir, et c'est de cela que je voudrais vous parler.

— Qu'est-il arrivé ?

— Il devait être autour d'une heure du matin et comme je n'avais toujours pas réussi à m'endormir, je suis sortie de ma chambre pour prendre l'air. Comme souvent, j'ai entendu Siane se débattre dans son sommeil, mais je n'y ai pas réellement prêté attention, jusqu'à ce que je lève les yeux au ciel...

— Et ?

— Je sais que nous vivons dans un monde différent de celui de Silverdale et que l'Entrelacement permet parfois d'observer des phénomènes étranges, mais je n'avais jamais vu les étoiles s'agiter de cette façon. C'est bien simple, tout tournait autour de la Lune, qui était parfaitement positionnée juste au-dessus de chez Siane, comme si l'univers tout entier était manipulé par des forces invisibles. Mais le plus surprenant, c'est que... Il y avait une sorte de colonne de lumière qui descendait du ciel et traversait le toit de sa maison. On aurait dit un fil tendu, fait de... particules argentées, peut-être. J'ai eu l'impression qu'elles vibraient, je pouvais entendre un léger bourdonnement...

Elyndra cherchait ses mots, peinant à décrire la scène de la veille.

— C'est difficile à expliquer, se désola-t-elle, mais je vous assure que c'était la première fois que je voyais un tel spectacle. Il se passe quelque chose avec cette jeune fille que je ne parviens pas à comprendre. J'ai l'impression qu'elle a un lien très particulier avec la Lune pendant son sommeil…

La Gardienne hocha simplement la tête, comme si elle prenait cette information avec une certaine distance. Pourtant, au fond d'elle, une multitude de questions venaient d'émerger. Ce n'était pas avec le cosmos que Siane avait établi une connexion profonde, mais avec quelque chose de plus grand encore, dont Elyndra n'avait sûrement jamais entendu parler. Les sept dimensions d'Ërendor cachaient une magie si puissante que la plupart des Passeuses d'âmes ne pouvaient en apprendre l'existence. Comment Siane avait-elle pu déjà tisser un tel lien, alors qu'elle venait tout juste d'arriver dans le domaine ? Elysane ressentit un élan de fierté d'avoir si bien choisi celle qui allait lui succéder, mais également une certaine appréhension qui l'inquiétait légèrement. Qui sait ce dont Siane serait capable quand elle serait enfin en mesure de maîtriser pleinement son don ?

PARTIE 2

CHAPITRE 16

— Alors c'est aujourd'hui ?

— Eh oui… Tu vas tellement me manquer, Siane !

— Tu vas me manquer aussi, Miriel… Sept ans, c'est vraiment trop long !

— Cela fera neuf ans en tout, en fait, puisque tu sortiras de ton propre isolement deux ans après moi. Je n'ose même pas imaginer comme nous aurons changé à ce moment-là ! Tu te rends compte, nous aurons plus de trente ans !

À cette perspective, les deux amies s'étudièrent longuement du regard, dans un échange empli d'amour, mais également lourd de chagrin. Miriel venait de terminer sa formation pour devenir Passeuse d'âmes et avait pris la décision de descendre dans la dernière dimension d'Ërendor sans une once d'hésitation. Troublée par ce choix, Siane ne savait pas quoi dire pour lui répondre. Comment lui avouer que, malgré ses trois années d'études, elle était absolument certaine qu'elle ne plongerait jamais dans l'ombre ? L'enthousiasme de Miriel complexifiait grandement cette séparation, qui avait en réalité un goût d'adieu. Siane avait conscience que si elle rentrait à Silverdale pour devenir guérisseuse, elle risquait de ne pas revoir sa tutrice avant un bon moment.

Lorsque Miriel avait eu son propre entretien avec Elysane, deux ans auparavant, elle n'avait pu garder le secret bien longtemps et avait donc confié à Siane ce qui les attendait exactement à l'issue des cinq années. Celle-ci avait fait semblant d'être surprise par ces confidences et avait pris part à l'excitation de son amie avec une fausse joie communicative. Miriel voyait en cet isolement la chance de perfectionner son art, elle qui n'attendait que la réouverture des portes du domaine pour aller tenir son rôle auprès des habitants de Silverdale. Elle avait été tellement exaltée par cette nouvelle expérience qui s'offrait à elle qu'elle n'avait quasiment pas dormi pendant une semaine. C'était plus qu'une étape de vie pour la jeune Passeuse d'âmes en devenir, c'était le sommet de sa courte carrière, une véritable renaissance.

Concernant Siane, la première année à Ërendor avait été un mélange complexe d'émotions. D'un côté, elle avait découvert avec un intérêt grandissant tous les mystères du corps humain, la beauté des minéraux et la sagesse de la guérison par les plantes. De tout ce qu'elle avait étudié, c'était la cosmologie qui l'avait le plus passionnée, fascinée par l'immensité de l'univers et les énigmes qui le composaient. Chaque soir, sa curiosité insatiable l'avait entraînée à contempler les étoiles pendant des heures, imaginant les théories les plus improbables sur tout ce qui constituait le firmament.

Mais face à la joie de découvrir tout ce qu'on lui enseignait, la tension qui avait opposé Miriel et Lyona avait été un poids à supporter jour après jour, sans qu'aucune issue heureuse ne puisse jamais être trouvée. Siane avait été prise à parti dans cet affrontement qui ne la regardait pourtant pas, et ce n'est qu'au moment où Lyona avait rejoint la dernière dimension d'Ërendor qu'elle avait enfin pu souffler de soulagement. Les deux années suivantes s'étaient donc déroulées de façon beaucoup plus sereine, au rythme des leçons d'Elyndra et de Thalia, qui avaient été d'excellentes pédagogues pour transmettre le savoir de base des Passeuses d'âmes. Les semaines, puis les mois s'étaient succédé, et jamais Siane ne s'était ennuyée en suivant le rythme paisible qui structurait la vie au domaine.

Par une coïncidence tout à fait surprenante, son entretien avec Elysane était prévu très exactement dix jours après le début de l'isolement de Miriel. Plus ce moment fatidique approchait, plus Siane avait la gorge nouée par l'angoisse. Quels mots choisirait-elle pour faire accepter sa décision et demander qu'on l'autorise à rejoindre Silverdale ? Certes, le calme et la douceur de vivre dans lesquels baignait Ërendor lui manqueraient cruellement, mais elle ne pourrait feindre son envie de rester plus longtemps. De plus, le souvenir du rêve qu'elle avait fait sur Draven était en train de s'estomper dans sa mémoire, atténuant ainsi les propos terribles tenus par son frère. N'avait-il pas été forcé de jouer un rôle auprès de ses compagnons, alors qu'il ne pensait que du bien des Passeuses d'âmes ? N'était-ce pas simplement de l'orgueil, ou une virilité mal placée, qui l'avait poussé à s'opposer à des femmes qu'il ne connaissait pas ? Plus Siane y réfléchissait, plus elle se persuadait que Draven n'était pas le monstre qu'il prétendait être. Dès sa sortie d'Ërendor, elle partirait à sa recherche afin de comprendre les motivations qui pouvaient expliquer que le jeune homme avait eu une attitude si détestable dans son rêve. Même s'il n'aimait pas les Passeuses d'âmes, elle n'avait plus aucun doute que, grâce au lien indéfectible qui les unissait, elle saurait le faire revenir à la raison.

— Dis donc, tu me regardes ?! s'indigna Miriel.

— Oh pardon…, s'excusa Siane, en levant la tête. Waouh, tu es vraiment superbe !

Miriel venait d'enfiler une longue robe noire, aussi sombre que la nuit la plus profonde et qui tranchait avec la blondeur de ses cheveux dorés. C'était la tenue qu'elle devrait porter pendant les sept années suivantes, comme toutes les femmes l'ayant précédée. Son excitation était à son comble, au grand désespoir de Siane qui ne comprenait pas comment on pouvait être en joie de tout quitter aussi brusquement.

— Tu crois qu'on se verra quand on sera là-bas ? demanda Miriel à son amie.

— Sûrement…, mentit Siane. On ne peut quand même pas nous laisser complètement seules pendant tant d'années ! Nous allons forcément avoir quelqu'un qui nous apportera à manger ou qui viendra s'assurer que nous n'avons besoin de rien…

— Tu as sans doute raison ! Ah la la, qu'est-ce que j'ai hâte de découvrir la dernière dimension, puis que tu me rejoignes ! La seule chose que j'espère, en revanche, c'est de ne pas me retrouver en tête à tête avec Lyona en t'attendant…

Toutes ces questions pratiques étaient peut-être l'unique point qui piquait la curiosité de Siane. Durant les trois années qu'elle venait de passer à Ërendor, six jeunes femmes étaient sorties de leur isolement au fur et à mesure du temps. Elles étaient revenues épuisées et les traits tirés, mais une immense fierté se lisait dans leur regard. Au lieu de la fine chaîne en argent qui avait soutenu leur perle quand elles étaient novices, elles arboraient désormais un bijou beaucoup plus travaillé, démontrant leur statut de Passeuses d'âmes confirmées. Si aucune d'entre elles n'avait partagé ce qu'elle avait vécu, elles avaient au contraire posé une multitude de questions sur ce qu'elles avaient manqué pendant leur absence. Découvrir que les portes d'Ërendor avaient été condamnées avait certainement été le plus gros choc de ce retour dans le domaine.

La troisième personne à émerger de la dernière dimension se prénommait Lilwenn et était une grande femme timide aux yeux en amande. Siane avait tout de suite apprécié sa discrétion teintée de douceur. Elles n'avaient pas besoin de beaucoup de mots pour se comprendre, et petit à petit, une amitié sincère et profonde s'était tissée entre elles. Lilwenn, malgré sa réserve apparente, dégageait une présence rassurante, comme une force tranquille cachée sous sa délicatesse.

Ce qui avait immédiatement frappé Siane, c'était le don remarquable de la jeune Passeuse d'âmes. Avec une modestie déconcertante, Lilwenn était capable de soulager n'importe quelle douleur en apposant simplement ses mains dessus. D'un geste souple, elle diminuait les migraines, les blessures, les brûlures, rendant ainsi un immense service à la communauté. Elle le faisait en toute discrétion, presque gênée d'avoir appris à développer de telles compétences. Siane admirait cette jeune femme de quelques années son aînée, elle-même étant persuadée de n'avoir absolument aucun don.

Des six Passeuses d'âmes nouvellement confirmées, c'était Lilwenn qui avait eu le plus de difficultés à se réadapter à la vie à Ërendor. C'était peut-être pour cette raison que Siane s'était attachée à elle, comprenant peut-être mieux que personne ce que cela impliquait d'être isolée du monde pendant aussi longtemps. Ne pas savoir ce qu'il se passait au-dehors était une torture pour l'esprit, qui ne pouvait que se perdre en diverses suppositions et imaginer tout un ensemble de scénarios improbables.

Lorsque Miriel fut prête, emportant avec elle un simple sac où elle avait rangé quelques affaires, les deux amies se dirigèrent vers la Salle du Recueillement où une petite cérémonie de départ avait été préparée. N'ayant pas encore eu son entretien avec Elysane, Siane n'aurait normalement jamais eu le droit de participer à ce départ, mais la Gardienne semblait tellement convaincue que la jeune femme allait rester qu'elle avait décidé de faire une exception pour que celle-ci puisse faire ses adieux à son amie.

La Salle du Recueillement, habituellement utilisée pour des méditations et des moments de réflexion, avait été transformée pour cette occasion particulière. Au centre de la pièce, une table recouverte d'un drap de soie pourpre portait une coupe en cristal remplie d'eau claire et de hautes bougies blanches qui avaient été disposées en cercle tout autour. Elysane, ainsi qu'une dizaine de Passeuses d'âmes, se tenait en silence dans un coin, attendant que Miriel s'imprègne de tout ce qui avait été préparé pour accompagner son départ. Celle-ci mit de longues minutes avant de hocher la tête pour indiquer qu'elle était prête, et Elysane lui accorda encore quelques instants avant de prendre la parole d'une voix solennelle.

— Miriel, cette cérémonie marque un moment important dans ton chemin pour devenir Passeuse d'âmes. Acceptes-tu de te dépouiller de tout ce que tu as toujours connu afin d'embrasser ce nouveau chapitre de ta vie ?

La jeune femme, visiblement émue, valida son choix d'un bref mouvement du menton. Ses yeux brillaient de larmes retenues, mais son expression était déterminée.

— Oui, Elysane. Je suis prête.

La Gardienne sourit légèrement, avant de faire un geste vers la coupe en cristal.

— Approche, je te prie. Plonge tes mains dans cette eau et laisse son énergie assainir ton esprit et ton corps avant ton départ. Qu'elle emporte avec elle toutes tes peurs et tes doutes afin que ton cœur soit pur dans la solitude qui t'attend.

Miriel s'avança et, d'un mouvement lent, exécuta la tâche qui lui était demandée. Ses doigts effleurèrent la surface du liquide transparent, tandis qu'elle récitait une petite prière en chuchotant. Lorsqu'elle eut retiré sa main, la jeune femme fronça les sourcils en découvrant les gouttelettes restées sur sa peau, comme si celles-ci lui rappelaient un souvenir désagréable. Siane, qui connaissait bien son amie, sentit qu'un grand trouble s'était emparé d'elle. Était-ce dû à l'inquiétude de ce qu'elle s'apprêtait à faire, ou bien Miriel cachait-elle un secret plus profond ?

— Ton temps est venu de rejoindre la dernière dimension, reprit Elysane, sans remarquer ce moment de flottement. Emporte avec toi notre amour et notre soutien pour affronter les épreuves que tu vas rencontrer sur ton chemin. Que la sagesse d'Ërendor t'accompagne sans jamais faillir afin que ta lumière puisse toujours briller dans l'obscurité qui t'entourera pendant sept ans.

Miriel s'inclina respectueusement devant la Gardienne, avant de s'approcher lentement de Siane. Les deux amies se prirent dans les bras une dernière fois, leurs larmes se mêlant dans une étreinte poignante. Siane aurait voulu hurler à sa tutrice de changer d'avis, que rien ne l'obligeait à s'infliger une telle souffrance, mais elle savait qu'aucune parole ne retiendrait jamais Miriel. La future Passeuse d'âmes, comme tant de femmes avant elle, ne voyait dans cette étape de vie que l'aboutissement de ses cinq années de formation.

Lorsque Miriel fut partie, escortée par Elysane vers la dernière dimension, Siane demeura un long moment à regarder le vide laissé par son absence. Elle savait qu'elle venait de perdre bien plus qu'une amie et cette pensée lui rappela cruellement les membres de sa famille qui avaient eux aussi disparu. Était-elle donc condamnée à ne jamais pouvoir garder auprès d'elle ceux qu'elle aimait profondément ? Tandis qu'elle essuyait une larme solitaire qui coulait lentement sur sa joue, Siane sentit une main réconfortante venir lui toucher l'épaule, avant de découvrir Lilwenn qui lui souriait d'un air engageant.

— Le temps passera plus vite que ce que tu t'imagines, tu verras. Sur le moment, tu vas trouver que c'est horriblement long, mais je t'assure que quand tu regarderas en arrière, tu t'apercevras que cela n'a duré qu'un instant. Miriel est désormais là où elle doit être, en train de marcher sur le chemin qui est déjà tracé pour elle. Un jour, ce sera ton tour, Siane, et alors tu comprendras que cet isolement est essentiel, car c'est grâce à lui que tu accepteras enfin qui tu es vraiment. Réfléchis bien avant ton entretien avec Elysane. Ne laisse pas les peurs te dicter ton destin, car contrairement à ce que tu penses, l'ombre est le meilleur chemin pour t'accompagner vers la lumière.

Lilwenn s'effaça, abandonnant derrière elle une Siane médusée. Comment la Passeuse d'âmes avait-elle pu prononcer de telles paroles, alors qu'elle ignorait tout de la décision prise par son amie ? Siane avait-elle laissé transparaître ses intentions sans y prêter attention ? Cette perspective la gêna profondément, car même s'il ne lui restait plus qu'une dizaine de jours à vivre à Ërendor, elle souhaitait qu'Elysane soit la première au courant. Il allait donc falloir redoubler de prudence désormais, et ce fut sur cette affirmation que Siane décida de rejoindre sa petite maison.

La chambre de la jeune femme était devenue, au fil des années, une pièce accueillante où chaque détail avait son importance. Siane s'était découvert une passion pour les fleurs sauvages, qui poussaient en toute allégresse dans la dimension du potager. Elle en ramassait régulièrement de pleines poignées afin de remplir les différents vases en cristal qu'Elysane lui avait prêtés, jouant avec les couleurs comme si elle composait des tableaux végétaux. Lors de ses moments libres, elle avait appris à coudre, ce qui lui avait permis de se fabriquer des coussins moelleux sur lesquels elle aimait s'affaler le soir venu, après une longue journée de travail. Elle avait également créé des bougies à partir de cire d'abeille, dans lesquelles elle avait glissé des huiles essentielles afin d'apporter une touche de parfum et de chaleur à l'ensemble de sa petite maison. Jamais elle ne s'était ennuyée au cours des trois dernières années, tant elle avait été avide de combler tout ce qu'elle n'avait pu s'amuser à créer pendant son adolescence.

Rassurée de se retrouver dans son cocon, Siane s'occupa pendant plusieurs heures afin de ne pas se laisser envahir par le chagrin du départ de Miriel. Elle sauta le repas du midi, puis celui du soir, mais cela n'avait en réalité aucune importance puisqu'elle aurait été incapable d'avaler quoi que ce soit, tant son estomac était noué par la tristesse. Lorsqu'elle s'aperçut que les derniers rayons du soleil embrasaient Ërendor d'une jolie teinte dorée, elle se glissa dans son lit et, sans même s'en rendre compte, elle s'endormit dès qu'elle ferma les yeux. La jeune femme rêvait tout le temps depuis qu'elle avait reçu sa perle, chacune de ses nuits étant peuplée de songes étranges, et ce moment ne fit pas exception. Comme souvent, elle vit son frère qui évoluait dans sa vie, sans savoir si ce qu'elle visualisait représentait la réalité ou une simple création de son imagination.

Ce jour-là, Draven se trouvait dans sa forge et était en train de marteler avec une force infaillible une pièce de métal incandescent. La sueur perlait sur son front avant de tomber, goutte après goutte, sur le tablier en cuir épais qu'il portait. Non loin de là, un feu rugissait dans son âtre, alimenté par le soufflet que manipulait avec acharnement un jeune apprenti en nage. Siane, bien qu'elle ne se trouvât pas réellement dans la pièce, en saisissait chaque détail avec une précision étonnante. Elle sentait la chaleur de la forge, l'odeur du charbon brûlant et la concentration qui se dégageait de chacun des pores du corps de son frère. La scène était aussi vivante que si elle y assistait pour de vrai, alors qu'elle savait pertinemment qu'elle était en train de dormir dans son lit à Ërendor.

Après quelques derniers coups acharnés, Draven sembla satisfait de son travail et entreprit de tout ranger alors que la nuit était sur le point de tomber. Siane le regarda replacer les outils sur son établi, enlever son tablier en cuir, s'éponger le front avec un chiffon imbibé d'eau et se préparer pour sortir. Elle le suivit jusque chez lui, dans cette petite maison charmante qui ressemblait tant à celle de leurs parents et qui portait l'odeur de son frère qu'elle adorait sentir quand elle était enfant. Épuisé par sa journée, Draven se mit au lit immédiatement sans même prendre le temps de dîner. Il semblait soucieux et le froncement de sourcils qui marqua son visage jusqu'à son endormissement n'échappa pas à sa sœur jumelle. Siane étudia un long moment les traits familiers lui rappelant les siens, ébahie d'être capable de percevoir chacun des plus infimes détails de son rêve, à l'image de la respiration sifflante de Draven qui ne tarda pas à se faire entendre.

Alors que la jeune femme s'apprêtait à réintégrer son propre lit à Ërendor, le bruit d'une course hâtive la retint dans son mouvement. Elle connaissait cette scène pour l'avoir déjà vue dans ses songes trois ans plus tôt et c'est donc sans surprise qu'elle vit débarquer dans la chambre un homme armé jusqu'aux dents.

— Debout, Draven, c'est maintenant !

— Quoi… ? Mais ça devait être demain ! s'exclama celui-ci, les traits encore tirés par le sommeil.

— Je sais, mais les plans viennent de changer. Allez, prépare-toi !

Sous les yeux atterrés de Siane, l'histoire du tout premier rêve qu'elle avait fait à son arrivée à Ërendor se répéta dans une scène tragiquement familière. Elle vit son frère se hâter pour s'habiller, tandis que son compagnon l'attendait. Elle entendit leur discussion et la haine qu'ils nourrissaient envers les Passeuses d'âmes, et c'est avec une infinie tristesse qu'elle vit de nouveau son frère cracher à ses pieds.

— Pourquoi, Draven…, geignit Siane, après avoir reçu une violente onde de colère en plein visage.

Mais ces mots restèrent vains, les combattants ayant déjà disparu en direction du Temple d'Émeraude, afin de retrouver tous ceux qui participeraient au coup d'État. Que faire, désormais ? Siane sentait que son esprit était inexorablement rappelé pour réintégrer son corps à Ërendor, prêt à se réveiller en sursaut à plusieurs kilomètres de là. Cependant, elle ne parvenait pas à se résoudre à quitter Draven ainsi, sans connaître le rôle qu'il allait jouer dans les prochaines heures contre Roderick. Luttant âprement contre le souffle qui l'aspirait, la jeune femme prit une profonde inspiration, déterminée à ne pas laisser cette vision devenir réalité. Elle devait comprendre ce qu'il se passait, en obligeant son esprit à aller bien plus loin que ce qu'il avait découvert lors du premier songe.

Sans réfléchir, Siane s'élança à travers la porte de la petite maison, avant de repérer au loin son frère et son compagnon. Elle les suivit en survolant le sol jusqu'au Temple d'Émeraude, où une foule compacte attendait déjà en silence. Les contours de la scène devenaient de plus en plus flous et la jeune femme dut plisser les yeux pour tenter de distinguer les détails qui lui étaient cachés. Elle estima qu'il devait y avoir une cinquantaine de personnes environ, majoritairement des soldats chargés de lourdes épées et sans une once de peur dans le regard. Parmi eux, un homme âgé semblait être le chef, donnant des ordres brefs d'une voix ferme. Tout dans son attitude transpirait le complot, et sa façon de se pencher vers Draven pour lui faire des confidences laissait supposer qu'il avait une position assez importante dans la bande.

— Pourquoi les plans ont-ils changé, Arthos ? demanda le frère de Siane à son supérieur. Nous ne sommes pas prêts pour mener le coup d'État ce soir… Tant de choses devaient encore être préparées demain !

— Parce qu'un des proches de Roderick a eu vent de notre organisation et que nous ne pouvons prendre le risque de laisser du temps au roi pour qu'il prépare une contre-attaque.

— Mais…

— C'est moi qui commande ici, tâche de ne pas l'oublier. Quand je serai sur le trône, j'attends de toi une obéissance sans faille si tu veux rester à mes côtés. Il n'y a que trois conseillers qui dirigeront Silverdale avec moi et pour l'instant tu en fais partie… Assure-toi simplement que je ne change pas de décision.

Draven s'inclina pour montrer son assentiment, mais

au regard de haine qu'il lança à son chef lorsque celui-ci se fut retourné, Siane comprit que son frère refusait en bloc de se soumettre à cet homme. Alors qu'elle s'approchait du groupe pour entendre d'autres confidences, la jeune femme sentit brusquement une main lui secouer l'épaule, là-bas, à Ërendor. Aussitôt son esprit fut rapatrié dans son corps, sans lui laisser la moindre chance de s'y opposer. Elle se réveilla en sursaut, les yeux grands ouverts de stupéfaction, avant de réaliser qu'elle était déjà assise dans son lit. Elysane la regardait avec une expression indéfinissable, chacun de ses traits étant complètement bouleversé.

— Tu dois te lever, Siane… Il se passe des choses terribles à Silverdale.

— Ça a un rapport avec le coup d'État, n'est-ce pas ?

— Comment… Comment le sais-tu ?

— Parce que je l'ai vu pendant mon sommeil. Il y avait mon frère Draven et une cinquantaine d'autres hommes prêts à s'attaquer à Roderick. Ils se sont rejoints au Temple d'Émeraude, avant de partir vers le palais.

— Es-tu sûre que c'était un rêve ?

Siane réfléchit quelques instants, ne comprenant tout d'abord pas l'insinuation de la Gardienne. Bien sûr que c'était un rêve, puisque son esprit s'était échappé de son corps pendant qu'elle dormait ! Pourtant, petit à petit, une autre explication prit forme en elle. Se pouvait-il qu'elle ait vu la réalité exactement comme elle était en train de se dérouler à Silverdale ? Draven pouvait-il se trouver en ce moment même au Temple d'Émeraude, lançant un regard noir à son supérieur ? Plus Siane y réfléchissait, plus elle réalisait qu'il ne pouvait en être autrement. Si la première fois elle avait rêvé du futur, elle comprit que cette fois-ci elle avait visualisé le présent.

CHAPITRE 17

La nuit était déjà profonde au-dehors et ce fut donc éclairées par une petite bougie qu'Elysane et Siane traversèrent le village afin de rejoindre la maison de la Gardienne. Durant le court trajet, la jeune femme se demanda comment elle avait pu rêver des événements se déroulant à Silverdale et surtout, pourquoi Elysane était venue la réveiller pour la tenir informée. De toutes les Passeuses d'âmes résidant à Ërendor, elle était la moins expérimentée, bien loin du niveau de connaissances de Grilda ou de toutes celles qui lui transmettaient leur savoir. Cela n'avait donc aucun sens que Siane prenne part à un moment aussi crucial, mais au vu de la détermination que la Gardienne affichait, il semblait que celle-ci ne l'entendait pas du tout de la même façon.

À peine furent-elles arrivées dans la maison qu'Elysane se précipita en direction de la géode trônant dans un coin de sa chambre. Elle en effleura la surface de ses doigts fins et, aussitôt, la pièce se remplit d'une légère vibration. Siane observa, fascinée, les cristaux irradiant progressivement une lueur argentée, comme s'ils étaient aussi vivants qu'elle. Au cœur de cette lumière, une silhouette commença à se former, d'abord floue et indistincte, puis de plus en plus nette. Bientôt, un homme apparut, comme s'il émergeait des profondeurs du minéral. Siane reconnut immédiatement Thaddeus, qui devait lui-même se trouver dans son bureau, face à sa propre géode. Elysane lui expliqua en quelques mots le rêve de Siane, avant de se décaler afin que cette dernière puisse discuter avec le Veilleur de l'Ombre.

— Bonsoir ma chère enfant, déclara-t-il simplement. Je suis heureux de te revoir, après tout ce temps ! Comment vas-tu ?

La jeune femme cligna des yeux, essayant tant bien que mal d'assimiler ce qu'elle voyait. Comment était-il possible d'échanger ainsi avec Thaddeus, alors même qu'il se trouvait à plusieurs kilomètres de là ? La géode était-elle un moyen de communication entre Silverdale et Ërendor, transcendant les limites physiques entre les deux lieux ? Perdue dans sa contemplation, Siane mit quelques instants à répondre, ne sachant même plus ce que le Gardien lui avait demandé.

— Je… Je suis heureuse de vous voir moi aussi, balbutia-t-elle à tout hasard. Que se passe-t-il exactement ? Le coup d'État a-t-il commencé ?

Siane réalisa aussitôt que sa question était un peu abrupte, mais il était trop tard pour revenir sur ses mots. Elle était tellement préoccupée par la situation, sans compter le danger auquel Draven s'exposait, qu'elle avait complètement oublié de prendre des nouvelles de

Thaddeus. Celui-ci ne lui en tint pas rigueur, comprenant bien qu'ils ne pouvaient échanger des formules de politesse à un moment aussi critique de leur existence.

— Oui, ma petite, le coup d'État est sur le point de commencer. On vient de me réveiller pour m'annoncer qu'un rassemblement a lieu en ce moment même au Temple d'Émeraude et je pense que l'attaque du palais ne devrait plus trop tarder. Peut-être ne t'en es-tu pas rendu compte, mais grâce à toi, cela fait trois ans qu'Elysane et moi-même nous préparons à cette éventualité.

— Je ne comprends pas, s'étonna Siane. Qu'est-ce que j'ai à voir avec tout ça ?

— Grâce au rêve prémonitoire que tu as fait juste après ton arrivée à Ërendor, tu nous as prévenus de ce qui se tramait dans l'ombre. Nous avons pu apprendre que le coup d'État est dirigé par Arthos, un homme qui a toujours respecté les Passeuses d'âmes. S'il parvient à renverser Roderick et à monter sur le trône ce soir, notre communauté pourra enfin sortir de son isolement. Te rends-tu compte de la chance que cela représente pour Ërendor ?

— Ça serait formidable, répondit Siane, mais j'ai un doute, tout de même… Draven semble complètement opposé à nous et j'ai cru comprendre qu'il serait conseiller de ce fameux Arthos si le coup d'État aboutissait réellement. Êtes-vous certain de ce que vous avancez ?

— Oui, absolument. J'ai vraiment des informations très précises sur ce groupe et je peux t'assurer que notre ville aura tout à y gagner si le gouvernement actuel est remplacé par celui d'Arthos et de ses hommes. Contrairement à ce que tu t'imagines peut-être, le devenir des Passeuses d'âmes n'est pas un sujet essentiel à leurs yeux, loin de là. Ce qui est attendu en priorité, c'est de supprimer toutes les lois établies par Roderick pour restreindre la liberté du peuple. Sur ce point, Draven et son chef sont complètement en accord. Le sort de notre communauté, qui les divise pour l'instant, ne les préoccupera pas avant un bon moment. Cela nous laisse donc une chance inouïe de réintégrer Silverdale en toute sécurité.

— Ainsi, nous devons attendre de voir comment les événements vont évoluer cette nuit pour décider si nous pouvons sortir du domaine ?

— Non, pas exactement… En réalité, nous allons prendre part au coup d'État afin de mettre toutes les chances de notre côté pour défendre la cause d'Ërendor.

Siane écarquilla les yeux, éberluée. Prendre part au coup d'État ? Qui donc ? Thaddeus, handicapé par sa jambe de bois ? Elysane, qui n'était plus toute jeune ? Les Passeuses d'âmes, sans aucune expérience de combat ? Elle-même, qui n'avait rien à voir avec toute cette histoire ? Décelant son trouble, l'image de Thaddeus s'avança légèrement dans la géode, comme s'il voulait se montrer rassurant.

— Je peux te garantir que nous n'allons pas nous battre physiquement, si c'est ça qui te préoccupe. Mais nous ne pouvons pas non plus rester les bras croisés sans rien faire, au risque de laisser passer notre seule chance. Jórga et moi-même allons tout de suite rejoindre les combattants afin de voir comment nous pouvons les aider. Elysane va quant à elle t'expliquer le rôle qu'elle va jouer et pour lequel tu vas l'accompagner.

— Mais…

— Le temps passe, mon enfant, je vais devoir te laisser. Nous nous retrouverons à un moment ou à un autre cette nuit, ne t'inquiète pas. D'ici là, je te demande d'accomplir tout ce qu'Elysane va exiger de toi sans poser de question. Tant de pauvres innocents vont mourir dans ces prochaines heures, c'est le rôle de la représentante des Passeuses d'âmes de s'assurer que ces départs se feront dans les meilleures conditions. Je compte sur toi pour l'accompagner sans faillir, c'est important.

L'image de Thaddeus s'effaça aussi brusquement qu'elle était apparue, laissant Siane seule avec Elysane. La Gardienne accorda quelques instants à la jeune femme pour qu'elle puisse assimiler tout ce qu'elle venait d'apprendre, avant de la ramener bien vite à la réalité tant le temps pressait.

— Tu as cinq minutes pour te préparer, après quoi nous emprunterons le passage secret pour rejoindre Silverdale. Nous devons nous rendre au plus vite au palais, car les hommes vont avoir besoin de moi ce soir.

— Je… Je ne peux pas y aller, Elysane ! Je ne comprends pas pourquoi c'est à moi de vous accompagner, alors que je suis encore une Passeuse d'âmes novice ! Emmenez Lilwenn, par exemple… Elle est bien plus expérimentée que moi et…

— Tu n'as pas envie de revoir Draven ? la coupa Elysane.

— Je…

Siane ne put achever sa phrase tant tout se mélangeait dans sa tête. Alors qu'elle dormait une dizaine de minutes auparavant, on lui offrait désormais la possibilité de participer à un coup d'État, qui lui permettrait tout à la fois de défendre sa communauté et de revoir son frère. Pourquoi ces événements se déroulaient-ils précisément à ce moment-là, alors qu'elle avait prévu de quitter Ërendor quelques jours plus tard dans des conditions beaucoup plus sereines ?

— Je ne peux me lancer seule dans la mission dont Thaddeus t'a parlé, expliqua Elysane. Si je t'ai choisie, c'est parce que tu as une connexion bien particulière avec ce qui se déroule ce soir, puisque tu l'as visualisé déjà deux fois dans tes rêves. Cela ne peut être une coïncidence, Siane. Va te préparer au plus vite et hâtons-nous de rejoindre Silverdale.

— Et que vont faire les autres Passeuses d'âmes cette nuit ?

— Rien, à part dormir sans imaginer un seul instant les risques que nous allons prendre. Je ne te cache pas que ce que nous nous apprêtons à accomplir est dangereux.

— Alors pourquoi le faisons-nous ?

— Parce que, grâce à toi, cela fait trois ans que je me prépare à vivre ce moment. Je suis prête à me battre pour notre communauté, au péril de ma vie. Mais je ne peux me lancer seule dans cette aventure et je suis persuadée que tu es la meilleure pour me servir de soutien.

Ces mots finirent de convaincre Siane qu'elle n'avait pas d'autre choix que d'accompagner Elysane. Si elle ne savait pas encore précisément ce qu'on attendait d'elle, la jeune femme comprenait qu'elle avait une grande part de responsabilité dans la participation de la Gardienne à ce coup d'État, et qu'elle ne pouvait de ce fait ignorer l'aide qu'on venait de lui demander. La perspective de revoir Draven le soir même fit battre son cœur de manière incontrôlable. Comment celui-ci allait-il réagir en retrouvant sa sœur jumelle ? Se jetterait-il dans ses bras ? Pleureraient-ils ensemble, se promettant de ne jamais plus se quitter ?

Fortement émue, Siane se dirigea vers sa maison pour récupérer un châle et un petit quelque chose à manger, qu'elle s'empressa d'engloutir pour ne pas perdre de temps. Au dernier moment, mue par un besoin de sécurité, elle attrapa le ruban bleu de Seraphina, qu'elle glissa dans une de ses poches. Au vu de ce qui était attendu d'elle, elle allait certainement avoir besoin de tout le soutien invisible de sa mère, qui veillait sans aucun doute sur elle depuis le lieu où elle se trouvait... Lorsque la jeune femme rejoignit Elysane vers les portes d'Ërendor, celle-ci l'attendait déjà en portant un sac qui semblait relativement lourd. Siane interrogea la Gardienne du regard, se demandant si cela valait la peine de tant s'encombrer pour un événement qui se déroulerait certainement dans l'urgence.

— Une Passeuse d'âmes ne peut accomplir sa mission sans utiliser certains de ses minéraux, se justifia Elysane. Mon sac ne sera pas un obstacle à notre déplacement, ne t'inquiète pas. De toute façon, ce n'est pas nous qui serons au cœur de la bataille, bien au contraire. Notre rôle va plutôt se jouer dans l'ombre, là où personne ne souhaite s'attarder.

Siane hocha la tête, même si elle n'avait pas réellement compris cette histoire de minéraux et d'ombre. Mais, au final, était-ce vraiment important de tout maîtriser dans cette aventure qui s'offrait à elle ? Ne pouvait-elle pas tout simplement avoir une confiance absolue en Elysane ? La jeune femme savait qu'on attendait d'elle une obéissance sans faille, et c'est avec cette nouvelle énergie qu'elle prit place aux côtés de la Gardienne, tandis que celle-ci se positionnait à un mètre de l'arche naturelle formée par les deux arbres centenaires.

Après un bref moment de concentration, Elysane se mit à réciter une longue litanie à peine audible, ce qui incita Siane à se pencher discrètement dans sa direction afin de parvenir à en saisir quelques bribes. Comme elle s'en doutait, l'incantation que prononça la Gardienne n'était pas celle qu'elle avait obtenue le jour où elle avait reçu sa perle. La langue était différente, les intonations également, comme si ces mots ne pouvaient être connus par le commun des mortels. Un frisson d'excitation traversa le corps de Siane, qui prenait conscience petit à petit qu'elle assistait à une scène qu'aucune Passeuse d'âmes n'avait eu la chance de vivre : la réouverture des portes d'Ërendor après une longue période de condamnation.

Contrairement à d'habitude, ce ne furent pas des paillettes argentées qui apparurent entre les deux arbres, mais un voile blanc, légèrement transparent, qui s'agitait au rythme du vent et semblait vibrer avec une énergie propre. Siane, qui s'était attendue à découvrir un spectacle féerique, en fut presque déçue. Comment était-il possible que ce simple morceau de tissu puisse représenter la limite physique entre Ërendor et le reste du monde ? Alors qu'elle se demandait s'il n'y avait pas eu une erreur dans l'incantation prononcée par Elysane, elle s'aperçut qu'une vive émotion s'était au contraire emparée de la Gardienne. Des larmes coulaient sur son visage sévère, tandis que le voile continuait à se mouvoir selon la direction empruntée par le vent.

— C'est magnifique, n'est-ce pas ? s'extasia Elysane, sans parvenir à quitter la scène des yeux.

— Eh bien…

— Tu as face à toi le seul souvenir qui nous reste de Séléné, un morceau de la longue robe qu'elle portait le jour de son union avec le dieu du Soleil. Ce voile est bien plus symbolique qu'il n'y paraît de premier abord, car il marque la limite entre le monde terrestre et l'Entrelacement que Séléné a créé avant de l'offrir à notre communauté.

À ces mots, Siane comprit son erreur et entreprit d'examiner le tissu aérien avec un nouveau regard. Était-ce possible qu'il ait réellement appartenu à la déesse de la Lune elle-même ? Il est vrai que si on prenait le temps de l'étudier plus en détail, on pouvait discerner des motifs délicats brodés dans le tissu, des formes célestes si subtiles qu'elles étaient quasiment invisibles à l'œil nu.

— Lorsque nous franchirons ce voile, reprit Elysane, nous allons nous retrouver face à un embranchement au milieu des arbres. Les Passeuses d'âmes prennent toujours le chemin de droite, celui qui sort directement dans la forêt et qui nous permet de rejoindre Silverdale à pied. Nous n'avons malheureusement pas de temps à perdre et c'est pour cette raison que nous devrons tourner à gauche, afin de nous rendre dans la maison de Thaddeus.

— Entendu, répondit Siane. De toute façon, c'est plus facile, non ?

— Bien sûr, mais j'avoue que je me méfie de ce passage, désormais. D'après Thaddeus, sa maison est surveillée depuis qu'il est sorti de prison.

— Sorti de prison ?

— Je ne t'en ai jamais parlé, mais tous ceux qui se sont opposés au roi après l'incendie du Temple d'Émeraude ont été enfermés pendant plusieurs mois. Heureusement, Thaddeus a de nombreuses connexions au sein du gouvernement et il a été libéré assez rapidement, avant de reprendre sa position de Veilleur à Silverdale. Nous avons communiqué à travers nos géodes respectives ces trois dernières années et c'est ainsi que j'ai appris qu'il avait été placé sous haute surveillance.

— Mais si c'est le cas, n'est-ce pas dangereux pour lui de sortir de chez lui en pleine nuit pour aller rejoindre le coup d'État ? Ne va-t-il pas donner l'alerte sans le vouloir ?

— Il en a conscience, bien évidemment, mais c'est un plan que nous avons préparé de longue date et pour lequel nous avons réfléchi à toutes les éventualités. Je pense que ceux qui surveillent Thaddeus seront les premières victimes dont nous aurons à nous occuper ce soir…

C'est sur ces paroles mystérieuses qu'Elysane s'avança en direction du voile, avant de l'attraper d'une main fébrile pour le soulever.

— Passe la première, Siane. Je vais rester un peu en arrière pour condamner de nouveau l'accès au domaine. Attends-moi dans le bureau de Thaddeus, je n'en aurai pas pour longtemps.

— D'accord, mais… est-ce bien raisonnable de

refermer les portes derrière nous ? Que se passera-t-il s'il vous arrive quelque chose ?

— Il est vrai que seules les Gardiennes connaissent l'incantation, mais Grilda a toutes les instructions pour la retrouver en cas d'extrême urgence. Elle sait également comment communiquer avec Thaddeus à travers la géode, donc il n'y a aucun risque pour les Passeuses d'âmes. En revanche…

— En revanche ? répéta Siane, en ayant peur d'avoir compris les insinuations d'Elysane.

— S'il m'arrive quoi que ce soit, le voile d'Ërendor n'apparaîtra pas pour toi et tu seras coincée en dehors de notre domaine pour une durée indéterminée. Si c'est le cas, cache-toi aussi longtemps que possible, avant de reprendre une vie normale. Tu as toutes les compétences pour devenir guérisseuse, engage-toi donc dans cette voie si besoin en attendant de pouvoir réintégrer notre communauté.

Si Siane n'avait pas vraiment peur du danger qui les attendait à Silverdale, la perspective de se retrouver piégée en dehors du domaine la déstabilisa légèrement. Instinctivement, elle porta sa main à son front, là où se trouvait sa perle de Passeuse d'âmes.

— Par Séléné ! s'écria Elysane en la voyant faire ce geste. J'ai bien failli oublier le plus important !

Relâchant avec précipitation le voile, la Gardienne entreprit de fouiller dans son sac, avant d'en extraire deux robes beiges d'apparence complètement banale.

— Enfile ça par-dessus ta robe et donne-moi ta perle pour que je la cache. La situation est déjà suffisamment compliquée comme ça, ça ne sert à rien de prendre le risque d'être tout de suite démasquées.

Sans réfléchir, Siane se conforma aux instructions de la Gardienne en glissant la robe beige par-dessus ses vêtements. Cette tenue était simple, sans ornement, conçue pour passer inaperçue parmi les habitants de Silverdale. Elysane l'imita à son tour, faisant disparaître ses riches habits habituels sous le coton rêche de son déguisement. Siane se demanda un instant s'il n'aurait pas fallu se séparer de leurs robes de Passeuses d'âmes avant d'enfiler ces nouvelles tenues, mais elle n'osa pas poser la question de peur de faire perdre inutilement du temps. Si la Gardienne avait fait ce choix, c'était qu'il y avait forcément une bonne raison à cela. Qui sait, peut-être que les deux femmes auraient besoin de réintégrer rapidement leurs véritables identités lorsque le nouveau roi serait monté sur le trône ?

Contrairement à la facilité avec laquelle elle avait accepté de se déguiser, enlever sa perle fut une tout autre épreuve pour Siane. Elle hésita jusqu'au dernier moment, repoussant l'idée de se séparer de cet objet sacré qui ne l'avait pas quittée depuis trois ans. Elle finit par s'y résoudre à contrecœur et posa son bijou de front dans la main qu'Elysane lui tendait. La Gardienne manipula la perle avec une délicatesse infinie, consciente de l'importance que revêtait ce symbole pour sa propriétaire, avant d'ôter sans une once d'hésitation celle qui ornait son propre front. Elle sortit alors une petite pochette en cuir de son sac et y glissa les deux perles, avant de les cacher soigneusement dans un repli de sa robe. Siane sentit un frisson parcourir son dos en découvrant cette cachette improvisée, se demandant si elle pouvait réellement lui faire confiance pour protéger ces deux trésors à la valeur inestimable.

— Il est temps de rejoindre Silverdale, annonça Elysane en balayant ses doutes. N'oublie pas, Siane, emprunte le chemin de gauche à l'embranchement et attends-moi dans le bureau de Thaddeus. Je vais faire aussi vite que possible pour condamner de nouveau l'accès à Ërendor.

Siane acquiesça, le cœur battant à tout rompre. Elle avait hâte de découvrir ce qui l'attendait, hâte de retrouver sa ville et hâte de voir la réaction de Draven lorsqu'il la reconnaîtrait. La jeune femme n'était en réalité pas prête, mais elle n'en avait aucune conscience. Si elle avait eu connaissance de la tragédie à laquelle elle assisterait ce soir-là, aurait-elle soulevé avec autant d'intrépidité le voile blanc de Séléné pour rejoindre Silverdale ?

CHAPITRE 18

Le bureau de Thaddeus était tel qu'il était resté dans la mémoire de Siane : sombre et débordant de cristaux. Ce que la jeune femme n'avait toutefois pas remarqué lorsqu'elle y avait discuté avec le Veilleur, c'était la porte soigneusement dissimulée dans la bibliothèque croulant sous les livres anciens. Lorsqu'elle avait traversé le voile pour sortir d'Ërendor, Siane s'était retrouvée devant un embranchement au milieu des arbres et avait suivi les instructions d'Elysane en empruntant le chemin de gauche. Après quelques dizaines de mètres de marche, elle avait découvert une porte suspendue dans les airs, qui n'était autre que celle cachée dans la bibliothèque de Thaddeus. Était-ce donc si simple de rejoindre Silverdale ? La jeune femme avait eu du mal à imaginer qu'elle était restée enfermée pendant trois ans alors que l'accès à sa ville d'origine était si proche.

N'osant toucher à rien, Siane attendit dans la pièce plongée dans le noir qu'Elysane ait terminé. Comme promis, celle-ci arriva assez rapidement, portant toujours sur son épaule le sac lourd contenant ses minéraux.

— Par où commençons-nous ? demanda Siane.

— Nous allons nous rendre dans le Temple d'Émeraude, en espérant que nous arriverons à temps pour rejoindre les combattants. J'en profiterai pour aller voir la Salle du Dernier Repos, même si j'ai peur de ce que je vais y découvrir après tout ce temps…

Siane déglutit avec beaucoup de peine tant la perspective de revenir dans son ancien quartier lui comprimait la gorge. Même si elle comprenait le choix d'Elysane, le simple fait de penser qu'elle allait se trouver non loin de la taverne de Ravenna faisait remonter des souvenirs qu'elle aurait préféré garder enfouis. Allait-elle croiser quelqu'un qu'elle connaissait ? Cette idée était si terrible que Siane mit quelques instants à réaliser que peu de gens prenaient en réalité le risque de s'aventurer en pleine nuit dans les ruelles malfamées entourant le Temple d'Émeraude. Au contraire, c'était peut-être le meilleur moment pour y retourner afin de constater de ses propres yeux comment le quartier avait évolué pendant ses trois ans d'absence. Mais… était-elle réellement prête à se replonger dans ce pan de sa vie qui l'avait marquée à jamais ?

Ignorant totalement les peurs de la jeune femme, Elysane se dirigea vers la porte du bureau, avant de l'ouvrir le plus discrètement possible. Thaddeus avait certainement toujours des serviteurs qui travaillaient pour lui et elle ne pouvait prendre le risque de les réveiller, ce qui donnerait immédiatement l'alerte. Les deux Passeuses d'âmes avancèrent à tâtons dans les couloirs afin de retrouver la porte d'entrée de la maison. Celle-ci n'était pas fermée à clef et c'est donc assez facilement qu'elles atterrirent dehors, face à la longue allée permettant de rejoindre le portail en fer forgé. À peine eurent-elles fait quelques mètres dans la pénombre de la nuit qu'Elysane s'arrêta brusquement, le nez en l'air.

— Là-bas, sur la gauche, souffla-t-elle à sa compagne. Allons-y…

Si elle ne voyait pas du tout ce qui avait pu alerter à ce point la Gardienne, Siane la suivit toutefois en silence à travers les nombreux arbustes qui décoraient le jardin. Ce n'est que lorsqu'elle fut suffisamment près qu'elle comprit enfin pourquoi Elysane avait changé de direction. La vision qu'elle découvrit alors la glaça immédiatement : à quelques mètres d'elles, des corps aux formes indistinctes jonchaient le sol dans une mare de sang. Deux des hommes présents étaient déjà morts, mais le troisième gémissait en se tordant de douleur. Siane se figea sur place, incapable d'avancer, contrairement à Elysane, qui s'était précipitée pour poser sa main sur le front du mourant. En quelques secondes, elle sonda son âme pour découvrir sa véritable identité et le destin qui l'attendait.

— C'est trop tard pour lui, malheureusement…, annonça-t-elle d'une voix triste. Je ne peux plus que le guider vers la paix de l'au-delà.

Les yeux fermés, la Gardienne murmura quelques paroles inaudibles que Siane reconnut pour être une prière. Comment Elysane pouvait-elle rester indifférente à la scène qu'elle vivait, alors que la jeune femme devait respirer profondément pour atténuer ses nausées ? Était-ce cela, le rôle des Passeuses d'âmes ? Voir des hommes mourir sous leurs yeux sans s'en émouvoir ?

Lorsque l'homme expira dans un dernier souffle, la Gardienne se leva et fit signe à Siane de la suivre en silence. La jeune femme, encore sous le choc, prit une courte inspiration et lui emboîta le pas en vacillant. Les deux Passeuses d'âmes continuèrent leur progression à travers le jardin, s'efforçant de rester aussi discrètes que possible afin de ne pas se faire repérer. Siane ne put s'empêcher de jeter des regards inquiets autour d'elle, craignant à chaque instant de tomber sur d'autres scènes aussi macabres que celle qu'elle venait de croiser.

Lorsqu'elles atteignirent enfin le portail, Elysane s'arrêta brusquement, avant de se tourner vers sa compagne.

— Nous devons nous dépêcher de traverser la ville maintenant. Le Temple d'Émeraude n'est pas très loin, mais il nous faut rester vigilantes. Le danger peut surgir à tout moment.

— Qui… Qui étaient ces hommes ? balbutia Siane.

— Des soldats de Roderick en charge de surveiller Thaddeus, je suppose. Grâce à toi, nous avions pu nous préparer afin de ne pas tomber dans leur embuscade le jour où nous aurions à nous échapper rapidement de la maison. C'est malheureux pour eux, mais nous ne pouvions pas faire autrement.

Ces mots, prononcés d'une voix neutre par la Gardienne, eurent l'effet d'un électrochoc pour Siane. Non, son rêve prémonitoire n'avait pas pu envoyer des hommes à la mort, même s'ils étaient des ennemis au service d'un tyran… La jeune femme rejeta cette idée en bloc, se demandant comment on avait pu se servir de ses paroles innocentes pour élaborer tout un plan.

— Cesse de réfléchir et accepte la situation telle qu'elle est, ordonna sèchement Elysane. En tant que Passeuse d'âmes, tu en verras bien d'autres, crois-moi. Allez, suis-moi, chaque minute compte désormais…

Siane s'élança à la suite de la Gardienne, mais elle sentait que quelque chose s'était brisé en elle. Tout ce qui l'attendait, le Temple d'Émeraude et Roderick, le coup d'État et la mort, lui firent tout à coup tellement peur qu'elle se demanda comment elle pouvait continuer à mettre un pied devant l'autre. Elysane, s'orientant sans peine vers leur objectif, ne lui laissa pas vraiment la possibilité de la réflexion. La Gardienne avançait toujours plus vite, abandonnant derrière elle le quartier riche de Thaddeus, puis de nombreuses autres rues aux maisons colorées.

Entraînée malgré elle dans une course effrénée, Siane ne reconnut pas tout de suite les alentours du Temple d'Émeraude et c'est donc au dernier moment, dans une ruelle aux contours familiers, qu'elle se figea sur place, pétrifiée. Le cœur battant à tout rompre, elle détailla la devanture d'une boutique qui se trouvait à une centaine de mètres de chez Ravenna. À cette vision, tout son passé, tous ses souvenirs, toutes les heures consacrées à l'élaboration de ses plans d'évasion, lui revinrent brusquement en mémoire. C'était juste à côté d'ici qu'elle avait servi des repas pendant des années, sous le regard impitoyable de la tenancière et de ses deux intendantes.

Elysane était elle aussi perturbée de revoir Silverdale,

qui n'avait pas réellement changé en trois ans. Le quartier du Temple d'Émeraude était toujours aussi sale, avec ses devantures cassées et ses rues pavées jonchées de détritus. Au vu de la mauvaise fréquentation habituelle, c'était presque un miracle que personne ne traîne dans les alentours à ce moment-là, permettant aux deux Passeuses d'âmes de reprendre leurs esprits après leur course folle. Tout en jetant un regard inquiet en direction de Siane, la Gardienne vint lui poser la main sur l'épaule dans un geste de réconfort.

— Ça va aller…, murmura-t-elle. Ne te laisse pas happer par les fantômes du passé, cela ne t'apportera rien de bon. Nous sommes presque arrivées au Temple, dépêchons-nous maintenant.

Repoussant tous les souvenirs douloureux qui s'entrechoquaient dans son esprit, Siane hocha faiblement la tête. Elle qui avait toujours rêvé d'aventures, qui croyait être intrépide et courageuse, se retrouvait tout à coup projetée face à ses propres limites, faites de peurs et de doutes. Il avait suffi pour cela de sortir du cocon protecteur d'Ërendor et de se confronter à la réalité crue, telle qu'elle était vraiment. Que c'était difficile pour la jeune femme de se rendre compte que son unique désir en cet instant même était de se pelotonner dans son lit, loin des tumultes imposés par la vie !

Il ne fallut que quelques minutes aux deux Passeuses d'âmes pour parvenir au Temple d'Émeraude, où seul le silence de la nuit les accueillit. Les combattants étaient déjà partis en direction du palais, certainement accompagnés par Thaddeus et Jórga. Elysane soupira en comprenant qu'elles étaient arrivées trop tard, mais son agacement ne réussit pas à arracher Siane de la contemplation du temple. Rien n'avait changé sur cette place centrale depuis l'incendie qui avait ravagé le bâtiment, la veille de ses dix-huit ans. Les ruines calcinées gardaient encore les stigmates du feu destructeur, leur silhouette sombre et décharnée se détachant sous la lumière lunaire. Malgré les années, des morceaux de verre brisé jonchaient toujours le sol, étincelant faiblement parmi les gravats noircis par les cendres. On aurait dit que Roderick, heureux de voir le symbole des Passeuses d'âmes terrassé, avait refusé d'engager le moindre effort dans la reconstruction du Temple. Cela avait dû être un signe fort pour les habitants de Silverdale, qui avaient alors été obligés de choisir leur camp.

Siane sentit son cœur se serrer en voyant ce spectacle de désolation. Elle jeta un regard à Elysane, mais celle-ci ne semblait pas du tout partager son désarroi. La seule préoccupation de la Gardienne était de retrouver au plus vite la trappe qui permettait autrefois de se rendre dans la Salle du Dernier Repos. Elle mit quelques instants à la repérer en raison des pierres qui y avaient été déposées pour en bloquer l'accès. Avec effort, les deux femmes réussirent à dégager la trappe avant de l'ouvrir, révélant une échelle en fer rouillée par le temps.

— C'est par là qu'il faut descendre, annonça Elysane. Nous n'avons pas beaucoup de temps, mais je ne peux laisser passer cette opportunité d'aller voir dans quel état se trouve la Salle du Dernier Repos. Et puis, j'ai quelque chose à récupérer, que Thaddeus avait oublié de prendre le soir de l'incendie. J'espère qu'il sera encore là…

Sans réfléchir, Elysane s'élança, bientôt suivie par Siane. Chacun des barreaux de l'échelle grinça sous leur poids, ajoutant une touche sinistre à l'atmosphère déjà pesante. Lorsqu'elles atteignirent le sol dur et froid, elles se retrouvèrent face à un couloir faiblement illuminé par la lune au-dehors et qui se perdait bien vite dans une noirceur profonde.

— Attends, déclara Elysane, il faut que j'éclaire le chemin.

La Gardienne sortit un petit cristal brillant de son sac, avant de murmurer une incantation douce, presque inaudible. Aussitôt, celui-ci émit un éclat chaud, répandant une lueur rassurante qui révéla des murs de pierre brute couverts de toiles d'araignées et de gravures anciennes.

— Voilà, c'est mieux ainsi… Allons-y, et regarde bien où tu mets les pieds ! On ne sait jamais ce qu'on va trouver après tout ce temps…

Siane hocha la tête et les deux Passeuses d'âmes reprirent prudemment leur marche. Le couloir semblait s'étirer à l'infini et ce n'est qu'après une vingtaine de mètres qu'elles atterrirent face à une porte massive qui marquait l'entrée de la Salle du Dernier Repos. Elysane la poussa avec précaution, révélant un spectacle de désolation bien au-delà de ce qu'elles avaient imaginé.

La salle semblait avoir été ravagée, non par le feu, mais par une agressivité délibérée de la part des hommes. Les meubles étaient renversés, les livres déchirés et éparpillés au sol. Des chandeliers brisés, des bancs éclatés et des fragments de statues anciennes parsemaient la pièce, ajoutant une immense confusion au chaos ambiant. Même les murs portaient des marques de coups, démontrant la violence de ce qu'il s'était passé au moment du saccage.

— Par Séléné…, murmura Siane. Qui a bien pu s'attaquer ainsi à la Salle du Dernier Repos ?!

— Je ne vois pas qui cela pourrait être à part les hommes de Roderick, répliqua Elysane, horrifiée. C'est une honte d'avoir fait ça ! J'espère qu'ils seront un jour punis pour leur stupidité !

La Gardienne semblait hors d'elle, ce qui était surprenant tant elle contrôlait habituellement ses émotions. Après avoir confié le cristal illuminant faiblement la pièce à sa compagne, elle entreprit de fouiller parmi les débris, soulevant des morceaux de bois cassés et des pages déchirées avec des gestes agacés. Après quelques instants de recherche, elle tomba sur un livre à la magnifique couverture en cuir ornée de dorures. Les gemmes qui y étaient incrustées scintillaient doucement à la lumière du cristal que tenait Siane, lui permettant de voir avec quelle finesse le travail avait été accompli pour rendre cet objet unique en son genre.

Rassurée d'avoir retrouvé ce qu'elle cherchait, Elysane tenta de faire abstraction de son environnement et ouvrit le livre de ses mains tremblantes. Aussitôt, elle poussa un cri désarmant qui incita Siane à se pencher en avant pour comprendre. À son tour, elle ne put retenir un mouvement de surprise en découvrant que toutes les pages étaient vierges, d'un blanc immaculé. La Gardienne feuilleta rapidement le contenu de l'ouvrage, son expression oscillant entre la confusion et la frustration la plus extrême.

— Que se passe-t-il ? demanda Siane. Est-ce qu'il y

avait quelque chose d'écrit dedans ?

— Bien évidemment, puisque c'est dans ce livre qu'étaient consignés tous les décès de ce quartier de Silverdale ! Pour n'importe qui, c'est un simple registre, mais pour les Passeuses d'âmes, c'est une précieuse mine d'informations pour visualiser le chemin que les âmes ont choisi d'emprunter au cours de leur existence.

— Je ne comprends pas…

— Oublie cela pour l'instant, ce n'est pas le plus urgent. Je vais l'emmener avec moi et nous essayerons de résoudre ce mystère lorsque nous serons de retour à Ërendor. La priorité maintenant est de rejoindre le palais, nous n'avons perdu que trop de temps.

Sans hésiter, Elysane glissa le livre dans son sac d'une main ferme, avant de balayer la salle ravagée d'un ultime regard. Alors qu'elle allait s'élancer en direction du couloir, elle retint son geste et se retourna vers Siane, alors que la lumière tremblante du cristal jetait des ombres dansantes sur les murs meurtris.

— Une dernière chose avant de sortir… À partir de maintenant, je ne suis plus Elysane, mais une Passeuse d'âmes confirmée qui va accomplir des actes que tu ne vas certainement pas comprendre. Lorsque nous serons au palais, tu risques d'être choquée par les décisions que je vais devoir prendre, mais sache que c'est uniquement pour le bien de notre communauté. Ce coup d'État est une chance inouïe pour nous et il y aura forcément des victimes que nous ne pourrons éviter. Tu vas devoir être prête à accepter l'inacceptable, à voir ce que tu ne pourras jamais oublier. Et dans tout ça, il te faudra continuer à m'obéir sans faille, parce que c'est la raison pour laquelle tu es ici avec moi. J'espère que c'est bien clair pour toi et que tu as conscience que tu ne peux désormais plus reculer.

À ces mots, Siane sentit un froid glacial s'emparer d'elle. Tout à coup, les règles du jeu semblaient avoir changé contre sa volonté, comme si un brusque revirement de situation avait été fomenté dans son dos. Elysane et Thaddeus lui avaient-ils menti lorsqu'ils avaient tenté de la convaincre de se joindre au coup d'État ? La jeune femme n'avait vu que le vent de l'aventure, la perspective de participer bravement à la sauvegarde de sa communauté, tout en tentant de retrouver son frère. C'était en réalité un tout autre défi qui l'attendait, bien plus important, mais aussi bien plus sombre.

Dans la pièce confinée où Siane se trouvait, l'air sembla tout à coup se raréfier, comme si les ténèbres elles-mêmes s'insinuaient dans chaque recoin caché de la salle. La jeune femme sentit un poids s'abattre sur ses épaules, tandis que la double tenue qu'elle portait lui collait à la peau, lui comprimant le corps sans qu'elle puisse y échapper. Afin d'atténuer son malaise, Siane ferma les yeux un instant, tentant de chasser les pensées sombres qui menaçaient de l'engloutir. Ce fut malheureusement peine perdue, et c'est à contrecœur qu'elle emboîta le pas à Elysane dans le couloir, puis qu'elle grimpa le long de l'échelle en fer rouillé. Même retrouver l'air frais ne la soulagea pas de son angoisse, et c'est dans cet état de confusion extrême que la jeune femme s'engagea à la suite de la Gardienne en direction du palais. Après ce qu'elle avait vu depuis sa sortie d'Ërendor, qu'est-ce qui pouvait l'attendre là-bas, à part la mort et la désolation ?

Yamä

Un souffle rauque, provenant d'un corps tanné par les ans.

Des étagères croulant sous d'innombrables manuscrits.

Un pillage dans la Salle du Dernier Repos.

Des hommes ignorants.

Un livre en danger.

D'un geste bref de la main, Yamä balaya l'air devant ses yeux, attrapant l'encre des mots afin de les effacer malgré la distance. Elysane se rendrait un jour dans le Temple d'Émeraude pour récupérer le livre aux pages désormais blanches. Ensuite, elle le lui ramènerait…

Non, ce n'est pas Elysane qui viendrait le lui rapporter dans la sixième dimension. Une jeune fille… Comment s'appelait-elle, déjà ? Ah oui, Siane…

Siane viendrait.

Et le livre serait sauvé.

CHAPITRE 19

Silverdale…

Jamais Siane n'aurait pu imaginer le choc qu'elle aurait en traversant en pleine nuit sa ville natale. Si le quartier de ses parents était de plus en plus flou dans sa mémoire, elle avait reconnu sans peine ceux de Thaddeus et de Ravenna, si différents l'un de l'autre, entre bourgeoisie et pauvreté. Certes, elle les connaissait très mal, mais elle était certaine qu'aucun des deux ne pouvait être comparé à ce qu'elle découvrit en s'approchant du palais du roi.

Partout où le regard se posait, des demeures s'élevaient dans une opulence presque indécente le long de rues au sol soigneusement pavé. Des colonnades majestueuses soutenaient des murs à la blancheur étincelante, dans lesquels avaient été creusées des fenêtres aux encadrements dorés. Des balcons débordant de plantes rivalisaient de splendeur et Siane regretta de ne pouvoir s'arrêter dans sa course folle pour prendre le temps d'admirer tant de beauté. Tout regorgeait de richesse dans les alentours du palais, afin de montrer à chacun là où résidait le vrai pouvoir de Silverdale.

— Tiens, regarde, indiqua Elysane en pointant du doigt un magnifique bâtiment sur sa droite. C'est le Temple d'Opale, qui était un de mes lieux préférés avant que Roderick ne monte sur le trône…

Sans s'arrêter de courir, Siane prit le temps de détailler l'édifice incroyable qui se dressait non loin de là. *Que c'est beau…*, songea-t-elle, en le comparant à la simplicité du Temple d'Émeraude qui gisait désormais calciné sur le sol. Ici, les murs striés de veines argentées émergeaient tel un joyau au cœur de Silverdale, reflétant la lumière nocturne dans une gamme de teintes iridescentes. Deux statues en marbre veillaient sur l'entrée du bâtiment, leurs visages sculptés marqués par une expression de pleine puissance. Elles représentaient un homme et une femme, jeunes et beaux, protégeant tous ceux qui pénétraient dans le temple d'un simple regard.

— Qui est-ce ? demanda Siane en haletant. C'est Séléné et son époux ?

— Ah, si seulement !

Elysane s'arrêta brusquement, autant pour reprendre son souffle que pour détailler les deux statues. Son visage ne traduisait aucune expression particulière, même si une certaine tension irradiait de toute sa personne.

— Ce que tu vois ici, c'est le tout dernier acte de Roderick pour affirmer sa mainmise sur Silverdale.

— C'est-à-dire ?

— Pour asseoir son autorité, il a fait ajouter ces représentations de lui-même et de sa femme à l'entrée du temple le plus important de la ville. Heureusement que Thaddeus m'avait prévenue, car je pense que je n'aurais pas du tout aimé le découvrir par hasard ce soir…

Siane s'accorda un instant pour regarder les visages gravés dans la pierre. Si le roi était plutôt bel homme, son épouse avait quant à elle des traits d'une finesse remarquable. La seule fois où Siane avait aperçu de loin Roderick, c'était le jour du couronnement et elle n'avait pas le souvenir qu'il ait été aussi gracieux que ce qu'il avait bien voulu montrer sur la statue le représentant. Tandis qu'elle tentait de se remémorer les traits réels du visage du roi, une pensée soudaine la frappa en plein cœur. Puisqu'elle se rendait au palais, allait-elle avoir l'occasion de le croiser ? Cette perspective la fit frissonner, autant de peur que d'excitation, avant qu'une autre idée ne fasse son chemin dans son esprit. Si celui-ci était marié, pouvait-il avoir des enfants, pauvres victimes innocentes du coup d'État à venir ?

— Comment s'appelle la femme de Roderick ? s'enquit Siane, tout à coup inquiète.

— D'après Thaddeus, elle se nomme Mayna et ils se sont mariés l'année dernière, ce qui explique que tu ne sois pas au courant. Ils n'ont pas encore d'enfants, mais je me demande si elle n'est pas enceinte, justement.

— Mais c'est terrible ! On ne peut pas s'en prendre à une femme enceinte comme ça !

— Tu crois vraiment que Roderick s'est posé ce genre de questions quand il a fait assassiner tous ceux qui le gênaient avant de monter sur le trône ? Allons, cesse de t'inquiéter du sort de ce tyran et reprenons notre course, le palais n'est plus très loin.

Siane se remit en mouvement à la suite d'Elysane, mais ses jambes avançaient en réalité toutes seules, son esprit étant complètement perdu dans une multitude de considérations. Certes, le roi avait éliminé de sang-froid de nombreux innocents, dont Balric et Isabela, mais était-ce une raison pour qu'on s'en prenne à son épouse alors qu'elle portait leur enfant ? Qui prendrait la peine de protéger cette pauvre femme, au moment crucial où Roderick ferait face à ses assaillants ? Siane aurait voulu compter sur l'aide de Jórga, mais elle savait que celui-ci tenait les rênes de sa vengeance ce soir-là. Sa mère avait perdu la vie sous les ordres du roi, et rien n'empêcherait le pauvre orphelin de chercher à punir tous ceux qui avaient pris part à son assassinat.

Siane n'avait jamais vu le palais de Silverdale, mais elle sentit avant de l'apercevoir qu'elle devait quasiment y être arrivée. Après avoir tourné sur une avenue bien plus large que les autres, celui-ci apparut en effet au loin, face aux deux Passeuses d'âmes. Contrairement au reste du quartier, dont les bâtiments rivalisaient de blancheur, la demeure de Roderick avait été construite en pierre brute, grise et froide. Le contraste avec l'environnement était tel que ce bâtiment n'en ressortait que grandi, comme s'il se distinguait par sa simplicité au-dessus de la banalité du quartier qui l'entourait. Siane se demanda si elle avait trop vite jugé le roi, avant de prendre en considération quelques détails qui lui firent dire qu'elle ne s'était en réalité pas trompée.

Ce bâtiment immense, pouvant certainement loger une centaine de personnes tant il était étendu, était niché derrière une enceinte protectrice aux murs massifs taillés dans la pierre. Au sommet, le chemin de ronde serpentait le long des remparts, protégé par un parapet crénelé où les soldats veillaient normalement sans relâche. Flottant fièrement sur les nombreuses tours du palais, des drapeaux richement brodés arboraient le blason du roi, un cœur transpercé de trois poignards. Chaque tour était couronnée de toits en ardoise noire, ornés de gargouilles en pierre qui semblaient surveiller les environs. Devant ce luxe exposé de manière éhontée, Siane aurait voulu afficher une certaine indifférence, mais la réalité était toute autre. Même si elle avait du mal à l'accepter, elle devait bien admettre qu'elle était émerveillée par ce qu'elle était en train de découvrir ce soir-là, comme un bonbon délicieux auquel elle n'aurait pas le droit de toucher.

— Arrête-toi un instant, Siane, ordonna Elysane en la retenant par le bras. Nous devons redoubler de prudence maintenant, ce n'est pas le moment de nous faire attraper.

Se cachant dans le recoin sombre d'une maison, la Gardienne entreprit alors de détailler le plan qu'elle avait préparé.

— Lorsque nous aurons passé les portes de l'enceinte du palais, nous allons nous retrouver dans une cour immense où il y aura certainement déjà eu des scènes de combat. Nous nous arrêterons auprès de chaque victime afin de voir qui nous pouvons sauver. Puis nous avancerons progressivement à l'intérieur même du palais, jusqu'à rejoindre les appartements privés de Roderick, où je suppose que les combattants sont en train de se rendre.

— Mais comment allons-nous nous orienter dans le palais ? Il paraît tellement grand !

— Ne t'inquiète pas pour ça, j'ai déjà eu maintes fois l'occasion d'y aller du temps du règne du roi Merrick. Il est vrai que cela fait quelques années maintenant, j'espère que ma mémoire ne me fera pas défaut…

— Êtes-vous certaine que nous n'allons pas être repérées ? s'inquiéta Siane en jetant un coup d'œil aux remparts. Le premier soldat qui va nous voir risque de donner l'alerte, non ?

— Oh pour ça, il n'y a aucun risque pour l'instant. Contrairement à l'apparence paisible du palais, un véritable combat doit certainement faire rage à l'intérieur, et cela m'étonnerait qu'un seul homme de Roderick soit resté en arrière pour surveiller les remparts. Et même si c'était le cas, personne n'aurait le temps de s'intéresser à nous, de toute façon…

Siane lança un regard en direction du palais, qui se tenait tout au bout de l'avenue sur laquelle elle se trouvait. Il était difficile de croire qu'un coup d'État avait lieu entre les murs de pierre, alors que tout semblait paisible de l'extérieur. À peine un murmure inaudible se faisait-il entendre, mais Siane n'avait aucune certitude que cela puisse être les signes d'une bataille. Tandis qu'elle prenait le temps de détailler une fois de plus les contours du bâtiment, ses yeux s'arrêtèrent tout à coup sur la lourde porte de l'enceinte, qui semblait fermée à double tour.

— Comment allons-nous entrer ? demanda-t-elle à Elysane.

— Oh ça, c'est un détail… Si je suis capable de condamner l'accès à un domaine comme Ërendor, je ne vois pas ce qui m'empêcherait d'ouvrir une simple porte. Tu sais, les Gardiennes ont plus d'un tour dans leur sac…

À ces mots, Elysane se remit en mouvement, mais sa stratégie pour avancer changea radicalement. Au lieu de courir comme elle venait de le faire à travers toute la ville, elle entreprit de longer les murs, là où la lueur de la lune ne parvenait pas à percer l'ombre. Ainsi camouflées, les deux Passeuses d'âmes s'approchèrent progressivement du palais, avant de se retrouver devant la porte fermée par de lourds panneaux en bois. Cette fois-ci, Siane distingua clairement un murmure étouffé émanant de l'intérieur, mais elle ne put déterminer la distance à laquelle se déroulait la bataille. La réalité devint tout à coup tellement tangible que la jeune femme pouvait presque la toucher du doigt. Derrière la porte massive, des hommes de deux camps opposés se battaient au péril de leur vie afin de décider quel roi devrait gouverner Silverdale.

Pendant que Siane étudiait son environnement, Elysane apposa son oreille contre un des battants et écouta longuement le murmure de la bataille. Après quelques minutes pendant lesquelles rien ne put la déconcentrer, elle se décolla enfin de la porte, son visage exprimant un soulagement évident.

— Je pense qu'il n'y a personne dans la cour et que nous pouvons entrer sans nous préoccuper de notre sécurité. Je suppose qu'Arthos et ses combattants doivent déjà être en plein cœur du palais, peut-être même en train de surprendre Roderick dans son sommeil. Je ne peux en être certaine, mais mon intuition me dit que le coup d'État se déroule au mieux pour l'instant.

Siane croisa les doigts, même si elle repoussa bien vite l'espoir qu'elle sentait monter en elle. Une part de son être refusait toujours l'idée que des innocents allaient mourir ce soir-là, sans compter que la perspective de revoir Draven après toutes ces années la rendait nerveuse au-delà du raisonnable. C'est presque dans un état second que la jeune femme vit Elysane se pencher vers la lourde serrure condamnant l'accès. La Gardienne ferma les yeux avant de souffler une petite incantation, qui déclencha dans un bruit quasiment imperceptible le mécanisme d'ouverture. Le regard qu'elle lança alors à Siane semblait dire à celle-ci que, comme prévu, pénétrer dans le palais n'était qu'une formalité pour la puissante Passeuse d'âmes qu'elle était.

Fort heureusement pour les deux femmes, la porte ne grinça pas lorsqu'elles l'entrouvrirent en silence. Ce fut Elysane qui se glissa la première dans l'interstice, puis Siane lui emboîta le pas, le cœur battant. Elle eut à peine le temps de s'imaginer ce qu'elle allait découvrir avant que la réalité glaçante ne la rattrape brusquement. Sur le sol de l'immense cour, à une vingtaine de mètres d'elle, quelques formes indistinctes gisaient sur le sol en gémissant. Sans même réfléchir, Elysane s'élança vers la personne la plus proche, sondant immédiatement son âme en lui touchant le front. Puis, s'apercevant que ce soldat avait déjà perdu la vie, la Gardienne s'approcha d'un deuxième homme, puis d'un troisième. Siane la regarda faire, pétrifiée. Elle aurait tout donné pour être ailleurs, même à servir des clients chez Ravenna, plutôt que d'assister, impuissante, aux scènes déchirantes de ce carnage.

— Celui-ci…, souffla Elysane en sondant un quatrième combattant. Siane, viens vite à côté de moi !

La jeune femme s'accroupit aux côtés de la Gardienne, tandis que cette dernière fouillait dans son sac d'un air décidé. Après quelques instants de recherche, elle en sortit un minéral que Siane reconnut immédiatement à sa forme cubique caractéristique et à sa couleur d'un rouge profond. *Pourquoi prendre un grenat maintenant ?* se demanda Siane. Dans son esprit, une foule d'informations lui revint en mémoire à propos de ce minéral qu'elle avait longuement étudié, mais elle se rendit bien vite compte des limites de ses connaissances. N'ayant pas encore entamé sa quatrième année à Ërendor, elle ne savait pas exactement comment les Passeuses d'âmes utilisaient cette pierre précieuse pour accompagner les mourants.

Pendant que Siane réfléchissait, Elysane n'avait pas perdu son temps. Elle avait retourné l'homme sur le dos afin de l'allonger dans une position où elle pourrait facilement atteindre les différentes parties de son corps. Celui-ci avait gémi de douleur, ce qui n'était pas très surprenant au vu du terrible coup d'épée qu'il avait reçu dans le ventre. Ses chairs à vif ne laissaient planer aucun doute : si rien n'était fait au plus vite, il expirerait à son tour dans les minutes suivantes. Elysane se hâta donc et lorsqu'elle fut prête, elle tendit le minéral à Siane d'une main ferme et déterminée.

— Quand je te le dirai, tu apposeras ce grenat sur les parties du corps que je te nommerai. Il va falloir que tu sois bien concentrée et que tu t'adaptes à tout ce que je vais te demander. As-tu bien compris ?

Siane inspira profondément, avant d'échanger un

regard entendu avec la Gardienne. Si elle faisait abstraction de la scène et qu'elle se focalisait sur l'homme, elle savait qu'elle était tout à fait capable de suivre les ordres d'Elysane. Elle connaissait chaque détail du corps à la perfection et se centrer sur cette tâche l'aiderait sans doute à oublier le lieu où elle se trouvait. Lorsque la Gardienne fut sûre que son assistante était prête, elle ferma les yeux, plongeant dans son propre esprit pour démultiplier sa concentration. Aussitôt, elle se mit à scander une série de mots, qu'elle captait depuis le front de l'homme sur lequel sa main était toujours posée.

— Cou… Main gauche… Cœur… Cœur, encore… Remonte plus haut Siane, tu es mal placée… Voilà…

Siane suivait les instructions sans réfléchir, se demandant comment la Passeuse d'âmes pouvait lire en l'homme comme dans un livre ouvert. Elysane semblait déceler avec précision les parties à guérir, s'aidant du grenat que tenait Siane pour refermer les plaies les unes après les autres. Malgré tous ces efforts, le soldat gémissait toujours, tandis qu'il continuait à perdre son sang à travers la balafre déchirant son ventre.

— L'estomac maintenant…, ordonna Elysane. Joins-toi à moi pour lui envoyer de la force, s'il te plaît.

Peu certaine de ce qu'on attendait d'elle, Siane ferma les yeux pour tenter de se concentrer. Elle fixa toute son attention sur le grenat, avant de se mettre à encourager l'homme en silence. *Tu dois tenir bon…*, lui transmit-elle à travers la pierre précieuse. *Elysane est la meilleure Passeuse d'âmes d'Ërendor, elle va te sauver, ne t'inquiète pas.* La jeune femme murmura tout ce qui lui traversait l'esprit, de la simple parole réconfortante au soutien le plus profond.

Une force quasiment mystique s'empara progressivement d'elle, l'animant d'une énergie intérieure inattendue, comme si elle puisait dans une source ancestrale dont elle ignorait la provenance.

Ce petit manège dura quelques minutes, pendant lesquelles la jeune femme sentit à plusieurs reprises le froid de la mort tenter de s'insinuer en elle. Elle le repoussa avec détermination, aussi bien pour elle-même que pour l'homme qu'elle était décidée à sauver. Lorsqu'elle entendit un gémissement plaintif, elle ouvrit les yeux au plus vite et c'est ainsi qu'elle put voir un énorme soubresaut agiter l'ensemble du corps du soldat. La déflagration qui suivit fut si intense que, l'espace d'un instant, Siane crut avoir échoué, avant de réaliser qu'il en était tout autrement. Sans même qu'elle s'en soit rendu compte, les plaies s'étaient refermées sous sa main serrant fortement le grenat, tirant ainsi l'homme des griffes de la mort.

— Vous avez réussi…, souffla la jeune femme, interdite.

— *Nous* avons réussi ! répondit Elysane en se redressant. Félicitations, Siane, tu viens de sauver ton premier homme en tant que Passeuse d'âmes… C'était un cas complexe et je ne pense pas que j'y serais arrivée sans toi !

La Gardienne semblait d'humeur joyeuse après l'effort qu'elle venait de fournir, mais ce n'était rien en comparaison de Siane, qui se tortillait sur place d'excitation. *J'ai sauvé un homme !* ne cessait-elle de se dire, hébétée. *C'est tellement incroyable !* La jeune femme avait encore du mal à croire ce qu'elle venait de réaliser avec Elysane, mais la respiration sereine du soldat lui prouvait qu'elles avaient atteint l'objectif qu'elles s'étaient fixé. Ne voulant surtout pas se déconcentrer et prête à sauver le monde entier s'il le fallait, Siane avisa un autre corps non loin de là. L'homme semblait aussi lutter contre la mort, alors qu'une plaie profonde s'étirait sur sa gorge. Il serrait encore dans son poing une arbalète de belle taille, qu'il n'avait pas eu le temps d'utiliser pour se défendre.

— Et lui ? pointa-t-elle du doigt, en tirant la Gardienne par la manche.

— C'est un soldat de Roderick, répondit Elysane d'un ton indifférent. Nous n'avons pas le temps de nous pencher sur son cas. D'autres victimes nous attendent certainement à l'intérieur du palais, allons-y maintenant.

L'éclair glacial qui transperça Siane fut d'une telle violence que toute l'excitation qu'elle venait de ressentir explosa. Entre les deux hommes, celui qui avait été sauvé et celui qui mourrait bientôt, une infime différence venait de décider de leur destin. Le soldat de Roderick portait sur sa poitrine le blason royal, et ce simple détail l'avait condamné à une mort inévitable.

Si Siane crut avoir atteint le comble de l'horreur à ce moment-là, c'était qu'elle n'avait pas encore relevé la tête pour découvrir une jeune femme éplorée qui la regardait de loin. Les bras ballants, pleurant en silence, ses yeux éperdus étaient sans équivoque. Cette pauvre innocente, réveillée en pleine nuit par les bruits du coup d'État qui se déroulait quasiment devant sa porte, était en train de perdre l'amour de sa vie car les Passeuses d'âmes refusaient de le sauver.

CHAPITRE 20

Dès son accession au trône, Roderick avait souhaité faire de sa demeure l'emblème le plus puissant de Silverdale. Deux de ses objectifs avaient été clairs dès l'instant où il avait succédé à son père : que son palais représente le sommet de la richesse et qu'il puisse se débarrasser des sorcières d'Ërendor, qui ridiculisaient la ville avec leurs méthodes ancestrales. S'il avait pleinement atteint son premier objectif en amassant autant de richesse qu'il le fallait pour atteindre le confort qu'il estimait indispensable à son rang, il avait eu beaucoup plus de doutes quant à sa réelle capacité à se débarrasser des Passeuses d'âmes.

Sa première tentative, le jour même de son couronnement, avait été trop impulsive, ne l'entraînant qu'à subir un échec cuisant. Alors qu'il avait cru que cela serait l'occasion parfaite pour clore ce chapitre, il avait dû se rendre à l'évidence que son peuple n'était pas prêt à abandonner ses croyances. Le jeune roi avait alors dû attendre patiemment de pouvoir développer un nouveau plan, et ce n'est que huit ans plus tard, grâce à un hasard inattendu, qu'il avait pu sauter sur l'occasion. Alors même que son décret interdisant tout contact avec les Passeuses d'âmes venait d'être publié, un de ses conseillers était venu le chercher en catastrophe alors qu'il se préparait à se mettre au lit. « Le Temple d'Émeraude est en train de brûler ! » s'était exclamé celui-ci, les yeux pétillant d'espoir. Roderick avait immédiatement saisi l'immense opportunité qui se présentait à lui, dépêchant au plus vite ses soldats sur les lieux du drame. Ses ordres avaient été clairs : il fallait empêcher que l'incendie ne se propage au reste de la ville, tout en s'assurant que ce lieu de culte soit intégralement éliminé. Quel signe plus fort pouvait-il donner à la population pour indiquer que le temps des Passeuses d'âmes était révolu ?

Ce fut ce jour-là que le jeune roi commit la plus grosse erreur de son règne. Excité à l'idée de s'attaquer à Ërendor et trop obnubilé par l'incendie qui complétait parfaitement son décret, il n'avait pas songé à saisir l'opportunité de s'emparer du petit coffret exhibé dans la Salle du Dernier Repos. Lorsqu'il s'en était rendu compte, il avait immédiatement renvoyé sur place ses soldats épuisés par l'extinction de l'incendie, mais lorsque ceux-ci étaient retournés auprès des ruines fumantes, il était déjà trop tard. Roderick avait ruminé cet échec pendant des semaines, certain qu'il avait perdu une occasion rêvée de pouvoir faire du chantage à Elysane. S'il avait récupéré les pierres précieuses, il aurait pu à coup sûr la forcer à ouvrir les portes d'Ërendor, qu'elle venait tout juste de condamner pour protéger ses compagnes. Bien qu'il sache que les Passeuses d'âmes ne pourraient rester éternellement cachées dans leur domaine, il aurait préféré pouvoir se débarrasser complètement de ce problème.

Les trois années suivant cet événement raté, Roderick n'avait eu de cesse d'asseoir son autorité, d'accroître encore plus sa richesse et de songer de temps à autre à un plan pour éradiquer Ërendor. Il était tellement assuré de son pouvoir, tellement convaincu d'avoir l'obéissance de son peuple, qu'il n'avait pas imaginé un seul instant le coup d'État qui se tramait dans l'ombre. Quelle ne fut donc pas sa surprise d'entendre une clameur indistincte à l'autre bout de son palais, alors qu'il discutait avec sa jeune épouse, enceinte de leur premier enfant. Ce n'est que lorsque trois gardes armés jusqu'aux dents vinrent les protéger directement dans leurs appartements que le roi prit conscience de la gravité de la situation. Malheureusement pour lui, il ne pouvait plus rien faire pour s'échapper : les soldats d'Arthos étaient déjà quasiment à sa porte, prêts à le capturer.

À une courte distance de là, pendant que le combat faisait rage et que les proches du roi s'enfuyaient pour ne pas être aux premières loges, Siane suivait Elysane comme un automate dans les différents couloirs du palais. Maintenant qu'elle avait compris le vrai rôle de la Gardienne, qui avait le pouvoir de décider des personnes qu'elle sauverait en fonction de leur camp, plus rien n'avait d'importance pour la jeune femme. Elle était tellement anesthésiée par ses émotions qu'elle ne parvenait plus à opposer aucune résistance à l'irréalité de ce qu'elle vivait. Homme après homme, plaie après plaie, elle sortait les minéraux du sac d'Elysane au fur et à mesure que celle-ci les nommait. Elle appliquait les pierres précieuses sur les corps sans réfléchir, incapable de dire où elle se trouvait dans le palais ni même qui elle était en train de sauver. Bien vite, elle perdit toute notion du temps. Était-elle entre les murs imposants de la demeure de Roderick depuis dix minutes, ou bien cela faisait-il plus d'une heure ?

Autour d'elle, des hommes se battaient parfois, mais jamais personne ne s'en prit aux deux femmes. La raison était simple : les combattants d'Arthos, bien qu'en infériorité numérique, avaient envahi le palais tellement par surprise qu'aucune organisation n'avait pu se former pour leur opposer une quelconque résistance. Les soldats du roi tombaient un à un sous la pression de leurs assaillants, alors que ces derniers étaient quant à eux sauvés par la magie d'Elysane. C'est dans cette confusion générale, au milieu des victimes de la folie des hommes, que Siane évolua pendant un temps interminable. Qu'il lui semblait loin le moment où elle avait admiré la splendeur du palais ! Désormais, elle ne pouvait que déplorer chaque pièce de mobilier brisée en mille morceaux, chaque tenture déchirée flottant comme un spectre désespéré, chaque striure dans le marbre lui évoquant le sang. Les couloirs autrefois éclatants résonnaient du bruit des combats et des cris de douleur. La magnificence du palais s'était transformée en un chaos dévasté, dans lequel Siane avait dû s'extraire de ses pensées pour éviter de sombrer dans l'ombre.

— Sors la tourmaline, Siane.

Le nouvel ordre d'Elysane déclencha une réaction automatique chez la jeune femme, qui fouilla dans le sac à la recherche de la pierre précieuse multicolore. La

Gardienne était déjà plongée en pleine concentration et il ne restait plus qu'à attendre qu'elle indique sur quelle partie du corps le minéral devait être apposé afin de sauver un inconnu supplémentaire.

— Le foie... Un peu plus bas... L'intestin grêle maintenant... Le cœur...

Siane accomplit chacun de ces gestes machinalement, avant qu'un détail n'attire tout à coup son attention. Sur la poitrine de l'inconnu qu'Elysane tentait de sauver se trouvait le blason de Roderick, démontrant que ce soldat appartenait à la garde du roi. La jeune femme fut ramenée brusquement dans le présent tant la surprise fut violente. La Gardienne avait-elle changé d'avis, essayant désormais d'aider tous les hommes dans le besoin ?

— Le front, Siane... Concentre-toi s'il te plaît...

La jeune femme obéit sans sourciller, portant sa main sur le haut de la tête du mourant. Elle s'aperçut alors que c'était un homme d'une quarantaine d'années, aux traits doux malgré la souffrance qui pouvait se lire sur son visage. Même si cela lui demanda un effort épouvantable, celui-ci réussit à ouvrir les yeux lorsque Siane effleura sa peau, la regardant sans parvenir à la voir vraiment. C'est dans cet instant critique, alors que rien ne la prédestinait à une telle rencontre, que le cœur de la jeune femme se serra d'émotion. Sous ce regard bienveillant, qui luttait contre les affres de la mort, elle se sentit vibrer d'une sensation nouvelle, foudroyée par un éclair qui lui transperça tout le corps. N'ayant pas le temps de comprendre ce qu'il lui arrivait, la jeune Passeuse d'âmes continua à suivre les instructions d'Elysane, jusqu'à ce que le corps de l'inconnu soit saisi d'un soubresaut de vie, montrant ainsi qu'il était sauvé.

Contrairement aux fois précédentes, la Gardienne ne se redressa pas tout de suite pour poursuivre sa mission, mais saisit plutôt la main de l'homme dans la sienne afin de le rassurer.

— Tu es sauvé, Markus, souffla-t-elle.

— Par… Séléné, Elys…

Si le soldat ne put terminer sa phrase, le regard qu'il envoya à la Passeuse d'âmes partageait toute sa reconnaissance. Face au lien silencieux qui venait de s'établir entre Elysane et le dénommé Markus, Siane ne savait pas comment se positionner. Était-il possible que tous deux se connaissent, alors qu'ils appartenaient à des clans opposés ? Avec douceur, la Gardienne passa une main sur le front de l'homme, avant d'y apposer un baiser léger.

— Je suis heureuse de te revoir, mon ami, déclara-t-elle simplement, visiblement émue. Tu m'avais manqué, depuis tout ce temps…

Markus ne put répondre, mais un imperceptible sourire se dessina sur son visage. Elysane désigna du doigt les nombreuses plaies qu'il portait sur tout le corps, avant de reprendre la parole.

— Ma seule crainte en passant les portes du palais était de te retrouver dans cet état. Heureusement que j'ai pu arriver à temps pour te tirer de là…

— Thadd…

— Thaddeus est quelque part dans le palais, certainement avec Jórga. C'est lui qui m'a prévenue que le coup d'État allait commencer et que je devais sortir d'Ërendor pour accompagner Arthos et ses hommes. Je ne l'ai pas encore croisé, mais j'espère qu'il a eu la présence d'esprit de ne pas se jeter en plein cœur du combat…

Markus valida ces propos d'un léger clignement des yeux, avant de tourner le regard en direction de Siane. Celle-ci sentit de nouveau son cœur se serrer face à ce visage rond et bienveillant. Pourquoi se sentait-elle si étrange, alors que la situation était déjà bien assez compliquée comme ça ?

— Tu as raison, Markus, je ne vous ai pas présentés ! Voici Siane, la fille de Balric, celle qui a rêvé du coup d'État il y a trois ans. C'est grâce à elle que nous pouvons espérer renverser Roderick ce soir…

La jeune femme s'inclina légèrement, ne sachant pas vraiment quoi faire d'autre, surprise que le nom de son père ait été mentionné sans raison apparente. Se retrouver mise en avant face à cet inconnu la déstabilisait complètement, d'autant plus que les cheveux grisonnants de celui-ci soulignaient leur grande différence d'âge.

— Siane, je te présente Markus, un des soldats les plus proches du roi. En réalité, cela fait plus de vingt ans que Thaddeus et moi le connaissons. C'était déjà notre espion à la cour du temps du père de Roderick…

Siane hocha la tête, impressionnée de se retrouver face à une personnalité d'une telle importance. Ainsi, c'était parce qu'il avait infiltré l'entourage proche du roi que Markus portait le blason sur sa poitrine… Que de risques il avait dû prendre si c'était le cas depuis plus de deux décennies ! La jeune femme ne parvenait pas à détacher son regard de celui du soldat. Lui aussi semblait intrigué par celle qui venait de le sauver, détaillant son visage avec une grande intensité. Ce premier contact fut d'une telle douceur que Siane oublia presque son environnement, et le fait que celui avec qui elle partageait cette belle connexion avait frôlé la mort de près.

Sans aucune transition, Elysane se releva péniblement, consciente que leur échange avec Markus était risqué.

— Il faut qu'on te laisse pour ne pas éveiller les soupçons, mon cher ami. Si Roderick est renversé ce soir, tu pourras dévoiler sans crainte ta véritable identité. Sinon…

La Gardienne n'osa pas terminer sa phrase, car cette deuxième solution était inenvisageable à ses yeux. Si Arthos ne sortait pas vainqueur ce soir, elle-même serait emprisonnée dans des conditions abominables. À regret, Siane s'arracha de Markus, qui semblait tout aussi triste qu'elle de la voir partir. Pourtant, Elysane avait raison : si les deux femmes avaient eu la chance de ne pas être attrapées pour l'instant, elles ne pouvaient prendre le risque de demeurer au même endroit plus longtemps.

Alors même que Siane se demandait où leurs pas allaient les mener à présent, un homme mince, sans épée et portant le blason du roi sur la poitrine, passa en courant à côté des deux femmes. Il ne leur jeta même pas un regard, bien trop préoccupé à ne pas s'attarder dans les couloirs.

— Eh bien, où va-t-il celui-là ? s'étonna Siane.

— Je pense qu'il est en train de s'enfuir…

— Ce qui veut dire… ?

— Ce qui veut dire qu'Arthos a certainement renversé Roderick ! Viens, suis-moi !

Après avoir jeté un dernier regard entendu à Markus, la Gardienne se précipita vers une large porte. Siane hésita un instant. Pouvait-elle laisser le soldat ainsi, alors qu'il portait lui-même le blason du roi sur sa poitrine ? Si Arthos avait vraiment vaincu Roderick, prendrait-il bien en compte le fait que Markus était un espion, et non un des proches du roi ? Comme s'il comprenait le dilemme de la jeune femme, celui-ci leva une main faible dans sa direction, lui indiquant ainsi que tout irait bien pour lui. Siane acquiesça et, dans un effort ultime, s'arracha de la pièce à contrecœur. Elysane l'attendait avec impatience un peu plus loin, ses yeux brillants d'excitation.

— Si mes souvenirs sont exacts, les appartements privés de Roderick ne doivent plus être très loin, expliqua-t-elle. Hâtons-nous d'aller voir ce qu'il s'est passé et si nous pouvons nous rendre utiles pour sauver d'éventuelles victimes.

Elysane s'élança sans attendre, tandis que Siane lui emboîtait le pas une fois de plus. La jeune femme avait l'impression de n'avoir fait que ça de sa soirée : suivre sans réfléchir la Gardienne partout où elle souhaitait aller. Les deux Passeuses d'âmes coururent à en perdre haleine dans les couloirs sombres du palais, à peine éclairés par la lueur vacillante des torches accrochées aux murs en pierre.

Alors qu'elles tournaient au coin d'un couloir, elles furent presque renversées par un groupe de soldats du roi qui couraient dans la direction opposée. À leurs visages décomposés, on comprenait qu'ils avaient perdu tout espoir de sauver leur souverain. Ces hommes, dans leur affolement, ne prirent même pas la peine de regarder les Passeuses d'âmes. Seul l'un d'eux hurla « Fuyez ! » avant de disparaître dans l'obscurité du couloir. Un autre trébucha et tomba, se releva avec une grimace de douleur, puis reprit sa course désespérée.

Tout à coup, deux portes massives largement ouvertes apparurent au bout d'un long couloir et Siane comprit immédiatement que c'était l'entrée des appartements privés de Roderick. La jeune femme, le cœur battant tant par l'effort physique que par l'excitation, tenta d'accélérer encore plus sa course, mais elle fut brusquement stoppée par Elysane, qui s'immobilisa sans prévenir. La Gardienne resta quelques instants ainsi, figée et haletante.

— Il y a quelque chose qui ne va pas…, annonça-t-elle sans donner plus de précision.

En effet, depuis les appartements, des cris se firent entendre, mêlés au cliquetis des armes. Pourquoi y avait-il encore des combats en cours ? Le coup d'État n'était-il pas achevé ? La Gardienne semblait hésiter, comme si son instinct lui dictait de redoubler de prudence. Siane essaya d'accrocher le regard de sa compagne pour comprendre les doutes qui la traversaient, mais la Passeuse d'âmes ne la remarqua pas tant elle était concentrée.

En réalité, ce que Siane ne voyait pas, c'était qu'Elysane avait porté son attention au-delà des portes, tentant de percevoir ce que les murs lui cachaient. C'était un exercice difficile, que la Gardienne ne réservait qu'à de rares occasions tant cela lui demandait un effort important. Après quelques instants d'une intensité extrême, Elysane se tourna vers sa compagne, les traits bouleversés.

— C'est Draven qui… Nous devons fuir ! Maintenant !

Alors qu'elle avait tout donné pour se joindre au coup d'État, Elysane fit demi-tour sans aucune hésitation. Siane s'élança après la Gardienne, ses pensées tourbillonnant dans son esprit. Que se passait-il donc pour expliquer ce brusque revirement de situation ? C'est parmi ce chaos, tandis qu'elle reprenait sa course en sens inverse, que la jeune femme entendit un rire qui lui glaça le sang. Impossible de se tromper : c'était celui de son frère Draven, qui venait par ses actes de renverser le coup d'État.

CHAPITRE 21

Dans la confusion générale, Siane ne vit tout d'abord pas qu'Elysane s'enfuyait par un chemin légèrement différent de celui qu'elles avaient emprunté à l'aller. Lorsqu'elle s'en rendit compte, elle tenta d'arrêter la Gardienne malgré son souffle court.

— Il faut… Nous devons retourner… en arrière, haleta-t-elle. Markus…

Mais Elysane lui envoya un regard catégorique, lui affirmant qu'il était absolument hors de question de rebrousser chemin. Ses yeux semblaient dire que Markus s'en sortirait tout seul et qu'il n'y avait pas besoin de se préoccuper de son cas. Horrifiée par cette décision, Siane hésita à se séparer de la Gardienne, avant de décider de choisir la voie la plus sage. Elle ne connaissait pas le palais et, ne pouvant localiser exactement dans quelle pièce Markus se trouvait, elle risquait simplement de se perdre en mettant sa vie en danger.

Après une course interminable, les deux femmes atterrirent à l'extérieur, là où elles avaient sauvé leur tout premier homme. Par un incroyable miracle, celui-ci avait disparu, indiquant qu'il avait certainement retrouvé assez de force pour s'extirper de la situation. En revanche, le soldat qu'Elysane avait refusé d'aider gisait sur le sol, la bouche entrouverte figée sur une grimace de douleur. Sa veuve était accroupie à ses côtés, pleurant en silence, ses larmes traçant des sillons brillants sur ses joues tandis qu'elle murmurait des mots d'adieu. Cette vision arracha une plainte à Siane, qui dut se retenir pour ne pas se mettre à pleurer à son tour. Alors qu'elles s'approchaient de la sortie, un cri éperdu les retint en arrière.

— Elysane, Siane, attendez !

La voix qui venait de prononcer ces mots, Siane aurait pu la reconnaître entre toutes. Depuis la porte principale du palais, un jeune homme aux yeux délavés et son père portant une jambe de bois s'enfuyaient également du désastre causé par le coup d'État.

— Par Séléné ! s'exclama Elysane. Thaddeus ! Jórga !

Les deux femmes firent demi-tour, afin de se jeter dans les bras de leurs amis. Les retrouvailles, bien que brèves en raison de l'urgence de la situation, n'en furent pas moins émouvantes. Sans perdre plus de temps que nécessaire, Thaddeus ordonna de fuir au plus vite en direction de sa maison.

— Les choses ne se sont pas déroulées comme prévu…, se contenta-t-il de murmurer.

Rejoignant enfin les portes de l'enceinte, les quatre compagnons se préparèrent à les franchir sans jeter un regard en arrière. Enfin, leur liberté était là, à portée de main, bien loin du nouveau tumulte qui s'était emparé du palais ! Après Thaddeus, ce fut Jórga qui franchit l'interstice, avant qu'Elysane ne fasse un signe à Siane pour lui indiquer de passer avant elle. La jeune femme se demanderait ensuite pendant des années si ce qu'elle avait lu à ce moment-là dans les yeux de la dirigeante laissait pressentir l'horreur de ce qui allait s'abattre sur ses épaules... Que se serait-il passé si Elysane avait avancé en première, laissant Siane fermer le passage ?

Alors que la Gardienne franchissait à son tour les portes, un claquement sec se fit entendre, résonnant contre les parois des murs dans un écho macabre. Siane se retourna juste à temps pour voir Elysane s'effondrer, touchée à l'épaule par un carreau d'arbalète. Le sang jaillit de la plaie et un cri de désespoir monta aux lèvres de Siane alors qu'elle se jetait vers sa compagne. Déterminée à venger la mort de celui qu'elle aimait, la veuve de l'homme qu'Elysane avait refusé de sauver avait déclenché le mécanisme de l'arme avec une précision mortelle.

Aussitôt, Jórga se précipita pour aider Siane et, à eux deux, ils parvinrent à allonger la Gardienne sur le côté opposé à son épaule meurtrie. Thaddeus accourut également pour prêter main-forte, les traits décomposés par la terreur. Le carreau d'arbalète était toujours fiché dans le corps de la Passeuse d'âmes et un sang poisseux coulait désormais de part et d'autre de la plaie. Siane entreprit de fouiller dans le sac où s'entrechoquaient les minéraux et parvint à trouver un chiffon qu'elle pressa contre la blessure pour tenter de ralentir l'hémorragie. Elysane, à la limite de l'inconscience, poussa un gémissement faible, son regard se perdant dans le vague tant la douleur la faisait divaguer.

— Nous devons la sortir d'ici rapidement ! s'écria Thaddeus, la voix tremblante d'émotion.

— Elle ne tiendra jamais le coup ! répliqua Jórga.

— Nous n'avons pas le choix ! C'est soit ça, soit nous serons tous attrapés par Draven et ses hommes. Prends-la dans tes bras, Jórga, tu vas m'aider à la porter jusqu'à la maison.

— Mais c'est à l'autre bout de la ville !

— Tu vois une meilleure solution ?! Nous devons impérativement rejoindre Ërendor au plus vite si nous voulons nous en sortir vivants !

Les minutes suivantes furent les plus longues de l'existence de Siane. Elle assista, complètement impuissante, au transport d'Elysane à travers la ville, essayant tant bien que mal de comprimer la plaie pour empêcher le sang de couler. La Gardienne était toujours en vie, mais pour combien de temps encore ? La jeune femme ne parvenait pas à saisir comment les événements avaient pu basculer à une telle vitesse. Ils étaient quasiment dehors, pourtant, prêts à rejoindre Ërendor sans aucune difficulté ! Plusieurs fois, elle tenta de convaincre Thaddeus de s'arrêter dans un recoin sombre afin de s'occuper d'Elysane, mais celui-ci resta inflexible, convaincu que celle-ci aurait refusé qu'ils se mettent eux-mêmes en danger pour lui porter secours.

Dans sa précipitation, Siane n'avait même pas pris le temps de jeter un dernier regard à celle qui avait tenté d'assassiner la représentante des Passeuses d'âmes. L'urgence d'extraire Elysane avait été tellement forte que personne n'avait pensé à la veuve, l'abandonnant entre les murs du palais à son deuil et à son chagrin. Il était trop tard maintenant pour faire demi-tour et, bientôt, les traits de son visage s'effaceraient dans la mémoire de chacun. Si Elysane venait à mourir, ce serait à cause d'une main anonyme cherchant simplement à obtenir vengeance.

Après un temps interminable pendant lequel Elysane s'affaiblit à chacun des soubresauts de son corps, le portail du jardin de Thaddeus apparut enfin au loin. Siane poussa un soupir de soulagement, heureuse de retrouver un élément familier auquel se raccrocher dans ce chaos ambiant. Tout autour d'eux, la nuit était d'un noir d'encre, dissimulant le petit groupe au reste du monde. C'est dans cette relative intimité qu'ils pénétrèrent dans la maison bourgeoise, avant de venir allonger Elysane à même le sol dans le bureau de Thaddeus, entourée des pierres précieuses qui répondaient à la souffrance de la Gardienne en irradiant une lueur macabre.

La Passeuse d'âmes était tellement faible qu'il semblait impossible de la tirer de l'inconscience dans laquelle son corps l'avait plongée. Après quelques secondes de flottement, Siane sentit les regards suppliants de Thaddeus et de Jórga se poser sur elle, comme s'ils l'imploraient de trouver une solution pour ranimer Elysane. Il était vrai que de tous les trois, c'était sans aucun doute la jeune femme qui possédait le plus de connaissances dans le domaine de la guérison, mais cela ne lui apporta malheureusement aucune idée lumineuse pour savoir comment sauver sa compagne.

Consciente du poids qui pesait sur ses épaules, Siane fouilla frénétiquement dans le sac d'Elysane, mais ne se retrouva que face à des cristaux dont elle ne savait que faire. Si seulement elle avait eu le temps de découvrir les enseignements des deux dernières années de formation ! Pourquoi donc la Gardienne s'était-elle entêtée à se faire accompagner par la moins expérimentée de tout Ërendor ?

Voyant que la jeune femme n'était d'aucune utilité tant elle était paralysée par la peur, Jórga décida de prendre les choses en main malgré son propre manque d'expérience.

— Il faut lui enlever le carreau d'arbalète de l'épaule et faire un bandage pour stopper l'hémorragie, ordonna-t-il d'une voix ferme.

Évidemment…, se dit Siane, horrifiée par sa stupidité. C'était en effet la première chose qu'elle aurait dû faire au lieu de se morfondre sur la situation ! Sans attendre, elle se précipita auprès de Jórga, qui était déjà agenouillé à côté d'Elysane. Aucun des deux n'avait envie de se lancer, mais ils savaient qu'ils ne pouvaient échapper à cette étape.

— Il faut faire vite, murmura Jórga, plus pour lui-même que pour Siane.

Sans réfléchir, il prit une profonde inspiration et appuya doucement sur l'épaule d'Elysane pour s'assurer de ce qu'il devait faire.

— Je vais compter, décida Siane pour se rendre utile. À trois, c'est compris ? Attention, un… deux…

Mais avant que le « trois » ne puisse franchir ses lèvres, Jórga tira vivement, arrachant le carreau d'un geste rapide. Elysane émit un gémissement étouffé, son corps se contractant légèrement sous la douleur. Le carreau, taché de sang, tomba au sol dans un bruit sourd. Le cœur au bord des lèvres, Siane appuya un tissu propre contre la plaie béante qui ne cessait de saigner, les mains tremblantes. Elle avait repéré une petite fiole de désinfectant dans le sac et passa donc le relais à Jórga pour qu'il maintienne la pression du tissu. Après quelques minutes à s'affairer, tous deux se redressèrent, leurs espoirs reposant désormais sur le bandage qu'ils avaient appliqué sur l'épaule de la Gardienne.

— Que fait-on, maintenant ? demanda Siane, complètement perdue.

— Nous devons rejoindre Ërendor au plus vite pour mettre Elysane en sécurité, répliqua Thaddeus d'une voix blanche.

— Alors c'est facile, il suffit de prononcer l'incantation pour faire apparaître le voile de Séléné !

Siane attendit la réponse de son interlocuteur, mais celle-ci n'arriva jamais. La jeune femme ne comprit tout d'abord pas le problème, avant de réaliser avec stupeur la complexité de la situation. Malgré son lien avec les Passeuses d'âmes, malgré sa connexion avec Ërendor depuis plus de vingt ans, Thaddeus ne connaissait pas les mots qui permettaient d'accéder au domaine... Tremblante de la tête aux pieds, Siane regarda tour à tour le Veilleur et Jórga, incapable d'accepter qu'ils s'étaient précipités jusqu'ici pour se retrouver piégés.

— Il doit bien y avoir une solution ! s'exclama-t-elle, au comble de la consternation.

— Oui, il en existe une..., confirma Thaddeus. Il faut que nous parvenions à ranimer Elysane pour qu'elle puisse nous transmettre l'incantation.

— Et si nous n'y arrivons pas ?!

— Alors nous devrons nous rendre aux soldats du roi...

Un ricanement faillit s'échapper des lèvres de Siane, tant la situation lui semblait ubuesque. Se rendre aux soldats maintenant, après tout ce qu'ils venaient de traverser ? Ils devaient en effet ranimer Elysane au plus vite, c'était une évidence… mais comment ? La jeune femme se rendit compte de l'ironie de la situation : Elysane était aux portes de la mort, coincée hors du domaine d'Ërendor, alors que seule une Passeuse d'âmes confirmée pouvait la tirer de ce mauvais pas.

À cette réflexion, Siane eut tout à coup une idée, qu'elle s'empressa de mettre en application. Et si elle tentait de copier ce qu'elle avait vu ce soir-là, quand la Gardienne sondait les soldats en apposant les pierres précieuses sur différentes parties du corps ? Malgré ses connaissances insuffisantes, pourrait-elle réussir à soigner la plaie due à l'arbalète en suivant à son tour cette méthode ? Tirant au hasard une topaze du sac, la jeune femme posa la paume de sa main sur le front d'Elysane, puis, fermant les yeux, elle essaya de sonder ce que l'âme de sa compagne lui disait.

Les premières minutes, elle ne perçut rien de particulier, si ce n'est le souffle faible et irrégulier de la Gardienne juste au-dessous d'elle. Siane se concentra un peu plus, un peu mieux, changea de position, se força, mais rien n'y fit. Elle s'obstina, s'acharna pour obtenir des résultats qu'elle savait indispensables, jusqu'à ce qu'elle se rende compte que tous ses efforts étaient vains. Elle n'était pas Passeuse d'âmes, elle faisait juste semblant d'agir, autant pour se convaincre elle-même que pour rassurer Thaddeus et Jórga qui assistaient à toute la scène sans en perdre une miette.

Au bout d'un moment, consciente qu'elle était en

train de se ridiculiser, la jeune femme songea qu'il était temps d'arrêter son petit manège pour tenter de ranimer Elysane. Pourtant, au moment où elle allait retirer sa main du front de sa compagne, celle-ci poussa un imperceptible soupir qui retint Siane. La Gardienne avait-elle senti que quelqu'un essayait de lui venir en aide ? Quoiqu'il en soit, une image frappa brusquement l'esprit de Siane, s'imprimant devant ses yeux comme si elle participait elle-même à la scène.

Dans sa vision, elle aperçut Elysane de dos, faisant face à un chemin plongé dans la pénombre. Tout au bout, on pouvait distinguer une lumière réconfortante, dont la douceur attirait irrémédiablement. Siane se sentit immédiatement appelée par cette lumière, comme si elle savait qu'en s'en approchant, elle rentrerait enfin dans un lieu auquel elle avait toujours appartenu. Elysane, quant à elle, n'était pas aussi sûre de vouloir avancer. Certes, elle semblait pencher vers l'avant, mais à chaque fois qu'elle tentait de faire un pas dans cette direction, une hésitation la retenait imperceptiblement en arrière. La Gardienne sortit un petit livre des replis de sa poche, qu'elle consulta attentivement pour prendre sa décision. C'est à ce moment-là, alors que Siane étudiait cette scène improbable, qu'elle sentit que quelqu'un la tirait par la manche.

— Siane ! Siane, reviens à toi ! Les soldats arrivent !

Refusant de quitter Elysane, la jeune femme s'opposa à l'ordre de Thaddeus, mais il la secoua si fort qu'elle n'eut pas d'autre choix que de se résigner à revenir dans le présent.

— Que se passe-t-il ? grommela-t-elle, consciente qu'elle venait de rater une opportunité rêvée.

— Plusieurs hommes armés viennent de franchir le portail, répondit rapidement Thaddeus. Ce sont les soldats de Draven qui nous cherchent… Il faut nous cacher !

— Les hommes de Draven ? Mais qu'est-ce que…

— Nous n'avons plus le temps de t'expliquer ! Je vais décupler la puissance des cristaux, en espérant que cela sera suffisant pour les repousser. Accroche-toi !

Sans donner plus de précisions, Thaddeus se redressa, puis frappa trois fois dans ses mains. Aussitôt, l'ensemble des cristaux présents dans son bureau se mit à briller intensément, projetant une lumière étincelante qui enveloppa la pièce. Leur éclat dense baigna les murs, le plafond et le sol, formant progressivement une barrière lumineuse autour des quatre compagnons. Thaddeus, les yeux fermés et les bras levés, semblait canaliser cette énergie d'une main de maître. Malgré tout, Siane se sentit ballottée en tous sens, comme si elle avait été plongée dans une force à laquelle elle ne pouvait opposer aucune résistance.

Dans un flou complet, perdue et nauséeuse, la jeune femme entendit vaguement des pas précipités résonnants dans le couloir, bientôt suivis de coups violents contre la porte fermée à clef. Le cœur de Siane s'emballa tandis que la panique menaçait de la submerger. Elle savait que le temps jouait désormais contre elle et qu'elle devait absolument profiter de la diversion de Thaddeus pour renouer le contact avec Elysane. Focalisant toute son attention sur le front de la Gardienne, s'efforçant de négliger la force des cristaux qui l'entouraient, Siane plongea dans l'âme de sa compagne dans une ultime tentative pour la sauver.

Lorsqu'elle revint dans la scène qu'elle venait de quitter, la jeune femme retrouva Elysane dans la même position qu'auparavant. Elle tenta de hurler son nom pour attirer son attention, mais en vain. Aucun son ne parvint à sortir de sa gorge, comme si ses lèvres étaient scellées afin que la Gardienne puisse décider seule de son destin. Après avoir jeté un dernier coup d'œil à son livre, celle-ci sembla enfin choisir d'avancer en direction de la lumière douce et rassurante. Était-ce bon signe pour ramener Elysane à la vie, ou au contraire s'engageait-elle sur un chemin dont elle ne reviendrait jamais ?

Juste avant de partir complètement dans cette direction, la Gardienne se retourna imperceptiblement vers Siane, comme si elle voulait lui indiquer quelque chose. Ce qui passa alors dans ses yeux fut bref, mais d'une telle intensité que la jeune femme en fut instantanément foudroyée. En moins d'une seconde, une foule d'informations déferla dans son esprit avec une telle puissance qu'elle fut obligée de lâcher sa connexion avec Elysane. La dernière vision qu'elle reçut fut celle de sa compagne s'élançant vers la lumière, avant qu'une obscurité complète ne tombe brutalement sur la scène.

Siane ouvrit les yeux, son cœur résonnant dans sa poitrine à une vitesse affolante. Elle croisa le regard de Jórga, qui la dévisageait avec une inquiétude palpable.

— Je sais…, haleta-t-elle. Je sais comment faire apparaître le voile d'Ërendor !

Thaddeus était tellement concentré sur sa tâche qu'il n'entendit même pas les propos de la jeune femme. Au-dehors, les soldats avaient entrepris de défoncer la porte, abattant leurs épées sur les montants en bois à une cadence alarmante. En opposition à cette attaque, la lumière des cristaux repoussait les assaillants, renforçant la solidité de la porte pour qu'ils ne puissent la détruire complètement. C'est dans cette confusion totale que Jórga prit conscience des paroles de Siane et l'aida à se redresser afin de la soutenir jusqu'au passage secret dissimulé dans la bibliothèque. La jeune femme savait ce qu'elle devait faire, mais elle n'avait plus aucune force pour prononcer l'incantation transmise par Elysane.

— Allez ma belle, lui souffla Jórga dans le creux de l'oreille. Nous avons tous besoin de toi…

Siane inspira profondément, concentrant sur elle toute la force que les cristaux de Thaddeus pouvaient lui transmettre. De ses lèvres à peine entrouvertes, elle prononça alors une phrase simple, constituée seulement de sept mots tirés d'une langue ancienne, qui était le précieux sésame pour faire apparaître le voile. Aussitôt, un bruit vaporeux se fit entendre et, derrière le lourd battant chargé de livres qui s'ouvrit, apparut enfin l'accès pour rejoindre Ërendor.

— Vite, sauvons-nous de là ! hurla Jórga.

Sans perdre une minute, le jeune homme se précipita vers Elysane, qu'il prit le plus délicatement possible entre ses bras. Thaddeus, après une dernière incantation, relâcha son contrôle sur les cristaux, plongeant aussitôt la pièce dans une obscurité totale. Les trois compagnons, se soutenant pour porter le corps de la Gardienne, se jetèrent alors à travers le voile au moment même où les soldats parvenaient à abattre la porte.

Siane crut défaillir quand elle reconnut la forêt du

premier niveau d'Ërendor, là où elle pourrait enfin demander de l'aide pour sauver la représentante des Passeuses d'âmes. Elle savait toutefois qu'elle ne devait pas perdre un instant et utilisa donc ses dernières forces pour condamner les portes du domaine, songeant à la chance inouïe qu'ils avaient eue de se sortir indemnes de ce coup d'État. Il s'en était fallu de si peu pour que les soldats les attrapent ! Le soulagement se lisait également sur les visages de Thaddeus et de Jórga, qui se prirent dans les bras l'un de l'autre pour célébrer le fait d'être désormais en sécurité. Ces secondes de battement furent-elles celles de trop pour Elysane ? Ou bien était-ce dû au fait qu'elle avait enfin pu rejoindre la sérénité de son domaine ? Quoi qu'il en soit, lorsque Siane se pencha vers la Gardienne pour s'assurer de son état, elle recula brusquement, horrifiée. Dans ces derniers instants de répit, alors que le plus difficile était enfin passé, Elysane, la représentante suprême d'Ërendor, venait de rendre l'âme.

Elysane

Elysane se souviendrait toute sa vie de l'émotion qu'elle avait ressentie lorsqu'Isilda, la Gardienne d'Ërendor, lui avait transmis ses connaissances afin qu'elle puisse lui succéder. Elle était encore une jeune Passeuse d'âmes à ce moment-là, à peine âgée de plus de trente ans, et avait dédié toute sa vie à se préparer. Enfin, après tant de travail, de doutes et de questions, elle prenait la place qu'on lui avait réservée, balayant ainsi des années de solitude et de méfiance à son égard !

Dès son plus jeune âge, Elysane avait été une enfant particulière, manifestant un don aussi étrange que puissant. Dès qu'elle effleurait la peau de quelqu'un par inadvertance, des images se formaient immédiatement dans son esprit, lui permettant de ressentir la véritable personnalité derrière ce contact, allant même jusqu'à pouvoir dire le destin qui l'attendait. Cette capacité exceptionnelle n'était malheureusement pas bien comprise par son entourage. Les habitants de son quartier la regardaient avec méfiance et certains allaient même jusqu'à la traiter de sorcière. Les enfants de son âge l'évitaient et les adultes la surveillaient de loin, murmurant des prières pour se protéger de cette petite fille qu'ils ne parvenaient pas à comprendre.

Ce n'est que lorsqu'Isilda était venue la chercher à l'orphelinat, lui révélant qu'elle faisait tout simplement partie du groupe des Passeuses d'âmes, qu'Elysane avait enfin compris que le fléau qu'elle croyait porter était en réalité un véritable don. Mieux encore, ses capacités étaient tellement puissantes que bien vite elle avait été pressentie pour succéder à la Gardienne d'Ërendor, ce qui arriva quelques années après qu'elle fut sortie de sa période d'isolement de sept ans. Isilda avait tout préparé pour ce moment important, consciente que sa santé déclinait lentement. Elysane avait reçu, dans une cérémonie privée d'une grande intensité, tout un ensemble de connaissances qui se transmettait de Gardienne en Gardienne depuis la nuit des temps, notamment l'incantation pour ouvrir et fermer les portes du domaine.

Dès son intronisation, Elysane était partie en quête de la personne qui pourrait à son tour lui succéder. Elle savait déjà que celle-ci ne se trouvait pas à Ërendor et qu'elle devrait donc former l'une des orphelines qui rejoindraient par la suite la communauté. Les mois étaient passés, puis les années, mais aucune petite fille ne semblait apte à prendre sa succession.

Au fil du temps, Elysane avait commencé à s'inquiéter. Malgré ses efforts pour trouver la prochaine Gardienne, aucune des prétendantes qu'elle avait rencontrées ne montrait les signes d'un don hors du commun. Thaddeus, en tant que Veilleur, partageait ses préoccupations. Que se passerait-il si ce précieux savoir ne pouvait être transmis à personne ?

Ce n'est qu'à l'aube des cinquante ans d'Elysane qu'un appel se fit brusquement sentir, alors qu'elle se remettait tout juste du désastre du couronnement du roi. Là-bas, quelque part dans la ville, une petite fille avait perdu sa maman. C'était elle, aucun doute n'était possible. Infiniment soulagée, la Gardienne s'était élancée dans Silverdale à la recherche de sa successeure, sans se douter que celle-ci aurait tant de difficulté à accepter le rôle qui allait lui être alloué.

CHAPITRE 22

Les heures suivantes, Siane déambula dans sa vie comme dans un cauchemar éveillé. La douleur que la jeune femme ressentait était tellement violente qu'elle agit comme un automate jusqu'à s'écrouler d'épuisement à même le sol aux premières lueurs de l'aube. Dehors, des gémissements ne cessaient de se faire entendre tant la nouvelle de la mort de la Gardienne avait frappé de plein fouet la communauté. Lilwenn avait tenté de parler à Siane, mais celle-ci, profondément sous le choc, était partie en courant sans parvenir à prononcer un seul mot.

La jeune femme mit un temps infini à se rendre compte qu'elle portait toujours la robe beige qui lui avait servi de déguisement. Elle essaya de se relever pour l'arracher, mais ne fit que lutter contre des démons invisibles qui paralysèrent ses membres. De guerre lasse, Siane souleva simplement le bas de sa robe pour glisser sa main jusqu'à la poche de sa tenue de Passeuse d'âmes.

Elle en tira le ruban bleu de Seraphina, qu'elle porta à ses lèvres pour l'embrasser. C'est dans cet instant de réconfort que la réalité finit par rattraper la jeune femme, qui se mit alors à pleurer en silence. Pourquoi la vie avait-elle arraché à Ërendor celle qui dirigeait les Passeuses d'âmes depuis tant d'années ? Pourquoi n'était-ce pas Siane qui avait franchi la porte en dernière, protégeant ainsi Elysane, visée par simple souci de vengeance ?

Siane pleura longtemps, seule et désespérée, jusqu'à ce que ses yeux soient tellement secs que plus aucune larme ne pouvait s'y former. Alors qu'elle divaguait dans les souvenirs de la soirée épouvantable qu'elle venait de vivre, un coup frappé à sa porte se fit entendre. Au début, la jeune femme n'y prêta pas attention, pensant que son esprit lui jouait des tours. Mais le brüit se répéta au bout de quelques instants, plus insistant cette fois-ci. Siane se redressa légèrement, essuyant machinalement ses joues pourtant sèches d'un revers de la main. « Entrez », murmura-t-elle d'une voix brisée. La porte s'ouvrit doucement, laissant apparaître Jórga, le visage inondé de tristesse.

— Je peux… ? demanda-t-il en désignant l'intérieur de la pièce.

Siane hocha faiblement la tête, incapable de trouver les mots pour accueillir son compagnon. Jórga pénétra lentement dans la petite maison, avant d'avancer à pas feutrés en direction de la jeune femme. Il lui tendit la main pour l'aider à se redresser, puis l'accompagna jusqu'à son lit où il l'installa confortablement. Siane se laissa faire comme une enfant, appréciant ces gestes de réconfort qu'elle aurait aimé recevoir le jour du décès de

Seraphina. Face à elle, Jórga n'oscillait pas entre différents états d'âme, comme il le faisait habituellement. Bien au contraire, ses traits montraient seulement à quel point il était bouleversé, ne laissant aucune place à l'exubérance dont il pouvait parfois faire preuve. Après quelques instants où il plongea son regard dans celui de Siane, il s'éclaircit la gorge pour prendre la parole.

— Mon père voudrait te voir si tu en as la force…

— Je… Je ne crois pas que ce soit le bon moment. Je suis épuisée, je pense que je vais me reposer.

— Tu crois vraiment que tu vas réussir à dormir ?

— Bien sûr que non, avoua la jeune femme. Mais je n'ai envie de voir personne pour l'instant.

— Très bien, je comprends. Mon père et moi nous sommes installés temporairement dans la maison d'Elysane. Viens nous rejoindre quand tu te sentiras prête, il a quelques questions pour toi…

Jórga passa une main réconfortante sur la joue de Siane, lui arrachant un faible sourire par-delà son épuisement. Alors qu'il allait se relever pour la laisser se reposer, la jeune femme le retint par la manche, mue par une soudaine inspiration.

— Attends, je peux te confier quelque chose ?

Jórga se rassit immédiatement, avant de hocher la tête d'un air grave. Siane hésita, mais elle savait qu'elle ne pourrait porter son secret en silence plus longtemps. Il fallait qu'elle partage avec quelqu'un ce qu'elle avait reçu de la part d'Elysane et pour cela, Jórga était certainement le meilleur confident.

— Juste avant qu'on rejoigne Ërendor, j'ai vu… J'ai vu Elysane, bafouilla-t-elle ses premiers mots. J'étais en train d'essayer de sonder son âme et son image est clairement apparue dans mon esprit.

— Est-ce qu'elle t'a parlé ?

— Non, j'ai l'impression qu'elle ne m'entendait pas quand je l'ai appelée. C'était vraiment bizarre, elle était de dos face à un chemin plongé dans la pénombre…

— Et elle a choisi d'avancer vers la lumière, n'est-ce pas ? demanda Jórga, les traits soudainement figés.

— Oui… Comment le sais-tu ?!

Le jeune homme se redressa, avant d'étirer ses longs bras en l'air dans un geste ample. Un souvenir passa dans son regard, faisant trembler ses iris d'un bleu délavé, l'incitant à frictionner ses yeux avec les paumes de ses mains. Il prit tout son temps pour répondre, comme s'il cherchait les mots justes pour s'exprimer.

— Comme Elysane te l'a peut-être raconté quand tu étais à Ërendor, j'ai perdu ma mère lorsque j'étais enfant. Mais ce que beaucoup de gens ignorent, c'est qu'environ trois ans avant son décès, elle avait vécu un événement traumatisant qui a profondément marqué toute ma famille. J'étais jeune à l'époque, donc je ne me souviens pas de tous les détails, mais je sais qu'elle a été frappée par une forte fièvre qui a bien failli l'emporter. J'ignore par quel miracle elle a réussi à s'en sortir, mais lorsque sa santé s'est améliorée, elle m'a fait venir à son chevet pour m'expliquer ce qu'il lui était arrivé…

Suspendue aux lèvres de Jórga, Siane attendit qu'il dévoile ce qu'il avait visiblement gardé pour lui pendant des années. Lorsque le jeune homme reprit la parole, il était très ému par ce qu'il s'apprêtait à révéler.

— Au plus fort de sa fièvre, ma mère s'est aussi retrouvée face à ce chemin, d'après ce qu'elle m'a expliqué. Elle me l'a décrit avec beaucoup de précision, notamment la lumière qui l'appelait intensément. Mais au fond d'elle-même, elle savait qu'elle n'était pas prête à m'abandonner, alors elle a fourni un effort que peu de gens sont capables de réaliser : elle a fait demi-tour pour revenir en arrière. C'est ainsi qu'elle a réintégré son corps et qu'elle n'est pas décédée ce jour-là…

— Tu veux dire…, bredouilla Siane, les yeux écarquillés. Tu veux dire que ta mère a refusé de mourir pour revenir auprès de toi ?

— Absolument. En tout cas, c'est ce qu'elle m'a raconté lorsqu'elle a enfin ouvert les yeux après plusieurs journées à délirer.

— Mais si c'était vrai, cela voudrait dire qu'Elysane avait certainement aussi le choix et qu'elle a volontairement décidé d'aller vers la mort ? Cela me paraît tellement improbable… Je ne remets pas en cause les paroles de ta mère, mais il doit forcément y avoir une autre explication !

— Et pourtant, cela faisait peut-être partie du destin d'Elysane… Qui sait si ce n'était pas ce qui avait toujours été prévu pour elle ?

Siane repoussa en bloc les propos de Jórga, horrifiée. Jamais la Gardienne n'aurait accepté d'abandonner Ërendor à un moment aussi critique pour les Passeuses d'âmes ! Cette perspective semblait tellement inimaginable que Siane regretta d'avoir commencé à discuter avec son compagnon. Tout ce à quoi elle aspirait désormais, c'était qu'on la laisse tranquille et qu'elle puisse essayer de dormir un peu après les épreuves de la nuit. Elle tenta de s'allonger dans son lit pour que le jeune homme comprenne qu'il la dérangeait, mais celui-ci, bien loin de remarquer le trouble dans lequel ses paroles avaient plongé son amie, s'empressa de poursuivre la discussion.

— Que voulais-tu me confier ?

— Eh bien... Lorsque je me suis connectée à elle, elle s'est retournée pour me regarder. J'ai reçu... Ça va te paraître bête ce que je vais te dire, Jórga... Tu promets de ne pas te moquer de moi ?

— Je ne sais pas, cela va dépendre de ce que tu vas me dire...

Siane envoya un regard stupéfait à Jórga, avant de comprendre qu'il ne plaisantait pas. Le jeune homme n'avait aucun filtre, prononçant les paroles qui lui passaient par la tête sans prêter attention aux conventions. Si ce que son interlocutrice lui disait lui déplaisait, il ne se priverait pas de lui partager ses sentiments. Siane tenta de passer au-dessus de cette attitude déstabilisante et osa enfin se lancer, afin de libérer sa conscience du poids qui ne cessait de la perturber.

— Quand Elysane m'a regardée, juste avant son décès, j'ai senti quelque chose d'étrange me tomber dessus, comme si elle m'avait transmis un dossier avec toutes ses connaissances.

— C'est-à-dire ?

— Je ne sais pas exactement, ce n'est pas très clair pour moi non plus... J'ai l'impression qu'elle m'a confié tout son savoir, mais dans sa forme brute, sans aucune explication. C'est comme si j'avais reçu une quantité incroyable d'informations, mais que j'étais incapable de les décoder.

Jórga fit une moue dubitative, mais ne se moqua pas

de Siane, montrant ainsi que ce qu'elle venait de partager n'était peut-être pas si stupide que ça. Au contraire, il se mit à réfléchir intensément, cherchant à décrypter le mystère entourant la transmission de ces connaissances.

— Est-ce pour cette raison que tu as su comment ouvrir les portes d'Ërendor ? s'enquit-il.

— Je pense que oui... Dans le flou de ce que j'ai reçu, j'ai vu qu'il y avait l'incantation, mais elle était noyée dans un énorme brouillard. J'ai l'impression que j'ai réussi à l'extirper malgré tout, précisément parce que j'en avais besoin à ce moment-là. C'était vraiment étrange, comme si une main invisible m'avait guidée pour retrouver les bons mots dans mon esprit embrouillé...

Siane ne parvenait pas à mieux décrire la situation, même si elle se rendait bien compte que ses propos étaient relativement confus. La seule explication qui lui semblait plausible, c'était qu'Elysane, pressentant qu'elle allait mourir, lui avait transmis tout son savoir de Gardienne. Cela paraissait absurde, tant Siane était certainement la moins digne de recevoir une telle sagesse ! Non seulement avait-elle déjà décidé de quitter Ërendor, mais en plus elle voyait bien que le flou dans son esprit n'augurait rien de bon pour la suite des événements. Elle se sentait tellement stupide de ne pas réussir à mettre la main sur ce savoir qui flottait indistinctement en elle qu'elle n'osa pas avouer à Jórga le trouble qui l'animait. Le jeune homme avait toutefois compris ce que Siane avait insinué dans ses confidences et, voyant la détresse dans ses yeux, il se pencha vers elle dans un geste réconfortant.

— Je sais que tu as du mal à accepter qu'Elysane ait

choisi de partir, mais je pense au contraire que c'est un aspect essentiel à prendre en considération. Peut-être a-t-elle été rassurée de te voir à ses côtés au dernier moment, sachant ainsi qu'elle pouvait te confier la gouvernance d'Ërendor avant de mourir en paix.

— Mais je ne veux pas diriger les Passeuses d'âmes, voyons !

— Et pourtant… Peut-être est-ce ce qui est écrit sur le livre de ta propre existence ?

À ces mots, la jeune femme revit le petit livre qu'Elysane avait consulté à plusieurs reprises, comme si elle y cherchait une réponse pour savoir quelle voie emprunter. Celui-ci pouvait-il retracer le chemin de l'âme de la Gardienne ? Et si c'était le cas, pouvait-on imaginer que toutes les vies étaient déjà écrites à l'avance ?

Siane avala avec peine sa salive, avant de repousser au loin toutes ces préoccupations. Jórga comprit que la discussion prenait une tournure qui remettait en question toutes les croyances de la jeune femme, aussi lui accorda-t-il quelques secondes pour qu'elle puisse assimiler les propos qu'ils venaient d'échanger. Dans le silence qui s'installa progressivement, les voix empreintes de tristesse des Passeuses d'âmes se firent entendre au-dehors. Aucune d'entre elles ne savait encore ce qu'il s'était réellement passé lors du décès d'Elysane et Siane se demanda si elle ne pourrait pas cacher pour toujours la manière tragique dont elle avait acquis une sagesse qu'elle estimait ne pas mériter. Afin de ne pas repartir sur ce chemin glissant, elle se retourna vers son ami pour lui poser une question qui n'avait également cessé de la hanter depuis leur retour à

Ërendor.

— Que s'est-il passé exactement dans les appartements de Roderick ? Le coup d'État semblait quasiment terminé, et puis on dirait qu'il y a eu un brusque revirement de situation…

— C'est bien ça, il y a eu un événement qui a tout chamboulé. Es-tu prête à entendre la vérité ? Je préfère te prévenir, tu risques d'être un peu perturbée par ce que je vais t'annoncer.

— Vas-y, je ne suis plus à ça près de toute façon…

— C'est à propos de ton frère, Draven. Je n'étais pas présent à ce moment-là, donc je ne connais pas tous les détails, mais d'après ce que j'ai pu comprendre, il a assassiné Arthos lorsque Roderick a été attrapé…

— Quoi ? Mais pour quelle raison aurait-il fait ça ?!

— Pour monter sur le trône à sa place, pardi !

— Pardon ?!

— J'ignore comment les Veilleurs de l'ombre ont pu passer à côté d'une telle information, mais il faut croire que Draven avait tout organisé pour faire basculer le coup d'État à son avantage. Entre lui et Arthos, je pense que les soldats ont vite choisi leur camp, celui de la jeunesse et de la radicalisation. Arthos avait proposé à Draven de devenir son conseiller lorsqu'il serait roi, mais je suppose que cela ne devait pas suffire à ton frère. Ce qu'il visait, et ce qu'il a réussi à atteindre, c'était directement le trône.

Draven, roi de Silverdale ? Siane ne réussit même pas à répondre tant l'idée lui paraissait absurde. Elle ne voyait que le petit garçon qu'elle avait perdu le jour du couronnement, celui qui avait grandi sans elle et qui était visiblement devenu un excellent forgeron. Certes, il avait assisté Arthos lors du coup d'État, mais pour quelle raison aurait-il voulu prendre sa place ?

— Pourquoi Draven aurait-il fait une chose pareille ? se demanda-t-elle à voix haute.

— Seul lui peut le savoir, Siane. Peut-être cherchait-il à se venger de quelque chose ?

Se venger de quelque chose... C'est alors qu'elle se laissait infuser par cette idée que la jeune femme reçut en plein visage l'image de son père, assassiné de trois poignards plantés dans le cœur. Draven, qui était pourtant en admiration devant la royauté lorsqu'il était enfant, venait de venger le meurtre de Balric de la plus effroyable des façons. Siane expliqua à Jórga en quelques mots ce qu'elle venait de comprendre, avant de se souvenir que la propre mère de celui-ci avait également été tuée par Roderick. Même s'il ne laissa rien paraître, le jeune homme devait certainement être satisfait que cet horrible roi ait été renversé.

— Que va-t-il se passer maintenant, à ton avis ? demanda Siane, toujours incapable d'accepter l'idée que Draven ait pu accéder au trône de Silverdale.

— Les prochains jours risquent d'être compliqués. Je suppose que, même si Roderick a été destitué, le combat n'est pas terminé puisqu'il va falloir empêcher la rébellion de ceux qui le soutenaient. Heureusement pour ton frère, si je peux m'exprimer ainsi, le roi a tellement fait souffrir son peuple avec ses lois et sa volonté d'amasser des richesses que peu de gens vont réellement le regretter... Les prochains mois vont être dédiés à stabiliser ce nouveau gouvernement, j'imagine.

— Et Roderick ?

— Ah ça, je n'aimerais pas être à sa place à l'heure

actuelle ! Je suppose qu'il ne va pas passer un bon moment…

— Mais sa femme est enceinte !

— Et alors ? Tu crois vraiment que cela a une quelconque importance pour Draven ?

Un haut-le-cœur monta dans la gorge de Siane à l'idée que cette pauvre femme puisse pâtir du malheur qui venait de s'abattre sur son époux. Ce n'était pas possible, son frère ne permettrait jamais qu'une telle injustice puisse s'attaquer à des innocents ! N'avait-il pas souffert lui-même de la stupidité des hommes lorsqu'il était enfant ? Pourquoi voudrait-il répéter une telle situation ? La jeune femme tenta de défendre Draven, mais Jórga l'attrapa fermement par le menton, la forçant à le regarder dans les yeux.

— Je crois que tu as du mal à saisir ce qu'il se passe, alors tu vas ouvrir tes oreilles en grand pour que je sois certain que tu entendes bien la vérité. Il y a eu un double coup d'État ce soir, entraînant de nombreuses victimes, et il y en aura encore d'autres dans les prochaines heures. Ton frère n'est plus le garçon innocent que tu as perdu, c'est désormais un homme qui n'hésitera pas à assassiner tous ceux qui se dresseront sur son chemin. Avec Draven sur le trône, c'est une nouvelle ère qui s'annonce, dans laquelle les Passeuses d'âmes n'ont malheureusement aucune place. C'est la fin d'Ërendor, Siane. Si Roderick nous détestait, Draven nous hait encore plus profondément.

— Mais pourquoi ? Qu'est-ce que nous lui avons fait ?

— Je l'ignore. Ce que je sais, en revanche, c'est que tout n'est peut-être pas perdu pour autant. Parce que dans l'horreur que nous vivons, dans les temps difficiles qui nous attendent, la vie a vraisemblablement bien fait les choses. Nous avons un avantage considérable, sur lequel nous allons nous appuyer pour sortir les Passeuses d'âmes de ce mauvais pas.

— De quoi parles-tu ?

— De toi. Deux jumeaux, deux chemins, mais une même destinée, ma belle Siane… Ne vois-tu pas que tu es devenue la Gardienne d'Ërendor au moment précis où ton frère est devenu roi de Silverdale ?

— Mais je ne suis pas la Gardienne d'Ërendor !

— Bien sûr que si, et il va falloir que tu apprennes rapidement à l'accepter. Qui sait, peut-être est-ce justement pour te laisser la place qu'Elysane a fait le choix d'avancer ? Au fond, qui d'autre que toi pourrait réellement s'opposer à Draven ?

Siane baissa les yeux, submergée par le doute et l'incompréhension. Les paroles de Jórga résonnaient en elle, mais elle refusait d'en accepter le moindre mot. Elysane ne l'aurait jamais abandonnée dans une telle situation, avec des connaissances floues et aucune idée de ce qu'on attendait exactement d'elle ! Et puis, comment pourrait-elle s'opposer à son propre frère, avec qui elle partageait un lien d'amour indestructible malgré les années de séparation ? Ce n'était désormais plus une aventure telle que Siane en avait toujours rêvé, mais une épreuve que toute son âme refusait d'affronter. Convaincue qu'il devait y avoir une erreur, la jeune femme se redressa dans son lit, déterminée.

— Allons voir ton père, déclara-t-elle d'une voix ferme. J'ai quelque chose à lui annoncer.

CHAPITRE 23

Trois jours s'étaient écoulés depuis que Siane avait tenté, en vain, de faire entendre son point de vue à Thaddeus. « Nous en parlerons après l'enterrement d'Elysane » avait été la seule réponse qu'elle avait obtenue, et c'était donc dans un certain flou qu'elle avait patienté jusqu'à cet événement qu'elle redoutait tant.

Un soleil radieux se leva le matin même de la cérémonie, contrastant avec l'ambiance de tristesse infinie qui s'était abattue sur Ërendor. Siane, après le refus de Thaddeus, avait passé tout son temps dans sa petite maison, allongée pendant des heures dans son lit en laissant son esprit divaguer. Elle avait ressassé mille fois les derniers instants de vie de la Gardienne, se demandant inlassablement ce qu'elle aurait pu faire pour éviter un tel drame. Les connaissances qu'elle avait reçues restaient présentes dans un coin de sa tête, mais elle les rejetait en bloc, refusant d'accepter ce que l'on attendait d'elle.

C'est avec une peine immense que Siane se traîna hors de son lit pour s'habiller, consciente qu'elle ne pouvait manquer l'enterrement d'Elysane. L'idée de faire ses adieux à la Gardienne était déjà éprouvante, mais ce n'était pas ce qui la tourmentait le plus. Ce qu'elle redoutait, c'était les regards qui pèseraient sans aucun doute sur elle, lorsqu'elle aurait le dos tourné. Les Passeuses d'âmes lui en voulaient-elles de ne pas avoir empêché Elysane de se joindre au coup d'État ? Siane culpabilisait déjà tellement qu'elle savait qu'elle n'aurait pas la force d'affronter les reproches qui pourraient lui être adressés. Lilwenn, lorsqu'elle était venue lui apporter ses repas dans sa chambre, avait tenté de la rassurer, mais rien n'avait pu faire changer d'avis la jeune femme. Elle était persuadée que sa place à Ërendor n'avait plus aucun sens et que personne ne la regretterait le jour où elle s'en irait.

Il avait été décidé qu'Elysane serait enterrée dans une petite clairière un peu isolée du premier niveau, afin que chacune puisse venir se recueillir facilement sur sa tombe. Siane arriva la dernière, se glissant sans bruit derrière les Passeuses d'âmes qui entouraient déjà le cercueil. Certaines avaient apporté une fleur, d'autres une pierre précieuse, et chacune put venir déposer son offrande auprès du corps de la Gardienne, tandis que leurs prières se mêlaient à leurs larmes. Cette vision émut profondément Siane, qui regretta de ne pas avoir pensé à emporter un souvenir pour honorer la mémoire d'Elysane.

Alors que la jeune femme se reculait légèrement pour s'éloigner de la scène, ses doigts effleurèrent par hasard un tissu doux dans sa poche. Intriguée, elle le sortit discrètement, avant de découvrir avec stupeur le petit ruban bleu de Seraphina. Cette vision lui arracha un sourire pâle, comme si sa propre mère lui montrait la voie qu'elle devait suivre depuis là où elle se trouvait. Se séparer du dernier souvenir de son enfance brisa le cœur de Siane, mais elle savait également que c'était le signe d'un renouveau dans sa vie. Tout était prêt pour son départ, son sac l'attendant déjà au pied de son lit, et elle n'avait plus qu'à discuter avec Thaddeus afin de lui annoncer sa décision.

Dans un geste tendre, Siane déposa le ruban dans le cercueil, ignorant autant que possible les regards qu'elle sentait peser sur son dos. Elle évita de lever les yeux vers le visage d'Elysane, de peur d'y découvrir ses traits déjà rattrapés par la mort. Quelle ironie de penser que la Gardienne avait pu sauver tant de gens dans sa vie alors que personne n'avait pu lui venir en aide au moment de son propre départ !

La fin de la cérémonie se déroula dans un silence solennel, jusqu'à ce que la dernière pelletée de terre recouvre le cercueil d'Elysane. Lorsque tout fut terminé, les Passeuses d'âmes se recueillirent quelques minutes supplémentaires avant de se disperser lentement, chacune emportant avec elle une part du chagrin partagé. Siane resta un moment à observer la tombe fraîchement recouverte, le cœur lourd. Elle savait que, même si cela ne la concernait plus directement, la vie à Ërendor ne serait plus jamais la même sans la présence de la Gardienne.

Alors qu'elle songeait à regagner sa petite maison, Siane aperçut Jórga, qui était resté en retrait tout au long de la cérémonie. Elle prit le temps d'observer son visage émacié, réalisant que c'était certainement la première fois que celui-ci se rendait à Ërendor. Quelle tristesse de se dire qu'il découvrait le domaine des Passeuses d'âmes dans ces conditions tragiques, alors que ce lieu regorgeait habituellement de tant de beauté ! La jeune femme se demanda ce qu'il adviendrait de son ami lorsqu'elle quitterait Ërendor un peu plus tard dans la journée. Serait-il condamné à rester coincé ici, le temps que les relations avec Draven s'apaisent ?

En songeant à cette séparation qui approchait à grands pas, Siane dut repousser au loin la perspective de la solitude qui l'attendait. Elle savait qu'elle ne pouvait demander à Jórga de l'accompagner, le jeune homme étant bien trop lié aux Passeuses d'âmes pour prendre le risque de se rendre à Silverdale. Elle pensa alors à Miriel et à Lyona, toutes deux isolées dans le dernier niveau d'Ërendor, sans aucune idée du drame qui venait de se dérouler. Là non plus, ses amies ne pouvaient lui venir en aide, tout comme Lilwenn qui n'aurait jamais le courage de quitter Ërendor. Siane allait devoir trouver en elle-même la force de se reconstruire, même si chaque jour lui rappellerait cruellement l'absence d'Elysane et de tous ceux qui l'aimaient profondément.

Alors qu'elle s'engageait sur le chemin de retour, une main se posa sur son épaule pour retenir son attention.

— Thaddeus…, dit-elle en se retournant.

— Pouvons-nous discuter maintenant ? demanda le vieil homme à la jambe de bois. Si cela te convient, je te propose de nous installer dans la maison d'Elysane.

Siane hocha la tête, bien décidée à se débarrasser au plus vite de cette discussion. Elle avait prévu d'être complètement honnête avec le Veilleur, tant sur le savoir qu'elle avait acquis par erreur que sur sa volonté de quitter rapidement les Passeuses d'âmes. Aussi, lorsque celui-ci l'invita à s'asseoir dans la demeure, elle annonça d'emblée ses intentions.

— Thaddeus, commença-t-elle, sachez que je ne peux reprendre la direction des Passeuses d'âmes comme Elysane l'aurait souhaité. Dès que j'ai obtenu ma perle, j'ai appris que si je choisissais l'ombre, je devrais m'isoler pendant sept ans, ce que je refuse catégoriquement. C'était une erreur de ma part de ne pas avoir prévenu Elysane plus tôt, alors que tout me poussait à retourner à Silverdale. Je quitterai donc le domaine cet après-midi même afin de devenir guérisseuse.

Siane attendit la réponse de Thaddeus, mais celle-ci mit un peu plus de temps que prévu à arriver. Le Gardien semblait réfléchir intensément, comme s'il cherchait quel argument pourrait convaincre Siane de rester. La jeune femme se prépara donc à parer à toutes les éventualités, mais lorsque son interlocuteur reprit la parole, elle fut complètement décontenancée, tant par la profondeur de son regard que par la teneur de sa question.

— Sais-tu pourquoi ton père a été assassiné, ma chère enfant ?

— Mon… mon père ?

— Oui, Balric. Tu l'ignores certainement, mais nous avons été des amis très proches du temps de son vivant.

Balric, un ami de Thaddeus ?! Siane crut qu'elle avait mal entendu tellement l'idée lui paraissait absurde. Son père était un ivrogne fini, incapable de prendre soin de sa famille et plongé dans les problèmes jusqu'au cou, bien loin de la noblesse qui se dégageait de l'homme qui lui faisait face.

— Contrairement à ce que tu penses, reprit Thaddeus, tu n'as pas encore toutes les informations pour prendre la décision de quitter Ërendor. Peut-être te manque-t-il l'essentiel, même, qui est de savoir pourquoi Elysane t'a pressentie pour lui succéder, alors que tu n'es pas encore une Passeuse d'âmes confirmée.

— D'après Jórga, c'est pour que je puisse m'opposer à Draven…

— En effet, mais ce qu'il faut que tu comprennes, c'est qu'elle avait pris cette décision bien avant sa mort. Elle l'a su le jour où elle a sondé ton âme pour la toute première fois, alors que tu venais tout juste de perdre ta maman. Cela ne peut s'expliquer, Siane. Une Gardienne ressent au plus profond d'elle-même quand elle a trouvé la personne qui devra lui succéder.

— Mais quel est le lien avec mon père ?

— Balric, tout comme moi, a perdu très jeune ses deux parents. Si des orphelines sont parfois choisies pour rejoindre les Passeuses d'âmes, certains garçons peuvent également être recrutés pour aider Ërendor depuis la ville de Silverdale. Nous n'avons pas accès au domaine, ni au savoir que peuvent posséder les femmes, mais nous nous assurons de leur sécurité afin qu'elles puissent accomplir leurs missions en toute sérénité. Ton père et moi avons été formés ensemble, avant que chacun poursuive sa route de son côté. Pour ma part, j'ai gravi tous les échelons pour devenir l'homologue masculin d'Elysane. Mais ton père…

— Il est tombé dans l'alcool, c'est bien ça ?

— Ne sois pas si dure avec lui, Siane. Balric a rendu

de grands services à Ërendor, allant même jusqu'à parvenir à intégrer l'entourage proche du père de Roderick. Son rôle a été essentiel pour que nous puissions connaître l'opinion du roi envers les Passeuses d'âmes.

— Ma mère était-elle au courant ?

— Ah, Seraphina… Ta pauvre mère était tellement loin de tout ça, ma chère enfant. Elle ne vivait que de lumière, de froufrous et de fêtes, comme tu le sais si bien toi-même. Je pense qu'elle était consciente que son mari avait un rôle important parmi les Veilleurs de l'ombre, mais elle refusait catégoriquement d'en entendre parler. J'imagine que Balric a beaucoup souffert de ne pas pouvoir se confier à sa propre femme…

— D'où son penchant pour l'alcool ?

— Peut-être… Sûrement… Nous ne le saurons jamais, malheureusement. Il était bien plus fragile qu'il ne voulait le montrer, tu sais. Il s'est entouré des mauvaises personnes et a certainement partagé des secrets qu'il aurait mieux fait de garder… C'est son rôle auprès de la communauté d'Ërendor qui lui a coûté la vie, pas son côté dissolu dont tu as pâti pendant toute ton enfance. Je ne sais pas exactement ce qu'il s'est passé, si ce n'est que quelqu'un a dû le trahir en révélant sa véritable identité. Roderick n'avait pas encore succédé à son père à ce moment-là, mais il devait malgré tout préparer le terrain dans l'ombre. Balric a été une de ses premières victimes, avant que tant d'autres ne suivent le jour de son couronnement.

— Comme… votre épouse ? demanda Siane, après une légère hésitation.

— Oui, malheureusement. Le plan de Roderick a été

simple, au fond. Dans un premier temps, sachant que le peuple n'était pas encore prêt à renier ses traditions, il s'est attaqué à tous ceux qui, comme ton père, protégeaient les Passeuses d'âmes. Puis, quelques années plus tard, il a promulgué ce fameux décret qui a été le point de départ de la condamnation des portes d'Ërendor. À l'heure actuelle, la situation est assez critique pour notre communauté. Il ne reste plus qu'un seul de nos espions qui n'a pas encore été découvert.

— Vous parlez de Markus, n'est-ce pas ?

— Oui, tout à fait. Tu le connais ?

— Il fait partie des personnes qu'Elysane a réussi à sauver le soir du coup d'État…

— Ah, je suis soulagé de l'apprendre ! Je craignais justement qu'il ne lui soit arrivé quelque chose…

— Mais que va-t-il advenir de lui, maintenant ? Si jamais Draven découvre qu'il faisait partie de la cour de Roderick ou qu'il collabore secrètement avec les Passeuses d'âmes, il risque d'être emprisonné, non ?

— S'il est seulement jeté en prison, on pourra dire qu'il aura eu de la chance…

Thaddeus se renfrogna quelques instants en songeant à ce qui attendait son ami, mais ce n'était rien en comparaison de Siane qui sentit un éclair lui traverser le corps. Elle n'avait vu Markus qu'une seule fois, mais depuis le moment où leurs regards s'étaient croisés, elle n'avait pu se libérer de son image. La jeune femme s'efforça de se convaincre que son cœur battait à tout rompre simplement par inquiétude, mais la réalité était bien évidemment différente. Qui aurait pu croire que, dans ce palais où tant de sang avait coulé, elle avait été transpercée par un coup de foudre pour un inconnu bien plus âgé qu'elle ?

Repoussant au loin la confusion de ses sentiments, Siane revint à son père, se demandant si elle parviendrait un jour à le considérer sous un nouvel angle. Connaissant l'affreux personnage qu'il avait été, elle peinait à saisir l'importance de son rôle auprès des Passeuses d'âmes, comme Thaddeus semblait pourtant le suggérer. Tandis qu'elle déroulait les souvenirs de son enfance dans son esprit, cherchant un détail qui aurait pu lui échapper, Siane songea tout à coup à Alex, le cuisinier. Les pièces du puzzle s'assemblèrent subitement devant ses yeux, la faisant vaciller sous le poids de la vérité enfin révélée.

— Alex faisait partie des Veilleurs de l'ombre, n'est-ce pas ?

— Oui, bien sûr ! Il est resté auprès de toi pendant ton adolescence afin de s'assurer que tu étais en sécurité.

— Mais enfin, pourquoi ne m'a-t-il pas prévenue ?! J'ai passé des années horribles dans la taverne de Ravenna, à devoir accumuler tant bien que mal des pourboires pour pouvoir m'échapper !

— Au contraire, Siane, tu n'aurais pas pu être mieux ailleurs que chez Ravenna, quoi que tu en penses. Les futures Passeuses d'âmes ne peuvent intégrer Ërendor avant leurs dix-huit ans, donc il fallait bien que tu grandisses quelque part en attendant. À cette époque, la situation commençait déjà à évoluer pour notre communauté et il aurait été bien trop risqué de te laisser survivre dans les rues de Silverdale. Qu'aurais-tu pu faire d'autre, en tant qu'orpheline de seulement neuf ans ? Au vu de la misère autour de chez Ravenna, nous étions certains que personne ne viendrait te chercher jusque-là. C'est pour cette raison que nous avons fait le choix d'envoyer Alex à tes côtés pour qu'il puisse garder un œil sur toi.

Un violent spasme secoua tout le corps de Siane devant la teneur des paroles de Thaddeus. Sous prétexte de vouloir la surveiller, on l'avait laissée croupir dans une taverne pendant des années, sans que personne ne songe à la prévenir de ce qui avait été prévu pour elle ! La jeune femme se leva brusquement, bousculant la table au passage tant elle tremblait de colère. Alors qu'elle se dirigeait d'un pas furieux vers la porte, Thaddeus l'interpella d'une voix sereine.

— Attends un instant, Siane, je n'ai pas terminé…

— Ce n'est pas maintenant qu'il faut m'expliquer tout ça ! explosa la jeune femme. Il aurait fallu me prévenir bien avant, quand je pleurais chaque soir de fatigue après avoir passé une journée horrible chez quelqu'un qui me détestait profondément ! Il y aurait eu mille autres lieux pour me cacher, si c'était vraiment ce que vous souhaitiez pour moi… Comment voulez-vous que je vous fasse confiance, après tout ce qu'il s'est passé ? Vous avez ruiné mon adolescence, et maintenant vous exigez que je prenne la direction d'Ërendor !

— Détrompe-toi, je n'exige rien du tout de toi. C'est la vie qui t'a choisie, pas moi…

— Mais comment pouvez-vous en être aussi sûr ?!

— Je le sais parce que je l'ai vu de mes propres yeux sur le livre de ta destinée. Et si tu veux bien me faire confiance, je te propose de m'accompagner au sixième niveau d'Ërendor pour que tu puisses en avoir la preuve par toi-même.

Les paroles de Thaddeus flottèrent quelques

secondes dans les airs, coupant Siane net dans son élan. Se rendre au sixième niveau d'Ërendor pour découvrir le livre de sa vie ? Était-ce vraiment possible ?

— Je… C'est très tentant, avoua Siane les sourcils froncés, mais je pense que c'est trop tard, maintenant…

— Voici ce que je te propose, annonça Thaddeus. Prends le reste de la journée pour réfléchir à tout ce dont nous venons de parler, puis retrouvons-nous au coucher du soleil pour que tu puisses me donner ta décision. Si tu choisis de partir, tu pourras quitter les Passeuses d'âmes pour devenir guérisseuse. Mais si tu acceptes de me laisser une chance, je m'engage à t'emmener dans les profondeurs d'Ërendor pour que tu découvres par toi-même ce qui est prévu pour toi.

— Et ensuite ? demanda Siane. Admettons que ce que vous dites est vrai, qu'est-ce que je vais devoir faire ?

— Poursuivre ta formation pendant deux ans, avant de t'isoler pendant sept ans pour devenir une Passeuse d'âmes confirmée. Ensuite, seulement, tu pourras réellement assimiler le savoir transmis par Elysane afin de diriger Ërendor. N'oublie pas que sur ce parcours, il te faudra également t'opposer à Draven pour permettre à notre communauté de reprendre sa place.

— Vaste programme…, ironisa la jeune femme. Pourquoi est-ce tombé sur moi, Thaddeus ? Je n'ai même pas de don !

— Que veux-tu dire par là ?

— Elysane pouvait sonder les âmes, Miriel ressent les émotions des gens, Lyona prévoit l'avenir lorsqu'elle entre en transe, Lilwenn a un pouvoir de guérison… Et moi dans tout ça ? Je suis incapable de faire quoi que ce soit !

— Oh, est-ce donc ça qui te fait peur ? Contrairement à ce que tu imagines, tu possèdes un don que peu d'entre nous comprennent vraiment… Ne vois-tu pas que tu es capable de créer une connexion unique avec les âmes, te permettant par exemple de prévoir un coup d'État plusieurs années en avance ? Ne sens-tu pas la puissance du lien qui te relie à l'univers ? Elysane l'avait ressenti et c'est pour cette raison qu'elle t'a choisie pour lui succéder. Quand tu maîtriseras pleinement tes capacités, je suis certain que tu pourras visualiser les destinées de chacun sans aucun effort.

— Alors, comment développer ce don, si c'en est vraiment un ?

— Tu n'as rien à apprendre, Siane, juste à mettre en lumière ce qui a toujours été présent au fond de toi. Mais ne te préoccupe pas de ça pour l'instant, chacune des étapes de ta vie se placera sur ton chemin lorsque ce sera le bon moment. Prends simplement le temps de réfléchir à ma proposition, avant notre discussion de ce soir.

Thaddeus se recula sur le dossier de sa chaise, montrant ainsi que Siane avait désormais toutes les clefs en main pour décider de son avenir. Il avait bien compris qu'en lui proposant de rejoindre la sixième dimension, il apporterait de nouvelles cartes sur la table que la jeune femme ne pourrait ignorer. Alors que celle-ci se dirigeait d'un pas traînant vers la porte, il sembla se souvenir d'un point important.

— Attends, j'ai oublié quelque chose !

Le Veilleur plongea la main dans sa poche, avant d'en ressortir un petit objet brillant qu'il tendit en direction de la jeune femme.

— Tiens, je crois que ceci t'appartient.

Siane s'approcha de Thaddeus, avant de laisser échapper un cri de stupeur. Au creux de sa paume, sans aucun doute retrouvée dans la robe d'Elysane, se trouvait sa perle de Passeuse d'âmes. Elle l'attrapa en silence, avant d'étudier longuement les courbes douces du petit bijou. Elle n'osa pas la porter à son front, mais elle ne parvint pas non plus à s'en séparer, à l'image du nouveau dilemme qui venait de la frapper.

Tandis que les deux compagnons sortaient de la pièce, l'air se refroidit brusquement dans leurs dos. S'ils s'étaient retournés à ce moment-là, auraient-ils pu voir les trois silhouettes éthérées qui venaient d'apparaître après avoir écouté leur conversation ? Le danger qui planait sur Ërendor ne pouvait laisser insensibles les Créatrices de Vie. Parmi les différents destins possibles qu'elles avaient tissés pour Siane, lequel la jeune femme choisirait-elle si elle acceptait de découvrir les secrets de la sixième dimension ? Embrasserait-elle enfin son rôle auprès des Passeuses d'âmes, comme elles-mêmes le souhaitaient ardemment ? Et si c'était le cas, Siane aurait-elle le cœur de s'opposer un jour à Draven, alors que son amour pour son frère lui hurlait de ne pas commettre l'irréparable ?

LE MOT DE LA FIN

Chères lectrices, chers lecteurs,

Je vous remercie infiniment d'avoir lu le premier tome de « *La Passeuse d'âmes et le roi* » ! Je me suis régalée à écrire cette histoire, même si la barre était un peu haute après le succès de la saga des « *Trois Royaumes* » ! J'espère que **la découverte de la communauté des Passeuses d'âmes vous a plu et que cela vous aura donné envie de poursuivre avec le tome 2,** pour plonger encore plus profondément dans les dimensions les plus secrètes d'Ërendor.

Votre soutien est extrêmement précieux pour moi, c'est ce qui m'encourage à poursuivre sur le chemin de l'écriture afin de vous emmener toujours plus loin dans mon univers. Si vous avez aimé ce premier tome, **vous m'aideriez énormément en laissant un petit commentaire sur Amazon** (ou des étoiles si vous l'avez lu en format ebook), ce qui permettra à d'autres lecteurs de le découvrir. N'hésitez pas à en parler autour de vous également !

Si vous souhaitez prolonger l'aventure et être tenus au courant de mes dernières actualités, je vous invite à vous **inscrire à ma newsletter** en suivant le lien ci-dessous (une newsletter par mois). Lors de votre adhésion, vous recevrez en cadeau un chapitre bonus : **L'AVÈNEMENT DE DRAVEN** ! En l'écrivant, j'ai eu à cœur de réfléchir à la montée en puissance de l'ombre, version côté obscur de la force si vous préférez ;-) J'ai adoré écrire ce chapitre inédit, j'espère qu'il vous plaira autant qu'à moi !

Newsletter : www.sophiewinter.fr/newsletter

Vous pouvez également me suivre sur mon blog et sur mes réseaux sociaux, où je partage des nouvelles de ma série, des réflexions personnelles et des petits détails de ma vie quotidienne à Lisbonne :

Mon site internet/blog : www.sophiewinter.fr
Instagram : sophie_winter_auteure
Facebook : Sophie Winter – Auteure

Enfin, je prends toujours beaucoup de plaisir à recevoir vos mails ! N'hésitez pas à me contacter via le formulaire du site ou sur mon adresse mail : **sophiewinterauteure@gmail.com**

À bientôt pour de nouvelles aventures,

Sophie

DÉCOUVREZ TOUS MES ROMANS !

Trois Royaumes : Saga Fantasy en 4 tomes

La Passeuse d'âmes et le Roi : Saga Fantasy en 3 tomes